1000 gute Gründe
Oder: Wie ein Glückskeks
mein Leben veränderte

Lucy Astner wurde 1982 in Hamburg geboren. Sie mag es, Schokolade zu essen, Trampolin zu springen und zu lachen, bis der Bauch wehtut. Und eben weil sie selbst so gerne lacht, hat sie ihr Hobby zum Beruf gemacht und schreibt Kinderbücher und Drehbücher für Kinofilme, mit denen sie viele andere Menschen zum Lachen bringt. Mit ihren vier Kindern und ihrem Mann lebt sie heute mitten in Hamburg.

Von Lucy Astner außerdem bei Planet! erschienen:

Schwesterherzen
Eine für alle,
alle für DICH!
Bd. 1

Schwesterherzen
auf Klassenfahrt
Ich glaub, DEIN
Schwein pfeift!
Bd. 2

Schwesterherzen
Liebe und andere
Geheimlichkeiten
Bd. 3

Schwesterherzen
Elternalarm!
Bd. 4

Mehr über unsere Bücher, Autor*innen und Illustrator*innen auf: **www.planet-verlag.de**

LUCY ASTNER

1000 GUTE GRÜNDE

ODER: WIE EIN GLÜCKSKEKS MEIN LEBEN VERÄNDERTE

PLANET!

Für Leni und Lotti
Von allen guten Gründen, das Leben zu feiern,
seid ihr zwei der schönsten!
Ich lieb euch mehr, als Worte es jemals sagen könnten.

1

Milou zog die aufgeschlagenen Knie zu sich heran und schlang die Arme um ihre Beine, um sich möglichst klein zu machen, klein und immer kleiner. Am liebsten hätte sie sich in Luft aufgelöst. Auf einer Skala von eins bis zehn war dieser Tag hier eine glatte Null, nein – vermutlich bewegte er sich sogar im Minusbereich!

Hinter sich auf dem Sportplatz hörte sie noch immer die anderen, hörte, wie sie kreischten, lachten und einander anfeuerten, als ginge es hier um die Rettung des Planeten und nicht etwa um eine blöde Urkunde aus noch blöderem Papier. Pah! Milou konnte auf so einen Unsinn gut und gerne verzichten. Sie hatte andere Talente – sich verstecken zum Beispiel. Ja, wenn »Verstecken« eine Disziplin bei diesem doofen Wettkampf gewesen wäre, dann hätte sie jetzt mit allergrößter Wahrscheinlichkeit auf dem Siegertreppchen gestanden: Ehrenurkunde mit Goldmedaille und Extrasternchen. Vermutlich hätte man ihr sogar eine Krone aufgesetzt!

Weil »Verstecken« aber eben keine Wettkampfdisziplin war, stand Milou nun also auch nicht auf irgendeinem Treppchen und ließ sich feiern, sondern hockte stattdessen zusammengekauert hinter dem alten Geräteschuppen am Rande des Sportplatzes und hoffte inständig, dass niemand sie entdeckte, bevor die Veranstaltung vorüber war. Und als wären die blutigen Knie und die

Scham über das, was passiert war, nicht schon schmerzhaft genug, kletterte nun auch noch die Mittagssonne über die Baumkronen am Spielfeldrand und knallte ihr mit erbarmungsloser Härte auf den Kopf.

Mama würde ihr heute Abend garantiert einen ellenlangen Vortrag darüber halten, wie *absolut schädlich direkte Sonneneinstrahlung für die Gesichtshaut junger Damen* war. Milou konnte sich ihre Standpauke sogar jetzt schon lebhaft ausmalen:

»Glaub mir, Schätzchen, jeder Sonnenstrahl macht eine Falte. Wenn du dich mit zwölf schon bräunst wie ein Grillhähnchen, sieht dein Gesicht mit dreißig aus wie ein Pavianhintern!«

So war Mama eben: direkt, schlagfertig und nie um einen witzigen Spruch verlegen. Und natürlich wusste Milou um die Gefahr von Sonnenbränden. Allerdings sorgte sie sich dabei ehrlich gesagt weit mehr um die gesundheitlichen Spätfolgen der UV-Strahlung als um Faltenbildung. Aber wenn es um ihre Gesichtshaut ging, war Mama eben unverbesserlich. Kaum etwas schien für Florentine Hufschneider schrecklicher als die Vorstellung, nicht mehr jung zu sein.

Milou konnte das nicht verstehen. Oma Anni hatte unzählige Falten – und Milou liebte jede einzelne! Sie erzählten eine Geschichte, sie zeichneten ein Bild vom Leben, das Milou Hoffnung machte. Ein Bild davon, dass die Jahre zwar ihre Spuren hinterließen, am Ende aber irgendwie alles gut wurde. Denn genau so war das Leben in Oma Annis Küche, in ihrem kleinen Garten und in ihren weichen Armen: einfach gut!

Wenn Anni lachte, dann lachten nicht nur ihr Mund und ihre grünen Augen, nein, jede Falte in ihrem Gesicht kicherte mit. Und wenn ihre flinken Finger Hefeteig kneteten, Nusszöpfe flochten oder eine Prise Zimt in frische Pflaumenmarmelade rieseln ließen, dann roch hinterher jede noch so kleine Falte an ihren Händen nach zu Hause, nach Wärme und Geborgenheit. Milou war zwar erst zwölf, aber eines wusste sie bereits ganz sicher: Wenn sie alt wurde, würde sie jedes Fältchen willkommen heißen – solange das Leben immer noch nach Omas Backstube roch!

Auf einen Sonnenbrand konnte sie aber trotzdem gut und gerne verzichten. Stöhnend legte sie ihr Gesicht auf ihren schmerzenden Knien ab und versuchte herauszufinden, an welcher Stelle dieser Tag derart aus dem Ruder gelaufen war. Wann genau hatte sie verpasst, die Notbremse zu ziehen?

Im Grunde war schon das Aufstehen eine Qual gewesen. Vor lauter Aufregung – und vermutlich, weil sie bereits geahnt hatte, dass dieser Tag nicht zu ihren Sternstunden gehören würde – hatte sie gestern Abend einfach nicht einschlafen können. Stunde um Stunde hatte sie sich im Bett herumgewälzt, hatte sich unruhig von einer Seite auf die andere geworfen und hartnäckig versucht, das Wort aus ihren Gedanken zu vertreiben, das sie nicht nur um den Schlaf, sondern auch um den Verstand brachte:

Bundesjugendspiele …

Für die meisten Mädchen und Jungen war das hier der schönste Tag im ganzen Schuljahr – für Milou aber war es ein Tag des Grauens.

Natürlich konnte man sich darüber freuen, den ganzen Vormittag in kurzen Hosen und bei schönstem Sonnenschein über den Hartplatz zu hetzen, in übergroße Sandkisten zu springen und kleine schwere Bälle zu werfen – aber doch nur, wenn man Freude an Bewegung hatte und zumindest einen Funken Talent!

Milou aber hatte weder das eine noch das andere. Um genau zu sein, war sie nicht viel sportlicher als ein nasser Sandsack. Und bedauerlicherweise war sie auch nicht viel beweglicher. Deshalb hatte sie heute Morgen auch auf Papas Verständnis gehofft. Milous Vater teilte die Nicht-Begeisterung seiner Tochter für Sport. Mit großer Wahrscheinlichkeit hatte er Letztere sogar an sie vererbt. Clemens Hufschneider konnte einen Fußball nicht von einem Basketball unterscheiden und hielt *Ronaldo* für ein scharfes brasilianisches Reisgericht. Außerdem hatte er bei seinem letzten Versuch, eine Glühbirne unter der Zimmerdecke auszuwechseln, einen Krampf in der Schulter bekommen und war wie eine Riesenkartoffel vom Küchenstuhl geplumpst. Eine ziemlich laut fluchende Riesenkartoffel, wohlgemerkt …

Im Gegensatz zu Milou machte es ihm allerdings nicht besonders viel aus, nicht sportlich zu sein. Wieso sollte es auch? Er konnte sich schließlich jeden Morgen in sein schickes Labor zurückziehen, zwischen Studienergebnissen und Erlenmeyerkolben abtauchen, und die Welt retten, indem er sein Mikroskop scharf stellte. Man konnte sich also durchaus erlauben, eine Kartoffel auf zwei Beinen zu sein, wenn man nicht an den blöden Bundesjugendspielen teilnehmen musste!

Milou hatte dieses Glück leider nicht – aber sie hatte natürlich trotzdem auf die Unterstützung ihres Vaters gehofft. Doch dann war es heute Morgen ausgerechnet Mama gewesen, die ihr die Decke nach dem achten Weckerklingeln vom Kopf gezogen hatte.

»Aufstehen, Schlafmütze. Sieh mal aus dem Fenster, heute wird ein herrlicher Tag!«

Milou war über den unerwarteten Auftritt ihrer Mutter allerdings viel zu überrascht gewesen, als dass sie noch hätte zum Fenster sehen können.

»Wo … ist denn Papa?«

»Der musste kurzfristig nach Brüssel«, hatte ihre Mutter erwidert und strahlend das Fenster aufgerissen. »Irgendein Kollege ist auf einem Kongress ausgefallen. Und du kennst ja deinen Vater: Er lässt keine Gelegenheit aus, seinen Kopf mit den anderen Superhirnen dieser Welt zusammenzustecken und irgendein neues Wundermittel aus der Kitteltasche zu schütteln.« Sie lachte auf und zwinkerte verschwörerisch, aber Milou sah sich nicht dazu in der Lage, zurückzulächeln. Stattdessen zog sie sich vorsorglich die Bettdecke bis zum Kinn hoch.

»Und warum bist du nicht im Studio?«

»Hab mir heute freigenommen«, verkündete ihre Mutter und riss dann doch tatsächlich Milous schützende Decke an sich.

Milou konnte es nicht fassen. Nicht nur die Sache mit der Decke, nein, viel verstörender fand sie, dass ihre Mutter sich freigenommen hatte!

Florentine Hufschneider moderierte seit sieben Jahren für einen großen Fernsehsender. Vor knapp einem Jahr waren sie sogar extra hergezogen, damit sie das tägliche Morgenmagazin übernehmen konnte. Jede freie Minute verbrachte sie vor der Kamera. Milou erinnerte sich an mindestens vier Kindergeburtstage, bei denen ihre Mutter nicht dabei gewesen war, weil sie arbeiten musste. Außerdem hatte sie ihre Einschulung und ihre Teilnahme an der Endrunde des Vorlesewettbewerbs verpasst – und zweimal hatte sie sogar an Heiligabend arbeiten müssen. Aber ausgerechnet heute Morgen konnte sie nicht einfach im Studio verschwinden?!

Am liebsten hätte Milou sich für den Rest des Tages unter ihrer Bettdecke verkrochen – aber das ging ja nicht mehr, weil Mama die Decke bereits zum Auslüften über das Fensterbrett warf. Trotzdem konnte Milou nicht einfach kampflos aufgeben.

»Ich … fühle mich irgendwie nicht gut heute«, murmelte sie und gab sich große Mühe, ein extraleidvolles Gesicht aufzusetzen. Offenbar waren ihre Schauspielkünste aber nicht viel überzeugender als ihre sportlichen Leistungen, denn Mama runzelte nur kurz die Stirn und schüttelte dann amüsiert den Kopf.

»Das kommt davon, wenn du nachts heimlich unter der Decke liest. Du weißt schon, dass ausreichend Schlaf ein wichtiger Faktor für Fitness, Konzentration und ein ausgeglichenes Hautbild ist?«

Milou stöhnte leise und rollte mit den Augen. »Erstens habe ich letzte Nacht gar nicht gelesen, zweitens ist mir mein Hautbild ziemlich egal – und drittens brüte ich vermutlich irgendetwas aus.«

»Und was genau brütest du aus?«, hakte Mama nach und verschränkte belustigt die Arme vor der Brust.

Milou zuckte möglichst lässig mit den Schultern. »Keine Ahnung. Eine Erkältung vielleicht?«

Kaum hatte sie das Wort »Erkältung« ausgesprochen, schnellte Mama auch schon auf sie zu und klatschte ihr die Hand auf die Stirn.

»Also Fieber hast du nicht.«

»Aber Kopfschmerzen!«

»Die verfliegen wieder, wenn du erst mal ordentlich gefrühstückt hast. Ich habe frischen Chia-Pudding angerührt. Und am besten trinkst du noch ein großes Glas Wasser dazu!«

Chia-Pudding und *Wasser*? Milou verzog angewidert das Gesicht. Sie wollte kein Wasser, und noch viel weniger wollte sie dieses geschmacklose Glibberzeug zum Frühstück! Da konnte sie ja gleich den Glitzerschleim verdrücken, den Tess ihr neulich im Kunstunterricht in die Haare geschmiert hatte. Am allerallerwenigsten aber wollte Milou heute in die Schule gehen – und deshalb musste sie jetzt auch zu härteren Maßnahmen greifen: der Wahrheit!

»Heute sind Bundesjugendspiele, Mama, und ich bin wirklich nicht …«

»Bundesjugendspiele?«, fiel ihre Mutter ihr ins Wort und ihre Augen leuchteten vor Begeisterung auf.

So ein Mist! Die *Wahrheit* war hier offenbar die falsche Strategie. Im Gegensatz zu Milou oder Papa war Florentine Hufschneider nämlich eine herausragende Sportlerin. Und mehr noch: Sie war eine Gewinnerin! Noch heute bewahrte sie all ihre Urkunden, Medaillen und Pokale aus der Schulzeit auf dem Dachboden auf, nicht eine einzige hatte sie im Laufe der Jahre entsorgt.

»Das ist ja wunderbar!«, verkündete sie nun und zog ihre Tochter mit einem Ruck von der Matratze. »Frische Luft und Bewegung sind die beste Medizin gegen lästige Kopfschmerzen. Du wirst sehen: Nach zehn Minuten Wettkampfspaß mit deinen Freunden fühlst du dich wie neugeboren.«

Milou stieß ein Seufzen aus, aber es klang wohl eher wie ein verzweifeltes Grunzen. Mamas Ansatz hatte mindestens zwei dicke, fette Haken: Erstens hatte Milou keine Freunde und zweitens würden die blöden Bundesjugendspiele ihre Kopfschmerzen nur schlimmer machen. Daran konnte auch frische Luft nichts ändern.

Allerdings machte es wenig Sinn, die Angelegenheit noch länger mit ihrer Mutter auszudiskutieren. Und als Florentine dann sogar voller Inbrunst verkündete, dass sie ihre Tochter höchstpersönlich mit dem Fahrrad bis zum Sportplatz begleiten würde, gab Milou auch den allerletzten Fluchtgedanken auf und stellte sich ihrem Schicksal. Sie musste dem Schrecken der Sportveranstaltung also irgendwie ins Auge blicken.

Wie durch und durch verkorkst dieser Tag aber tatsächlich war, hatte sie erst festgestellt, als ihr aufgefallen war, dass sie ihren Glückskeks vergessen hatte – ausgerechnet heute!

Geradezu panisch hatte sie vorhin am Rand des Hartplatzes ihren Sportbeutel durchwühlt und schließlich sogar komplett ausgeschüttet, nur um festzustellen, dass sie die Brotdose, die Oma Anni ihr am Vorabend immer zubereitete, offenbar in die falsche Tasche gesteckt hatte. Was für ein Super-GAU! Jetzt stand sie nicht nur ohne Stärkung da, sondern auch ohne ihre tägliche Portion Glück! Damit war ihr Schicksal endgültig besiegelt gewesen. Milou hätte sich auch einfach gleich mit Marmelade beschmieren und in einen Ameisenhaufen legen können – dieser Tag konnte ohnehin nur noch in eine Katastrophe münden …

Seit sie vor einem Jahr in die neue Stadt gezogen waren, waren Omas Glückskekse Milous einziger Rettungsanker und Lichtblick im grauen Schulalltag. Überhaupt war Oma Anni der einzige Grund, warum Milou ihren Kopf nicht schon längst in einer feuchten Sandgrube verbuddelt hatte, um nie wieder daraus aufzutauchen.

Papas Mama lebte im Haus direkt nebenan und sie war die beste Zuhörerin der Welt. Im Gegensatz zu Milous Eltern verstand Oma Anni ihre Probleme, und sie nahm sie ernst, anstatt sie einfach herunterzuspielen oder mit einem witzigen Spruch kleinzureden. Außerdem ging nichts über Annis Backkünste! Für jedes Problem hatte sie ein Rezept, das beinahe magisch wirkte. In ihrer kleinen gemütlichen Küche roch es rund um die Uhr nach warmem Rosmarinbrot oder süßen Puddingschnecken, und sobald Milou im Flur über ihre Türschwelle trat, fühlte sie sich auf genau die richtige Weise verstanden und geborgen. Der bloße Geruch von Annis Backwerken wirkte auf Milou wie eine Umarmung, die ihr half, durch den Tag zu kommen, ohne vollends durchzudrehen.

Das mit Abstand Beste aber waren Annis Glückskekse. Ihre Großmutter backte die knusprigen Teigtäschchen nach einem alten Geheimrezept, das sie sicher in ihrem Kopf verwahrte. Wirklich einzigartig wurden die Kekse allerdings erst durch die kleinen Botschaften, die Anni für ihre Enkelin hineinlegte. Tag um Tag, Woche um Woche fand Oma Anni immer aufs Neue genau die richtigen Worte, um Milou aufzuheitern und ihr einen kleinen Schubs zu geben. Milou war es ein Rätsel, wie ihre Großmutter jedes Mal im Voraus den passenden Spruch für den entsprechenden Tag witterte, und irgendwann stellte sie dieses magische Gespür einfach nicht mehr infrage. Solange sie einen von Omas Glückskeksen in ihrer Brotdose vorfand, war die Welt noch in

Ordnung und der Tag konnte gar nicht so schlimm werden. Aber ausgerechnet heute Morgen hatte sie ihre Brotdose vergessen.

Was sich an den umgestülpten Turnbeutel angeschlossen hatte, war nicht weniger als ein *Protokoll des Schreckens*: Beim Wettlauf war Milou natürlich als Letzte ins Ziel gekommen – und das, obwohl Hanna Wolf mit einem Verband am Knöchel lief. Beim Kugelstoßen war Milou die Kugel aus der Hand gerutscht und auf ihren eigenen Fuß geplumpst, sodass sie nicht nur einen blutigen Zehennagel kassierte, sondern auch das heitere Gelächter ihrer Klassenkameraden. Und dann war sie beim Absprung an der Sprunggrube zu allem Überfluss auch noch mit der Schuhspitze an der Absatzkante hängen geblieben und bäuchlings nach vorne in die Sandkiste geklatscht. Noch immer hallte der Aufprall im Sand in ihren Ohren nach, genau wie das Johlen der Mädchen und Jungen um sie herum.

Nein, sie würde heute ganz sicher keine Urkunde erhalten, das war klar. Stattdessen hatte sie nun Kniescheiben, die noch immer bluteten, und einen neuen Spitznamen, den sie so schnell nicht wieder loswerden würde: *Fliegenklatsche* – weil das tatsächlich ziemlich gut beschrieb, wie sie in die Sprunggrube gefallen war. *Flatsch!*

»Außerdem ist sie genauso flach wie so eine Klatsche«, hatte Tess lachend über den ganzen Sportplatz gebrüllt und dabei auf Milous Brust gedeutet. Oder zumindest auf die Stelle, wo sich bei allen anderen Mädchen bereits Brüste abzeichneten.

Zu gerne hätte Milou sie sachlich darüber aufgeklärt, dass es durchaus Mädchen gab, die erst *nach* dem zwölften Lebensjahr einen Brustansatz entwickelten und dass es null Komma gar keinen

Grund gab, sich darüber lustig zu machen. Aber irgendwie hatte sich in diesem Augenblick plötzlich nur noch ein dicker Kloß ihre Kehle hinaufgedrängt und alles andere erstickt. Und weil sie vor den anderen nicht auch noch hatte losheulen wollen wie ein Baby, war sie einfach wortlos aus der Sandkiste getaumelt und weggerannt. Und hier hockte sie nun in ihrem Versteck …

»Was machst du denn hier?«

Erschrocken zuckte Milou zusammen und hob den Kopf. Sie hatte niemanden kommen hören, doch jetzt sah sie, dass Levi aus der Parallelklasse den Geräteschuppen umrundet hatte und sie mit gerunzelter Stirn beäugte. Levi – ausgerechnet Levi!

Milou spürte, wie ihr Herz für einen Moment aus dem Takt stolperte.

Es spielte keine Rolle, ob die Sonne ihr bereits einen Sonnenbrand verpasst hatte, denn nun war ihr Gesicht ohne Zweifel auch ohne UV-Strahlen rot wie eine überreife Fleischtomate. Ein paarmal öffnete sie hilflos ihren Mund, aber es kam einfach kein Ton über ihre Lippen.

Mit einem unsicheren Lächeln drehte Levi sich halb zum Sportplatz um. »Hier ist …«, brüllte er den anderen zu, doch als er Milous panischen Blick bemerkte, verstummte er seltsamerweise schnell wieder. Für einen kurzen Augenblick war es ganz still, fast so, als wären Raum und Zeit zwischen ihnen stehen geblieben – doch dann beendete Levi seinen Satz laut und deutlich: »Hier ist der Ball, den wir gesucht haben!«

Tatsächlich blitzte im dichten Gebüsch vor Milou ein alter Lederball auf. Levi zögerte keine Sekunde, fischte ihn unter den Zweigen hervor und rannte zurück auf den Sportplatz, ohne sich noch einmal zu Milou umzudrehen. Erleichtert ließ sie die Schultern sinken. Das war gerade noch mal gut gegangen …

Sie hatte zwar keine Ahnung, warum Levi sie nicht verpfiffen hatte, aber im Grunde war das auch egal. Wichtig war nur, dass sie ihren Mitschülern heute nicht mehr unter die Augen treten musste, denn noch mehr Spott und Spitznamen konnte sie wirklich nicht ertragen.

Nein, sie würde einfach hier sitzen bleiben, bis die Luft wieder rein war – selbst wenn ihr Gesicht am Ende aussah wie ein Hummer im Schnellkochtopf. Sie würde sitzen bleiben und warten, bis alle anderen nach Hause verschwunden waren. Diese verfluchten Bundesjugendspiele konnten schließlich nicht ewig dauern …

2

»Du hast *wie lange* hinter diesem Schuppen gehockt?« Oma Anni blinzelte sie derart ungläubig an, dass sie das Tuch fallen ließ, mit dem sie bis eben noch Milous Wunden am Knie gesäubert hatte.

Trotzig zuckte Milou mit den Schultern. »Keine Ahnung. Vermutlich so drei Stunden. Vielleicht auch vier?«

»Vier Stunden?« Annis Blick ließ keinen Zweifel daran, dass sie ihre Enkelin für völlig durchgeknallt hielt. Doch dann schlich sich plötzlich ein Grinsen auf ihr Gesicht und sie kicherte verstohlen. »Dann ist es ja kein Wunder, dass du aussiehst wie ein Ampelmännchen.«

»Sehr witzig!«, erwiderte Milou schmallippig, weil ihr jetzt wirklich nicht zum Scherzen zumute war. Sie wusste ja selbst, dass sie sich einen fetten Sonnenbrand eingefangen hatte und dass das in jeder Hinsicht denkbar blöd war – selbst wenn sie keine Angst vor Falten hatte.

Aber hatte sie denn eine Wahl gehabt? Noch ewig hatte sie die tobenden Kinder hinter sich auf dem Sportplatz gehört und sich nicht getraut, ihr sicheres Versteck zu verlassen. Erst als die Sonne einmal quer über den Nachmittagshimmel gewandert war, war es um sie herum still geworden und sie hatte sich mit einem Ächzen vom staubigen Boden erhoben.

Alles an ihrem Körper tat weh. Der blutige Zeh, die Knie und die Handgelenke, die sie sich beim Sturz verletzt hatte, ihr Rücken und Hintern vom stundenlangen Hocken auf dem harten Kiesboden, und zu allem Überfluss brannte nun auch noch die Haut auf ihren Armen und im Gesicht.

Was Milou jetzt definitiv am allerwenigsten gebrauchen konnte, war, dass ihre Oma sich über ihren Tomatenkopf lustig machte – denn das würden morgen in der Schule mit Sicherheit schon die anderen übernehmen.

Offenbar merkte nun auch Oma, dass die Angelegenheit Milou ziemlich zusetzte.

»Tut mir leid, mein Schatz, ich wollte mich nicht über dich lustig machen.« Behutsam tupfte sie etwas Jodsalbe auf die verletzten Knie und klebte geschickt zwei Pflaster über die Wunden. »So sollte es ganz schnell besser werden. Und für den Sonnenbrand gebe ich dir noch eine selbst angerührte Ringelblumensalbe mit, die wirkt wahre Wunder. Wenn du willst, kann ich dir auch schnell eine Kartoffel pürieren und dich damit einschmieren.«

Irritiert runzelte Milou die Stirn. »Du willst mich mit einer Kartoffel einschmieren?«

»Mit einer rohen Kartoffel, ja«, erklärte Oma und verstaute das Verbandszeug wieder in der kleinen Abstellkammer, die sich an die Küche anschloss. »Die Stärke lindert die Entzündung und außerdem ist es angenehm kühl auf der Haut. Ist ein ganz, ganz altes Hausmittelchen.« Sie tippte sich grinsend an den Kopf und blies sich dabei neckisch eine wilde graue Locke aus der Stirn.

Milou war aber noch immer nicht überzeugt. Die Vorstellung, sich von Kopf bis Fuß mit einer rohen Kartoffel einschmieren zu lassen, war ungefähr so reizvoll wie als Hot Dog verkleidet über den Schulhof zu tanzen.

»Danke, die Ringelblumensalbe reicht«, murmelte sie und stieß ein Seufzen aus. »Weißt du übrigens, warum heute alles so furchtbar schiefgelaufen ist?«

»Es gibt gute Tage und schlechte Tage, mein Schatz, das ist ganz normal«, versuchte Oma sie mit einem Zwinkern aufzuheitern, aber Milou schüttelte entschieden den Kopf.

»Ich habe deinen Glückskeks vergessen! Ich habe die Brotdose gestern aus Versehen in die Schultasche gesteckt und nicht in den Sportbeutel – nur deshalb ist alles so fürchterlich aus dem Ruder gelaufen.« Geknickt ließ sie den Kopf hängen.

Oma Anni betrachtete sie einen Moment nachdenklich, zog sich dann einen Stuhl heran und setzte sich ganz dicht vor Milou. »Es tut mir leid, dass du gestürzt bist, Liebes. Und noch mehr tut mir leid, dass dir niemand geholfen hat und du dich stattdessen hinter diesem blöden Schuppen versteckt hast. Aber …« Sie griff zögerlich nach Milous Händen. »Du weißt schon, dass meine Glückskekse in Wirklichkeit nichts damit zu tun haben, oder?«

Jetzt fing das schon wieder an! Milou stöhnte leise, schloss die Augen und ließ sich auf ihrem Stuhl zurücksinken. Dieses Gespräch hier hatten sie schon unzählige Male geführt.

Oma Anni war davon überzeugt, dass ihre kleinen Botschaften keinerlei Auswirkungen auf das echte Leben hatten, dass sie keinen Einfluss darauf ausübten, ob Milou Glück oder Pech hatte. Sie hatte sogar schon einmal vorgeschlagen, die ganze »Glückskekserei« lieber sein zu lassen, wenn Milou ihre Stimmung derart von einem kleinen Gebäckstück abhängig machte. Milou hatte natürlich vehement protestiert und sie davon überzeugen können, weiter zu backen wie bisher – und der heutige Tag hatte ja wohl mehr als eindrucksvoll bewiesen, dass an der Glückswirkung der Kekse etwas dran war! Warum sonst war heute denn bitte so viel schiefgegangen?

Milou holte tief Luft und öffnete die Augen wieder. »Ich weiß, dass du denkst, ich würde mir das alles nur einbilden. Aber so ist es nicht!« Sie blickte ihre Großmutter ernst an. »Dein Glückskeks macht einfach alles besser! Zumindest macht er alles etwas erträglicher. Und wenn ich ihn heute nicht vergessen hätte, wäre das hier ganz sicher nicht passiert.« Eindrucksvoll deutete sie auf ihre bepflasterten Knie.

Oma runzelte die Stirn, sodass sich dort gleich noch eine Handvoll Falten bildeten, die Mama garantiert um den Verstand gebracht hätten. »Und du meinst nicht, dass es dafür ganz eventuell auch eine andere Erklärung geben könnte?«

»Welche sollte das denn sein?«

»Na ja«, fing Oma vorsichtig an und drückte noch einmal ganz sacht Milous Hand. »Versteh mich bitte nicht falsch, mein Schatz, du hast unzählige, wundervolle Talente. Aber Sport gehört vielleicht nicht unbedingt dazu.«

Milou musste beinahe losprusten, als sie merkte, wie behutsam Oma ihre Worte abwägte. Dabei brauchte sie in dieser Angelegenheit gar keine Samthandschuhe. Milou wusste ja selbst, dass sie sich in diesem Leben vermutlich nicht mehr für die Olympischen Spiele qualifizieren würde. Zumindest solange »Kopfrechnen« und »Zimtschnecken-Wettfuttern« nicht zu neuen Disziplinen erklärt wurden. Und trotzdem war der katastrophale Tag nicht einfach damit zu erklären, dass Milou zwei linke Füße hatte.

»Ich weiß dein Feingefühl sehr zu schätzen, Oma. Aber es gibt ja wohl einen Unterschied zwischen *unsportlich sein* und *sich vor allen Leuten zum Gespött machen, weil man wie ein Bügelbrett in die Sandkiste knallt.*«

Oma Anni biss sich nachdenklich auf die Unterlippe. Offenbar gab sie sich noch immer nicht geschlagen. Es dauerte einen Augenblick, aber dann beugte sie sich ziemlich verschwörerisch zu Milou vor und begann zu flüstern. »Ich weiß nicht, ob dein Vater dir jemals davon erzählt hat, aber …« Sie hielt einen Moment inne und gab sich dann einen Ruck. »Na ja, bei seinen ersten Bundesjugendspielen auf dem Gymnasium hat er sich beim Startschuss so sehr erschrocken, dass er versehentlich in die falsche Richtung gelaufen ist. Dabei hatte er ein derartiges Tempo drauf, dass er im Zickzackkurs gleich drei seiner Mitschüler über den Haufen getrampelt hat. Und als sie dann alle übereinanderlagen wie nasse Mehlsäcke, musste er zu allem Überfluss ziemlich heftig …« Oma seufzte und sah ihre Enkelin bedeutungsschwer an.

Milou brauchte einen Augenblick, bis der Groschen fiel. Ungläubig verzog sie das Gesicht. »Oh nein! Sag bitte nicht, er hat …?«

Oma nickte entschieden und sprach es endlich aus: »Er musste pupsen, jawohl. Und zwar ziemlich laut und deftig. Zu der Zeit habe ich ihm jeden Morgen englische Bohnen zum Frühstück gekocht …«

Noch heute war ihr Papa verrückt nach Bohnen – deshalb konnte Milou sich leider nur allzu lebendig ausmalen, was für eine Duftnote er damals unter seinen Klassenkameraden gesetzt haben musste. Und plötzlich kam ihr ein Gedanke, der ihr noch viel stärkere Magenschmerzen bereitete als die Erinnerung an Papas Bohnenpupse. Konnte es etwa sein, dass ihr Vater ihr gar nicht die *Unsportlichkeit* vererbt hatte, sondern eher das Talent zum *Trottel sein*?

Aber nein, das war doch Blödsinn! Milou schüttelte den Gedanken entschieden ab. Sie war schließlich auch die Tochter ihrer Mutter und hatte noch niemals vor den anderen gepupst – sie konnte Bohnen ja nicht einmal ausstehen! Je länger sie darüber nachdachte, desto sicherer kam sogar nur eine einzige Erklärung dafür infrage, warum sich ihr Papa damals derart blamiert hatte. Grinsend blickte sie ihre Lieblingsoma an.

»Ich wette, das alles wäre Papa nicht passiert, wenn du ihm auch einen Glückskeks gebacken hättest.«

Oma Anni sah sie einen Moment überrascht an, aber dann lachte sie laut auf, legte den Arm um ihre Enkeltochter und drückte sie ganz fest an sich. »Du bist einfach unverbesserlich, meine kleine Milou.«

Milou musste jetzt selbst lachen und versank in Omas Umarmung – dabei war sie eigentlich gar nicht mehr so »klein«. Genau genommen hatte sie ihre Großmutter schon fast eingeholt. Im letzten Jahr waren ihre ohnehin schon viel zu dünnen Beine irgendwie in die Höhe geschossen, und auch ihre Arme kamen Milou ungewöhnlich lang vor. Wie seltsame Anhängsel baumelten sie rechts und links und Milou wusste nicht viel damit anzufangen. Immer waren sie irgendwie im Weg. Wenn sie ganz ehrlich war, fühlte sich seit ein paar Monaten eigentlich alles an ihr seltsam fremd an – manchmal fühlte sie selbst sich sogar wie ein Fremdkörper im eigenen Leben. Warum musste sich nur ständig alles verändern? Wieso musste Mama dieses blöde Morgenmagazin übernehmen und die ganze Familie dafür umziehen? Hätte nicht einfach alles so bleiben können, wie es gewesen war?

Oma Anni war definitiv die einzig gute Sache am Umzug. Früher hatte Milou ihre Großmutter nur in den Ferien oder an langen Wochenenden gesehen, aber jetzt lebten sie Tür an Tür. Ja, Oma und ihre kleinen Glückskekse waren tatsächlich der einzige Grund, warum Milou nicht längst den Kopf in den Sand gesteckt hatte …

Noch stundenlang hätte sie in Omas Umarmung verharren können, immerhin roch Anni auch heute wieder so köstlich nach Zimt und Zucker, warm und irgendwie tröstlich – doch mit einem Mal ertönte ein lautes Poltern von der Terrassentür!

Erschrocken zuckte Oma zusammen und blickte zum kleinen Garten vor ihrer Küche. Als sie sah, wer dort stand und wie von Sinnen gegen die Glastür hämmerte, stöhnte sie laut auf.

»Dieser alte Holzkopf. Irgendwann bringt er mich noch um den Verstand!«

Milou wusste natürlich sofort, von wem ihre Großmutter sprach, und als sie sich selbst zum Garten umdrehte, wurde ihre Ahnung bestätigt: Auf der kleinen Terrasse vor Omas Küchentür stand Herr Muffel höchstpersönlich und klopfte gegen die Scheibe, als gäbe es dafür ein Preisgeld.

In Wirklichkeit hieß »Herr Muffel« natürlich nicht »Herr Muffel«, sondern Ernst Holunder – aber dieser Name spiegelte nun mal kein bisschen wider, wie unfassbar grummelig der alte Miesepeter war! Deshalb hatte Milou ihn kurzerhand umbenannt. Herr

Muffel war aber nicht nur muffelig, sondern leider auch Omas direkter Nachbar. Er lebte in der Erdgeschosswohnung nebenan, was grundsätzlich nicht weiter schlimm gewesen wäre – hätten sich die beiden nicht den kleinen Garten teilen müssen, der hinter dem Haus lag.

Die Wohnung von Milous Eltern lag im Haus daneben im vierten Stock, und so konnte Milou vom Küchenbalkon aus regelmäßig bestaunen, wie unterschiedlich die beiden Nachbarn dort unten mit ihren Grünflächen umgingen. Während Oma Anni in ihrer kleinen Großstadtoase nämlich allerhand Wildkräuter und Blumen gedeihen ließ, ein Vogelhaus und ein Insektenhotel bewirtschaftete und eine kleine rote Holzbank in den Schatten ihres Apfelbaums gestellt hatte, war Herrn Muffels Hälfte des Gartens ein Zeugnis der Trostlosigkeit. Der Rasen war so kurz und akkurat geschnitten, als wäre er mit einer Nagelschere gestutzt worden, versprühte dafür aber keinen Funken Gemütlichkeit. Herr Muffel hatte weder Gartenstühle noch andere Möbel herausgestellt, die zum Verweilen eingeladen hätten, und tatsächlich hatte Milou das Gefühl, dass sich nicht einmal die Bienen freiwillig auf seinen Teil des Grundstücks verirrten.

Jetzt gerade allerdings stand der alte Griesgram auf Omas schiefer Holzterrasse und hämmerte noch immer mit hochrotem Kopf gegen die Küchentür.

»Ich komm ja schon, ich komm ja schon«, murmelte Oma Anni, schob ihren Stuhl zurück und näherte sich der Terrassentür. Kaum hatte sie diese aufgerissen, pfefferte sie ihrem Nachbarn auch schon ihre ungefilterte Meinung an den Kopf: »Kannst du dich vielleicht mal benehmen wie ein normaler Mensch oder bestehst du darauf, dich für den Rest deines Lebens wie ein Ochse aufzuführen?«

Während Milou sich große Mühe gab, sich ein überraschtes Lachen zu verkneifen, klappte Herrn Muffel der Mund auf und er starrte Oma Anni ziemlich verdattert an. Für einen winzigen Augenblick wirkte es sogar so, als wäre ihm die schlechte Laune aus dem Gesicht gerutscht, doch dann verschränkte er trotzig die Arme vor der Brust, presste angespannt die Lippen aufeinander und stieß ein empörtes Schnauben aus.

»Mir bleibt ja keine andere Wahl!«, motzte er und schnaubte gleich noch einmal extralaut. »Ich habe dir schließlich schon hundertmal gesagt, dass du dich an die Grundstücksgrenzen halten sollst!«

Oma Anni runzelte amüsiert die Stirn. »Soweit ich das sehe, bist *du* derjenige, der sich nicht an die Grenzen hält, mein Lieber. Immerhin stehst du gerade ganz eindeutig auf *meiner* Seite des Gartens.«

Milou konnte genau beobachten, wie sich Muffels Nasenlöcher vor Empörung aufblähten.

»Aber dein Unkraut wächst mal wieder zu mir rüber!« Wütend deutete er auf ein Büschel Grünzeug, das sich tatsächlich recht wagemutig über den gestutzten Rasenteil nebenan neigte.

Oma schob kurz ihren Kopf zur Terrassentür hinaus und begutachtete den grünen Missetäter. Dann zuckte sie mit den Schultern und schenkte ihrem Nachbarn ein freches Grinsen. »Also ich sehe da kein Unkraut: Das sind Brennnesseln.«

Wieder musste Milou sich verkneifen, loszukichern. Das Gesicht von Herrn Muffel hatte mittlerweile die Farbe einer heißen

Herdplatte angenommen – und dabei hatte er nicht einmal einen Sonnenbrand. Er holte extratief Luft und funkelte Oma Anni an. »Mach dich jetzt ja nicht lustig über mich. Ich bestehe darauf, dass dein Unkraut umgehend verschwindet!«

»Ich belehre dich wirklich nur ungern«, erwiderte Oma freundlich, »aber Brennnesseln sind Nutzpflanzen! Du könntest dir einen Tee daraus kochen oder eine Suppe. Wenn du vorsichtig bist, kannst du dir sogar einen Salat aus den Blättern zubereiten – das würde sicher auch deiner schlanken Linie ganz guttun.« Zwinkernd holte sie aus und klopfte ihrem verdutzten Nachbarn auf den runden Bauch.

Jetzt konnte Milou sich wirklich nicht mehr zusammenreißen und prustete lauthals los.

Herr Muffel kniff die Augen zusammen und warf erst ihr und dann ihrer Oma einen giftigen Blick zu. Bevor er aber noch etwas sagen konnte, ergriff Anni schon wieder das Wort. »Falls es dich beruhigt: Ich wollte die Brennnesseln heute Abend ohnehin abernten.«

Missmutig hielt der Griesgram inne. »Heute Abend, sagst du?«

»Heute Abend«, versicherte ihm Oma. »Und bei der Gelegenheit hatte ich auch vor, dir zwei Gläser Marmelade vor die Tür zu stellen.«

Wie bitte? Meinte sie das etwa ernst? Milou hustete vor Schreck auf.

Omas Nachbar hingegen wirkte nicht sonderlich überrascht, wohl aber etwas besänftigt.

»Erdbeermarmelade?«, murmelte er und löste endlich die verschränkten Arme vor der Brust.

»Mit einem Hauch Vanille«, ergänzte Milous Großmutter und zwinkerte verheißungsvoll. »Die Gläser kühlen gerade noch aus. Aber wenn du nicht willst …«

Muffel rang noch einen Moment mit sich, aber dann knickte er ein.

»Meinetwegen«, grummelte er. »Du kannst die Marmelade vor meine Tür stellen – aber mach bloß keinen Lärm dabei. Und morgen früh ist das Unkraut verschwunden!« Dann drehte er sich ohne ein weiteres Wort auf dem Absatz um und stampfte zurück zu seiner eigenen Küchentür.

Oma lehnte den Oberkörper noch einmal grinsend nach draußen.

»Ich wünsche dir auch noch einen ganz wundervollen Tag, mein Lieber!«

Kopfschüttelnd schloss sie die Tür hinter sich und drehte sich zufrieden zu Milou um. »Er ist und bleibt ein alter Betonschädel.«

Milou konnte beim besten Willen nicht verstehen, warum sie bei dieser Feststellung lächelte.

»Wieso warst du denn so freundlich zu ihm?«

»Freundlich?« Oma Anni blickte sie überrascht an. »Ich habe ihn als ›Ochsen‹ bezeichnet, hast du das nicht mitbekommen?«

»Schon, aber anschließend hast du ihm zwei Gläser Marmelade versprochen. Die hat der alte Griesgram doch gar nicht verdient.«

Zum zweiten Mal innerhalb kurzer Zeit lachte Oma laut auf und schlang die Arme um Milou, um sie fest an sich zu drücken. »Du hast ja recht, mein Schatz, eigentlich hat er meine Marmelade nicht verdient. Aber es gibt eben ein paar Dinge, die du vermutlich erst verstehen wirst, wenn du etwas älter bist.«

Älter sein? Mit einem Mal war Milou sich gar nicht so sicher, ob sie das unbedingt wollte. Nicht etwa, weil sie plötzlich doch Angst hatte vor Falten, aber irgendwie war das Leben deutlich einfacher gewesen, als sie noch klein war.

»Wenn ich mich später mit solchen Muffelnachbarn herumschlagen muss, kann ich aufs Älterwerden gerne verzichten«, grummelte sie und löste sich aus Omas Umarmung.

»Machst du Witze?« Anni knuffte sie neckisch in die Seite. »Älter werden ist so ziemlich die tollste Sache der Welt, das ist ein Riesengeschenk!«

»Ist es nicht«, konterte Milou zerknirscht. »Geschenke kann man nämlich umtauschen, wenn sie einem nicht gefallen. Aber ich habe bisher noch nirgendwo ein Rücksende-Etikett für die ›12‹ entdeckt – die würde ich nämlich liebend gerne zurückgeben.«

Wieder musste Oma kichern. Dann strich sie ein weiteres Mal über die Hand ihrer Enkelin. »Vielleicht dauert es noch ein wenig, bis du es erkennst, aber glaub mir: Jeder Tag ist im Grunde wie ein großer Geburtstagstisch und bietet dir viele wunderbare Möglichkeiten. Und wenn du das einmal verstanden hast, musst du nur noch nach deinen Träumen greifen und sie dir erfüllen!«

Milou konnte sich ein Schnauben nicht verkneifen. Hatte Oma heute etwa einen Abreißkalender mit besonders schönen Sprüchen verschluckt? Das Leben mit zwölf war jedenfalls kein »Geburtstagstisch« und kein »Traum«, und es bot Milou auch keinen Blumenstrauß an tollen Möglichkeiten, im Gegenteil! Sie steckte in einem Körper fest, der sich völlig fremd anfühlte, und musste sich zu allem Überfluss auch noch mit den fiesen anderen Teenagern in der Schule herumschlagen. Außerdem verbrachten ihre Eltern mehr Zeit mit ihren Jobs als mit ihrer eigenen Tochter. Milou war allein, ja, schlimmer noch: Wenn Oma Anni nicht gewesen wäre, wäre sie vermutlich der einsamste Mensch der Welt.

Deshalb lehnte sie nun auch müde den Kopf an die Schulter ihrer Oma, anstatt noch länger zu protestieren.

Anni gab ihr einen Kuss auf die Schläfe. »Wenn ich dich schon nicht mit rohen Kartoffeln einschmieren darf, kann ich dich dann wenigstens mit einem extradick bestrichenen Marmeladenbrötchen verwöhnen?«

Interessiert horchte Milou auf. »Hast du nicht gesagt, die Marmelade muss erst noch auskühlen?«

Oma zwinkerte verschwörerisch. »Nur weil ich meine Köstlichkeiten mit Ernst teile, muss ich ihm ja noch lange nicht die *ganze* Wahrheit auftischen. Der alte Holzkopf soll ruhig noch ein bisschen warten.« Sie stand auf, öffnete die kleine Speisekammer neben dem Herd und drehte sich mit einem frischen Glas Marmelade zu Milou um. »Der erste Löffel gehört natürlich meinem Lieblingsmenschen!«

Ein warmes Gefühl breitete sich in Milous Brust aus wie ein Hefeteig, der aufging und immer größer wurde, größer und größer. Es fühlte sich gut an, ein »Lieblingsmensch« zu sein. Und noch viel besser fühlte es sich an, sich dabei Omas Erdbeermarmelade auf der Zunge zergehen zu lassen.

»Hast du auch die kleinen Briochebrötchen, die ich so gerne mag?«, hakte Milou nach und tat so, als würde sie sich noch immer etwas zieren.

Doch als Oma grinsend das Geschirrtuch vom Brotkörbchen auf der Küchenanrichte zog und sich der Geruch von frischen warmen Brötchen in die Luft legte, war jeder weitere Widerstand zwecklos. Milou musste der Wahrheit ins Auge sehen: Mit einem Lieblingsmarmeladenbrötchen in der Hand gab es einfachen keinen Grund mehr für schlechte Laune.

Als Milou zu Hause mit der Brotdose für den nächsten Tag über die Türschwelle trat, war es schon fast sieben, aber von ihren Eltern noch immer keine Spur. Die Wohnung war gespenstisch still und leer, wie so oft, wenn Milou am Nachmittag oder Abend von Oma hochkam.

Papa war offenbar noch immer in Brüssel, wahrscheinlich würde er sogar ein paar Tage wegbleiben. Das war zumindest nicht ungewöhnlich, wenn er Aufträge im Ausland hatte. Wo Mama war, konnte Milou nur vermuten. Vielleicht hatte sie sich mit einer ihrer superperfekten Freundinnen verabredet und dabei die Zeit vergessen, vielleicht war sie aber auch nur Joggen oder beim Pilates. Oder aber sie war doch noch einmal ins Studio gefahren, um etwas für ihre nächste Moderation vorzubereiten. Florentine Hufschneider hielt es selten lange ohne ihre Arbeit aus. Selbst das Wort »Urlaub« war nur ein Synonym für Arbeit am Strand, am Pool oder auf einem Berggipfel in den Südtiroler Alpen.

Manchmal fragte Milou sich, warum ihre Eltern überhaupt ein Kind bekommen hatten. Ihre Mutter behauptete zwar immer wieder mit einem preisverdächtigen Kameralächeln, dass Milou ein »absolutes Wunschkind« gewesen sei – aber offenbar hatte sich dieses »Wunschkind« kurz nach der Geburt in ein »ganz gewöhnliches Kind« verwandelt, das nun einmal existierte, nicht mehr und nicht weniger.

Vielleicht war die ganze Sache sogar vergleichbar mit einem Shoppingrausch. Oma hatte ihr neulich erst erzählt, dass Einkaufen nur ganz kurz glücklich machte und dass die Leute mit ihren Spontankäufen meist versuchten, die Sehnsucht nach etwas eigentlich ganz anderem zu stillen. Sobald sie ihre »Beute« aber in den Händen hielten, war der Rausch schnell wieder verfolgen, während die Sehnsucht und das Unerfülltsein noch immer da waren. Konnte es sein, dass es sich mit dem »Wunschkind Milou« ganz genauso verhielt?

Echte Begeisterung ihrer Eltern für ihre Aufgabe als Mama und Papa spürte Milou jedenfalls schon lange nicht mehr, vielmehr kam sie sich oft als Belastung vor. Oder lag es schlicht und ergreifend daran, dass Milou nicht das Kind geworden war, das sich ihre Eltern insgeheim gewünscht hatten? Wäre vielleicht alles anders geworden, wenn sie so beliebt, schlagfertig und sportlich wie Tess wäre? Oder so ein schöner Junge wie Levi?

Schön? Hatte sie das gerade wirklich gedacht? Milou spürte, wie ihr das Blut in den ohnehin schon roten Kopf schoss. Levi war in Ordnung, er war keiner von den ganz schlimmen Mitschülern – das hatte er vorhin auf dem Sportplatz eindrucksvoll bewiesen, indem er sie nicht verpfiffen hatte. Und ja, er sah vielleicht auch ganz nett aus. Seine Haare waren dunkelblond und dicht, und wenn die Sonne schien und er über das Fußballfeld stürmte, sahen sie fast aus wie Goldähren im Sommerwind. Dafür waren seine Augen so dunkel, dass sie Milous Blick beinahe magisch anzogen und sie ständig Angst hatte, anschließend in einen Brunnen ohne

Boden zu fallen. Aber bedeutete das denn automatisch, dass er *schön* war?

Fast alle Mädchen aus der Klassenstufe waren heillos in ihn verknallt, aber das lag wohl auch daran, dass er als Kapitän der Fußballmannschaft ziemlich beliebt war und seine Mutter Schauspielerin in einer sehr bekannten Fernsehserie. Mit so einem Hintergrund konnte man kaum unbeliebt sein.

Milou war selbstverständlich *nicht* verknallt in Levi! Sie hielt nicht viel vom Verliebtsein, immerhin hatte sie auch so schon genug Probleme. Und deshalb war es überhaupt nicht schlimm, dass sie gerade eben die Worte »Levi« und »schön« in ein und demselben Satz gedacht hatte – basta!

Seufzend streifte Milou sich die Turnschuhe von den Füßen und schlurfte den langen Altbauflur hinab. Die Holzdielen knarzten unter ihren Schritten. Milou hatte natürlich längst herausgefunden, auf welchen Brettern sie sich bewegen musste, um geräuschlos durch den Flur zu kommen, aber jetzt machte es überhaupt keinen Sinn, leise zu sein. Es war ja ohnehin niemand da, den sie bei irgendetwas hätte stören können.

In der Küche legte sie Omas Brotdose mit den Pausenleckereien für den nächsten Tag in den Kühlschrank. Als sie sich zum Tisch umdrehte, fiel ihr Blick auf ihren Rucksack, der auf der Küchenbank stand. Hier hatte das Übel seinen Anfang genommen …

Milou ließ sich auf die Bank plumpsen, öffnete den Rucksack und zog die Pausenbox hervor. Als sie den Deckel aufklappte, schlug ihr ein unangenehmer Geruch entgegen. Auf dem Käsebrot hatten sich kleine Schweißperlen gebildet – kein Wunder bei den Temperaturen heute. Zum Glück hatte Milou bei Oma genug

Briochebrötchen verdrückt, um bis übermorgen satt zu sein. So kam sie wenigstens nicht mehr in die Verlegenheit, das alte Käsebrot noch zum Abendbrot essen zu müssen.

Omas Glückskeks lag in einem Extrafach in der Brotbox und war erfreulicherweise nicht mit dem Schwitzekäse in Berührung gekommen. Als Milou das kleine Gebäckstück behutsam in der Mitte brach, stellte sie fest, dass es wohl trotzdem etwas Feuchtigkeit aufgenommen hatte. Es krachte nicht wie sonst immer, der Teig war offenbar schon etwas weich. Aber sie hatte ja ohnehin nicht vor, ihn noch zu essen. Wichtig war nur die Botschaft, die Oma für sie hineingelegt hatte. Andächtig zog Milou den kleinen Zettel aus der Kekshälfte und strich ihn mit ihren Fingern glatt. Ihr Herz machte einen kleinen Hüpfer – wie immer, wenn sie Omas Schrift auf dem Stück Papier sah. Manchmal bestanden ihre Botschaften nur aus wenigen Worten. *»Du bist toll!«* war zum Beispiel eine von den kürzeren und schlichtesten Nachrichten gewesen, und Milou liebte sie genauso wie die längeren. Heute standen viele Worte auf dem kleinen Zettel und Milou begann sorgsam, sie zu lesen:

Manchmal nehmen wir Anlauf und fallen. Aber manchmal nehmen wir auch Anlauf, strecken unsere Arme aus – und beginnen, zu fliegen.

Fliegen? Milou stieß ein heiseres Lachen aus, als sie die Botschaft ein zweites Mal las. Passender hätten die Zeilen für heute Morgen wohl kaum sein können. Sie war ja tatsächlich geflogen am

Vormittag – und zwar mitten auf die Nase! Und auch mit dem »Anlauf nehmen« hatte Oma mal wieder voll ins Schwarze getroffen. Natürlich hatte Milou ihr schon vor Tagen von den Bundesjugendspielen erzählt und Oma hatte diesen Spruch mit Sicherheit bewusst gewählt. Umso mehr schmerzte Milou nun, dass sie die Nachricht nicht schon heute Morgen gelesen hatte. Ganz gewiss wäre sie dann mit einem ganz anderen Gefühl an die Sache herangegangen, hätte sich getraut, die Arme auszustrecken – und wer weiß: Vielleicht wäre sie dann ja tatsächlich geflogen und hätte sich nicht zum Gespött der ganzen Schule gemacht? Jetzt aber konnte sie nichts mehr daran ändern. Jetzt hieß sie für alle nur noch *Fliegenklatsche* …

Milou strich den Zettel ein letztes Mal glatt, dann stand sie auf und schlurfte in ihr Zimmer.

Auf dem kleinen Regal über dem Schreibtisch stand das alte Honigglas, in dem sie Omas Glücksbotschaften aufbewahrte. Auch diese Nachricht schob sie nun sorgsam zu den anderen. Als sie das Glas wieder fest verschlossen hatte, fiel ihr Blick in den Spiegel, der neben dem Schreibtisch hing. Der Rahmen war mit unzähligen Kussmündern bedeckt und auf dem oberen Holzstück prangte in großen Lettern das Wort »Prinzessin«. Mama hatte das Teil auf irgendeiner Presseveranstaltung geschenkt bekommen und fand, dass es doch wunderbar in Milous Zimmer passte. Doch als Milous Blick jetzt auf ihr Spiegelbild fiel, konnte sie das kein bisschen nachvollziehen. Nichts an ihr sah auch nur ansatzweise nach einer »Prinzessin« aus.

Ihre dichten, beinahe schwarzen Locken standen wild von ihrem Kopf ab und ließen sich mit keiner Haarbürste dieser Welt zähmen. Sie hatte die Locken eindeutig von Oma geerbt, genau wie die grünen Augen. Aber während Letztere bei Oma leuchteten wie smaragdgrüne Bergseen, wirkten Milous Augen meist stumpf und flach wie Pfützen, die vom Schlamm getrübt wurden. Normalerweise war ihre Gesichtshaut weiß wie ein Blatt Papier, das man vergessen hatte zu beschriften. Heute aber glühte sie rot wie ein Signalfeuer auf offener See, und daran würde vermutlich auch Omas Ringelblumensalbe nichts ändern können. Vielleicht hatte Oma ja zufällig auch noch eine wundersame Salbe für ihre Ohren, die irgendwie winzig waren, die Schlüsselbeine, die so merkwürdig hervorstanden, oder ihre Schultern, die viel zu steil herabfielen?

Milou betrachtete sich einen Augenblick und versuchte herauszufinden, was Oma meinte, wenn sie gelegentlich »meine Hübsche« sagte – aber sie konnte beim besten Willen nichts davon erkennen.

Mit einem trotzigen Schnauben griff sie nach dem kleinen Block mit den Post-it-Zetteln auf ihrem Schreibtisch und begann, die gesamte Fläche zuzukleben, bis von ihrem Spiegelbild nichts mehr zu sehen war.

Als sie fertig war, überkam sie plötzlich eine unbändige Müdigkeit.

Sie sollte auf jeden Fall noch duschen, das wusste sie – aber erst musste sie sich etwas ausruhen. Erschöpft ließ sie sich in ihren Sportsachen aufs Bett fallen und verschränkte die Arme hinter dem Kopf. Obwohl Oma die Wunden versorgt hatte, spürte sie nun auch die Verletzungen auf ihren Knien wieder. Die aufgeschürften Stellen brannten, und es war praktisch unmöglich, die Beine ohne Schmerzen anzuwinkeln oder aufzustellen.

Was hatte Oma vorhin noch gesagt? *Jeder Tag bietet dir die Möglichkeit, deine Träume zu erfüllen?* Heute würde sie sich jedenfalls nur noch einen Traum erfüllen: für einen kurzen Moment die Augen zu schließen und alles zu vergessen, was heute passiert war …

Als Milou ihre Augen wieder aufschlug, war nicht nur ein Moment vergangen, nein, sie musste eingeschlafen sein!

Erschrocken blinzelte sie gegen die Sonnenstrahlen an, die durch das Zimmerfenster direkt auf ihr Gesicht fielen. Panisch richtete Milou den Oberkörper auf. Dass die Sonne schon derart hoch stand, war kein gutes Zeichen. Und tatsächlich lieferte ein Blick auf den Wecker den Beweis: Sie hatte verschlafen! So ein Mist …

Hektisch sprang Milou aus dem Bett und vergaß dabei ihre Knie. Der Schmerz hatte sich verändert, war heute eher dumpf, aber nach wie vor unangenehm. Zu allem Überfluss hatte sie noch immer ihre Sportsachen an und zum Duschen blieb jetzt leider auch keine Zeit mehr. Wenn sie nicht heillos zu spät kommen wollte, musste sie sich beeilen. Hastig riss sie ein paar frische Klamotten aus dem Schrank und humpelte ins Bad.

»Mama?« Milou rechnete zwar nicht damit, eine Antwort von ihrer Mutter zu erhalten, war aber dennoch enttäuscht, als es in der Wohnung tatsächlich mucksmäuschenstill blieb. Um diese Uhrzeit saß Florentine für gewöhnlich längst vor der Kamera und versüßte dem Rest der Welt den Morgen. Trotzdem ertappte Milou sich bei dem Gedanken, dass es auch schön gewesen wäre, wenn sie zur Abwechslung mal ihrer eigenen Tochter zu einem vielversprechenden Tagesstart verholfen hätte.

Aber was brachte es jetzt schon, zu jammern? Wenigstens hatte sie Omas Brotdose im Kühlschrank. Eilig steckte Milou die Blechbox in ihren Rucksack, schlüpfte im Flur in ihre Schuhe und eilte zur Tür hinaus.

Als sie vor der Schule von ihrem alten Rad stieg, lief ihr der Schweiß von der Stirn und ihr Herz pochte wie wild. Obwohl sie sich wirklich beeilt hatte, war sie trotzdem noch viel zu spät. Der Unterricht hatte bereits vor zehn Minuten begonnen, und das bedeutete, dass sie zwangsläufig mal wieder mehr Aufmerksamkeit auf sich ziehen würde, als ihr lieb war. Dabei hätte sie sich nach der Blamage von gestern doch am liebsten in Luft aufgelöst …

Tatsächlich waren alle Blicke auf Milou gerichtet, als sie die Klassenzimmertür öffnete und mit einem hilflosen Lächeln über die Schwelle trat. Zum Glück konnte niemand sehen, dass sie vor Verlegenheit rot anlief – immerhin war ihr Gesicht vom Sonnenbrand schon erdbeermarmeladenrot.

»Entschuldigung«, murmelte Milou und sah zerknirscht zu Frau Lange, die vorne an der Tafel bereits mit der Mathestunde begonnen hatte. »Ich habe verschlafen.«

In der Klasse wurde wie auf Knopfdruck getuschelt und gekichert.

»Die Fliegenklatsche ist wohl angebrannt«, hörte Milou Tess flüstern, und sofort begannen einige Mädchen laut zu lachen.

Frau Lange warf ihnen einen ernsten Blick zu, stieß ein warnendes »Ruhe da hinten!« aus und schenkte Milou dann ein warmes Lächeln.

»Kein Problem, das passiert jedem Mal. Setz dich schnell auf deinen Platz, ich habe den anderen gerade die Mathearbeiten zurückgegeben.«

Milou mochte Frau Lange, und Frau Lange machte ihrerseits kein Geheimnis daraus, dass sie Milou mochte. Was genau genommen nicht sonderlich überraschend war. Denn im Gegensatz zu den allermeisten anderen Siebtklässlern fand Milou Mathematik ganz wunderbar!

Zahlen und Formeln gaben ihr ein Gefühl von Sicherheit, das sie sonst so oft im Alltag vermisste. In den meisten Bereichen des Lebens gab es unzählige Möglichkeiten, eine Sache so richtig zu vermasseln – aber in der Mathematik gab es nur richtig oder falsch. Milou liebte diese Zuverlässigkeit, dieses Schwarz und Weiß ohne jegliche Grautöne. In der Mathematik wusste sie immer, wie der nächste Schritt aussehen würde. Schade nur, dass nicht das ganze Leben eine lange mathematische Formel sein konnte und einfach berechenbar war.

Unglücklicherweise wurde Milou ihr Talent für Zahlen von den anderen nicht gerade als positive Eigenschaft ausgelegt – im Gegenteil. Als Frau Lange ihr nun mit einem Zwinkern ihre Mathearbeit zurückgab und für alle gut hörbar »Sehr schön, Milou« sagte, ging gleich wieder ein Raunen durch die Reihen ihrer Mitschüler. Beinahe entschuldigend sah Milou sich zu ihren Klassenkameraden um und konnte erkennen, wie Tess die Augen verdrehte und wieder etwas murmelte, über das die Mädchen um sie herum lachten. Also schob Milou ihre Mathearbeit hastig in ihren Rucksack, ohne einen Blick auf die Note zu werfen, und verbrachte den Rest der Stunde damit, möglichst nicht mehr aufzufallen. Was mit einem Gesicht, das wie ein STOPP-Schild leuchtete, gar nicht so einfach war!

Trotzdem spürte sie mit jeder Minute, in der sie niemand beachtete, wie sich ihr Herzschlag langsam beruhigte. Erst als es zur Pause läutete und Frau Lange alle noch einen Moment zurückhielt, um eine Ankündigung zu machen, merkte Milou, wie sich ihr Körper schlagartig wieder versteifte.

»Neben dem Vertretungsplan hängen jetzt übrigens die Listen für die Projektwoche. Das wird ganz sicher eine unvergessliche Zeit für uns alle.« Frau Lange zwinkerte noch einmal freundlich in die Runde, griff sich dann ihre schwere Ledertasche und verließ den Klassenraum. Und auch die Schülerinnen und Schüler sprangen nun aufgeregt von ihren Plätzen und stürmten neugierig in Richtung Vertretungsplan davon. Nur Milou blieb sitzen. *Projektwoche.* Das klang für sie beinahe so bedrohlich wie die Bundesjugendspiele …

Angeblich fand jedes Jahr vor den Sommerferien eine solche Aktionswoche statt. Milou war erst nach den letzten Sommerferien auf die Schule gekommen, es würde also ihre erste Projektwoche werden. Aber trotzdem beschlich sie bereits jetzt das Gefühl, dass ihr die ganze Angelegenheit nicht gefallen würde.

Schon vor Wochen hatten sie ihre Wunschwahl abgeben müssen, und Milou hatte sich für zwei Kunstprojekte und einen Schreibkurs beworben. Welches Projekt ihr am Ende zugeteilt worden war, würde sie nun also auf den Listen im Flur unten erfahren. Eine Sache bereitete ihr aber unabhängig vom Ergebnis schon jetzt gehörige Magenschmerzen: Die Projekte fanden nicht im Klassenverband statt – und das bedeutete, dass sie schon wieder neue

Mitschüler würde kennenlernen müssen. Reichte es denn nicht, dass sie sich vor ihren eigentlichen Klassenkameraden zum Gespött machte? Mussten nun wirklich auch noch andere Mädchen und Jungen auf sie aufmerksam werden?

Milou atmete tief durch. Angst half ihr nun auch nicht weiter, die Entscheidung war ja ohnehin schon gefallen. Sie würde sich nicht ändern, indem Milou sie ignorierte. Das Einzige, was sie jetzt noch tun konnte, um die Sache ein bisschen erträglicher zu machen, war, sich selbst ein wenig Mut zuzusprechen. Und was war dafür besser geeignet als Omas Glückskeks?

Nervös zog Milou die Brotdose aus ihrem Rucksack, klappte den Deckel auf und sah zufrieden auf ihr Glücksgebäck. Heute war der Teig ganz knusprig. Milou bildete sich sogar ein, dass er noch immer ofenfrisch roch – was natürlich nicht sein konnte, weil Oma die Box ja schon am Vorabend zubereitet hatte. Aber allein der Gedanke an den herrlichen Geruch, der beim Backen durch Omas Küche zog, sorgte dafür, dass Milou ganz warm ums Herz wurde.

Ein wenig angespannt war sie trotzdem, als sie den Keks in zwei Hälften brach und den kleinen Zettel darin von ein paar Krümeln befreite. Hoch konzentriert las sie Omas Worte:

Manchmal braucht es einen zweiten Blick,
um das Glück zu erkennen.

Einen zweiten Blick? Milou las die Nachricht ein weiteres Mal und musste schmunzeln. Das war typisch Oma! Ganz bestimmt bezog sie sich damit auf das, was gestern zwischen ihr und Herrn

Muffel vorgefallen war. Hatte sie nicht gesagt, Milou würde einige Dinge erst später verstehen können – auf den *zweiten Blick* sozusagen?

Grinsend steckte Milou den kleinen Zettel in die Hosentasche und schob sich genüsslich eine Kekshälfte in den Mund. Wenn es Oma so viel bedeutete, würde sie dem Holzkopfnachbarn eben noch eine Chance geben.

Beinahe beschwingt verließ sie das Klassenzimmer. Doch als sie unten im Treppenhaus vor den Teilnehmerlisten für die Projektwoche stand, verflog der kurze Anflug von Hoffnung schneller, als Milou ihren Namen hätte buchstabieren können. Auf einen Schlag schoss ihr Puls in die Höhe und ihre Finger wurden schweißnass. Das konnte doch nicht wahr sein! Das musste ein Fehler sein, ein Missverständnis!

Milou schloss ungläubig die Augen und öffnete sie wieder – aber auch jetzt änderte sich das Ergebnis nicht.

Verunsichert tastete sie nach Omas kleinem Zettel in ihrer Hosentasche. Sie hatte beim besten Willen keine Ahnung, wie das alles hatte zustande kommen können, aber eines wusste sie ganz sicher: dass auch kein zweiter oder dritter oder vierter Blick reichen würde, um in dieser Angelegenheit auch nur einen Funken Glück zu erkennen …

4

»Ein Theaterkurs? Das klingt doch total schön.« Oma beugte sich tief über das kleine Gemüsebeet und sah ihre Enkelin dabei nicht einmal an.

»Ein Theaterkurs ist so ziemlich das Gegenteil von schön!«, erwiderte Milou und ließ sich aus dem Schneidersitz rückwärts auf den Rasen fallen. »Das ist eine Katastrophe!«

Jetzt richtete sich Anni doch noch über den Salatköpfen auf und blinzelte sie überrascht an. »Also früher bist du immer ganz gerne mit mir ins Weihnachtsmärchen gegangen …«

Milou stieß ein leises Stöhnen aus und rieb sich mit den Händen über das verbrannte Gesicht. »Das kann man doch überhaupt nicht vergleichen, Oma! Im Weihnachtsmärchen musste ich schließlich nicht mitspielen!« Verzweifelt blinzelte Milou hinauf ins Sonnenlicht, das zwischen den Blättern der Apfelbaumkrone tanzte. »Außerdem habe ich diesen Kurs gar nicht gewählt. Nicht mal als Zweit- oder Drittwunsch.«

Ratlos wischte Oma sich ein paar Schweißperlen von der Stirn. »Und wie kommt es dann, dass du für den Kurs eingeteilt wurdest?«

Gute Frage! Milou hatte sich natürlich sofort auf die Suche nach den Verantwortlichen gemacht und tatsächlich den zuständigen

Lehrer zur Rede gestellt. Doch seine Antwort gefiel ihr noch immer nicht.

»Es hat wohl einen kleinen Fehler bei der Einteilung gegeben«, gab sie seine Worte seufzend wieder und setzte sich mutlos auf.

»Ein Fehler?«

»Die sind irgendwie in der Zeile verrutscht und dann ist mein Name auf der Theaterliste gelandet.«

Oma hob die Augenbrauen. »Dann kann man deinen Namen jetzt doch sicher auch einfach auf eine andere Liste rutschen lassen, oder?«

»Eben nicht.« Geknickt legte Milou ihren Kopf auf den schmerzenden Knien ab. »Die Kurslisten sind alle voll. Bei den Projekten, für die ich mich beworben habe, sind jedenfalls keine Plätze mehr frei. Die einzige Möglichkeit, doch noch zu wechseln, wäre, wenn jemand mit mir tauscht.«

Mit einem Mal leuchteten Omas Augen auf. »Aber das ist doch wunderbar!«

»Wunderbar?« Was sollte daran denn bitte *wunderbar* sein?

Offensichtlich verstand Oma Milous verstörten Blick und zuckte mit den Schultern. »Na, damit hast du doch die Lösung für dein Problem. Du weißt schon: *Solange es einen Weg gibt, ist noch nichts verloren.*« Sie zwinkerte und schenkte Milou ein extrasonniges Lächeln.

Aber Milou rollte nur ein weiteres Mal mit den Augen. »Deine schönen Sprüche helfen mir gerade kein bisschen weiter.«

Oma betrachtete sie einen Moment lang nachdenklich und unternahm dann einen letzten Aufheiterungsversuch. »Kann es etwa sein, dass dich mein werter Herr Nachbar mit seiner schlechten

Laune angesteckt hat? Dann könnte ich nämlich ganz schnell für Abhilfe sorgen und dich mit einem großen Löffel Erdbeermarmelade kurieren.« Links und rechts neben Omas Mundwinkeln zeichneten sich die kleinen Lachgrübchen ab, die Milou so sehr mochte – aber trotzdem war ihr nicht zum Scherzen zumute. Ihre Oma verstand den Ernst der Lage einfach nicht.

»Mein Problem ist nicht, dass ich schlechte Laune habe, sondern dass es einfach keinen Ausweg gibt.«

»Aber du hast doch gerade gesagt, du könntest mit jemandem tauschen«, erwiderte Oma behutsam.

»Dafür müsste ich aber erst mal jemanden finden, der mit mir tauschen will«, erklärte Milou noch immer eine Spur zu trotzig. »Und das Problem ist, dass ich die anderen auf den Listen gar nicht kenne.«

»Dann lernst du sie eben kennen.« Entschlossen schnappte Oma sich die schwere Gießkanne, die neben der roten Holzbank stand. Doch dann bemerkte sie wohl das Entsetzen in Milous Augen und ging langsam vor ihr in die Hocke.

»Kopf hoch, mein Schatz, aller Anfang ist schwer. Aber deine Mitschüler werden dir vermutlich immer fremd bleiben, wenn du nicht irgendwann auf sie zugehst. Und mal ehrlich: Was hast du schon zu verlieren, wenn du sie einfach ansprichst? Im schlimmsten Fall will niemand mit dir tauschen – aber dann hast du es wenigstens versucht. Du weißt doch: *Wer kämpft, kann verlieren. Aber wer nicht kämpft …*«

»*… hat schon verloren*«, beendete Milou den Satz müde. Jetzt gerade ging es ihr tatsächlich ein wenig auf den Keks, dass Oma für jede Situation einen passenden Spruch parat hatte. Aber vermutlich hatte Anni recht. Vielleicht lag die Lösung ja wirklich direkt vor ihr und wartete nur darauf, gepflückt zu werden wie das kleine Gänseblümchen zu ihren Füßen. Wenn bei der Listeneinteilung *ein* Fehler vorgekommen war, konnte doch genauso gut noch ein *zweiter* passiert sein. Dann gab es vielleicht tatsächlich noch ein Mädchen oder einen Jungen in Milous Wunschkursen, die selbst gerne tauschen wollten. Morgen früh würde sie einfach einen Blick auf die Listen werfen und überprüfen, ob ihr eventuell einer der Namen bekannt vorkam. Vielleicht würde sie diese Sache dann doch noch geregelt kriegen.

»Und wenn nicht, machst du eben diesen Theaterkurs«, sagte Oma, die jetzt offenbar auch noch Gedanken lesen konnte.

»Ich kann unter keinen Umständen auf der Bühne stehen, Oma«, erwiderte Milou und schüttelte energisch den Kopf.

Oma griff nach ihren Händen. »Du hast zwei Beine, mein Schatz. Und selbst wenn deine Knie gerade ein bisschen lädiert sind, konntest du darauf bisher immer ganz einwandfrei stehen. Und zwar überall.« Sie zwinkerte und blies sich eine graue Locke aus der Stirn.

Milou warf ihr einen gereizten Blick zu. »Du weißt genau, dass es nicht das Stehen ist, das mir Probleme bereitet! Ich spreche nun mal nicht gern vor fremden Leuten. Erst recht nicht, wenn mich dabei alle anstarren.«

Diese Vorstellung war in der Tat nicht nur beängstigend, nein, sie war der blanke Horror! Wie sollte sich jemand, der am liebsten unsichtbar gewesen wäre, vor aller Welt auf eine Bühne stellen? Allein bei dem Gedanken daran wurde Milou schlagartig übel. Außerdem stand zu allem Überfluss auch noch Tess' Name auf der Liste vom Theaterkurs – schrecklicher konnte das alles kaum werden …

»Was hältst du davon, wenn ich dir gleich ein großes Glas Zitronenlimonade einschenke?«, schlug Oma vor und strich ihr über die Wange.

»Gibt es auch ein Stück Kuchen dazu?«, hakte Milou zögerlich nach.

Auf Omas Gesicht zeichnete sich augenblicklich ein dickes, fettes Grinsen ab. »Butterkuchen – ganz frisch aus dem Ofen.« Sie fuhr Milou aufmunternd durch die wilden Haare und griff dann wieder nach der schweren Gießkanne. »Lass mich nur schnell die Salatköpfe wässern, dann verwöhne ich meine Lieblingsenkelin ein bisschen.«

»Soweit ich weiß, bin ich deine *einzige* Enkelin«, korrigierte Milou sie, aber Oma grinste nur noch breiter.

»Das schmälert weder meine Liebe noch meine Begeisterung.« Ein wenig wackelig kam sie zurück auf die Beine und schleppte die große grüne Kanne quer durch den kleinen Garten zum Gemüsebeet. Doch kaum hatte sie ihr Ziel erreicht, zuckte sie plötzlich ganz seltsam zusammen und stieß ein Stöhnen aus, das Milou alarmiert aufhorchen ließ. Im nächsten Augenblick glitt ihr die schwere Kanne aus den Händen und fiel mit einem dumpfen Rumpeln auf den Boden. Das Wasser sickerte gluckernd in die trockene Erde.

Milou zögerte keine Sekunde, sprang hastig auf und eilte auf ihre Großmutter zu – gerade noch rechtzeitig, wie sich herausstellte. Denn mit einem Mal schloss Anni benommen die Augen und schwankte ziemlich bedenklich hin und her. »Oma!« Milou griff unter ihre Achseln und stützte sie, so gut es ging. Es dauerte nur wenige Sekunden, dann hörte das Schwanken auf und Anni öffnete ihre Augen wieder. Aber Milous Herz klopfte noch immer wie verrückt.

»Auf die Bank!«, befahl sie entschlossen und begleitete ihre Oma Schritt für Schritt in den Baumschatten. Erst als sie Anni auf der roten Holzbank abgesetzt hatte, stellte sie fest, wie sehr ihre eigenen Finger zitterten.

»Alles okay bei dir, Oma?« Obwohl Milou wusste, dass diese Frage im Grunde überflüssig war, sah sie nun, wie ihre Großmutter tapfer nickte und sich ein Lächeln abrang.

»Keine Sorge, ist schon wieder gut.«

Gut? Milou war vielleicht leicht zu verunsichern, aber blind oder blöd war sie ganz sicher nicht!

»Was ist denn passiert?«, bohrte sie weiter nach und setzte sich beunruhigt neben Oma auf die Bank.

»Ich weiß nicht. Auf einmal war mir etwas schwindelig und …« Oma hielt inne und legte ihre Hand auf Milous Oberschenkel. »Es ist schon viel besser, wirklich. Vermutlich war das einfach ein kleiner Schwächeanfall wegen der Hitze.«

Milou beruhigte das allerdings nicht sonderlich. »Ist dir so was schon mal passiert?«

Oma runzelte belustigt die Stirn. »Soll das jetzt etwa ein Verhör werden?« Doch als Milou nicht auf ihr Lächeln einging, atmete sie einmal tief durch und strich ihrer Enkelin über die rot glühende Wange. »Mach dir bitte keine Sorgen, mein Schatz. Es ist doch nichts passiert.«

»Weil wir Glück hatten und ich zur Stelle war!«, wandte Milou ein. »Wenn ich dich nicht gestützt hätte, wärst du kopfüber ins Salatbeet gefallen!«

Oma grinste schief und drückte Milous Hand. »Ich sag es ja seit Jahren: *Glück hat immer diejenige, die daran glaubt.*« Sie zwinkerte.

Milou blieb zögerlich, rang sich aber immerhin ein kleines, unsicheres Lächeln ab – welches Oma direkt wie einen rettenden Strohhalm ergriff.

»Darf ich dich denn jetzt endlich mit einer Limonade verwöhnen?«

»Auf keinen Fall!«, erwiderte Milou entschieden und stand auf. »*Ich* verwöhne dich jetzt mit Kuchen und Limo. Du bleibst nämlich hier im Schatten sitzen und ruhst dich aus – das ist ein Befehl!«

Oma kicherte leise. »Also wenn du so auftrittst, nimmst du es garantiert mit jeder Bühne dieser Welt auf, mein Schatz.«

Milou warf ihr einen warnenden Blick zu, schüttelte ungläubig den Kopf und verschwand in der Küche.

Als sie ein paar Stunden später mit ihrer Brotdose für den nächsten Tag in die Wohnung ihrer Eltern hinaufging, stolperte Mama gerade in ein Handtuch gewickelt aus der Dusche.

»Da bist du ja! Ich habe schon befürchtet, du willst bei Annegret im Garten übernachten.« Sie lachte heiter auf und stupste Milou ihren nassen Ellenbogen in die Seite. Aber Milou war auch jetzt noch nicht zum Scherzen zumute. Sie mochte es nicht, dass ihre Mutter Oma Anni auch nach so vielen Jahren noch *Annegret* nannte. Das war zwar Omas richtiger Name, aber er klang irgendwie alt und verstaubt, vor allem aber kein bisschen nach dem warmen Gefühl, das der Gedanke an ihre Großmutter bei Milou auslöste.

Außerdem hatte sie den Vorfall aus dem Garten vorhin noch immer nicht richtig verdaut. Oma hatte sich zwar schnell wieder gefangen, hatte ein großes Glas Zitronenlimo und gleich zwei Stücke Butterkuchen mit dicker Zuckerkruste verdrückt – aber irgendwie wurde Milou das mulmige Gefühl in ihrer Magengrube nicht wieder los. Oma war schließlich noch nie einfach so umgekippt …

»Herrje, du hast aber ganz schön Sonne abbekommen«, bemerkte Mama nun und tätschelte Milou besorgt die roten Wangen. »Ich habe dir doch schon hundertmal gesagt, dass …«

»Mich interessiert nicht, ob ich mal Falten kriege, Mama!«, fiel Milou ihr gereizt ins Wort und schob die Finger ihrer Mutter zur Seite.

Florentine sah sie völlig überrumpelt an. So entschieden und schroff kannte sie ihre Tochter gar nicht. »Welche Laus ist dir denn über die Leber gelaufen?«

Welche Laus? Milou schossen sofort ein ganzer Haufen Läuse durch den Kopf, die dafür sorgten, dass ihr Leben gerade mächtig juckte und zwickte und drückte – wie zum Beispiel die blöde Liste neben dem Vertretungsplan! Aber die Sache mit dem Theaterkurs würde ihre Mutter ohnehin nicht verstehen. Florentine Hufschneider liebte das Rampenlicht.

Deshalb ließ Milou dieses Thema jetzt vorsorglich lieber ruhen und widmete sich stattdessen einer anderen Sorge.

»Ich glaube, Oma sollte mal zum Arzt gehen.«

»Zum Arzt?« Mama blinzelte sie überrascht an. »Wie kommst du darauf?«

»Sie wäre heute fast umgekippt beim Blumengießen.«

»Na ja«, sagte Mama und band sich die nassen Haare zu einem Zopf. »Es war ganz schön warm heute. Vielleicht hat sie einfach zu wenig getrunken, das kommt schon mal vor.«

»Bisher ist es aber noch nie vorgekommen«, widersprach Milou. »Zumindest nicht, wenn ich dabei war – und ich verbringe ziemlich viel Zeit mit Oma!«

Offenbar war Florentine verunsichert, ob in diesem *ziemlich viel* nicht auch leise Kritik an ihrer eigenen Rolle als Mutter mitschwang, denn mit einem Mal blickte sie ihre Tochter beinahe ertappt an. Behutsam nahm sie Milous Hand in ihre eigene und sah ihr tief in die Augen. »Wenn du dir Sorgen machst, spreche ich mit Papa, in Ordnung? Aber ich bin mir ganz sicher, dass es Annegret gut geht.«

Milou biss sich auf die Unterlippe. »Du denkst wirklich, es war nur die Hitze?«

»Ich denke, es war die Hitze, ja.«

»Und du sprichst mit Papa darüber …?«

»Sobald er aus Brüssel zurück ist, versprochen.« Mama hob die Hand wie zum Schwur.

Milou hielt einen Moment die Luft an und atmete dann mit einem tiefen Seufzen aus. »Wann kommt er denn zurück?«

»Übermorgen«, sagte Mama, gab Milou einen Kuss auf die Stirn und tapste Richtung Schlafzimmer. »Ich habe übrigens schon zu Abend gegessen, aber es ist noch etwas Salat im Kühlschrank.«

Milou verzog instinktiv das Gesicht. »Können wir uns nicht ausnahmsweise noch eine Pizza bestellen? Salat macht doch nicht satt ...«

Mama lachte auf und drehte sich in der Schlafzimmertür zu ihr um.

»Du weißt doch, dass ich keine Pizza esse.« Sie klopfte sich auf den flachen Bauch. »Und außerdem muss ich dringend ins Bett. Mein Wecker klingelt morgen früh um halb vier.«

Milou zögerte, traute sich dann aber. »Ich habe ja nur gedacht, weil die Sache mit Oma ...«

»Glaub mir, mein Schatz«, unterbrach Mama sie. »Deiner Oma geht es ganz sicher gut!« Dann warf sie ihr einen Luftkuss zu und verschwand leichtfüßig im Schlafzimmer.

Milou seufzte. Sie war daran gewöhnt, die Abende allein zu verbringen – zumindest, wenn Papa unterwegs war. Und dennoch hätte sie heute ein bisschen Gesellschaft ganz gut gebrauchen können.

Nachdenklich holte sie die Schüssel mit dem Salat aus dem Kühlschrank und setzte sich auf die Fensterbank. Lustlos stocherte sie ein Salatblatt auf die Gabel, stellte die Schüssel aber nach zwei trostlosen Bissen wieder weg. Wenn Mama dieses Zeug essen wollte, bitte, aber Milou brauchte jetzt etwas Richtiges!

Vielleicht konnte sie ja einfach noch mal kurz zu Oma nach unten gehen? Die würde ihr mit Sicherheit schnell etwas Köstliches zaubern, etwas, was nicht nur ihren Bauch, sondern auch ihr Herz erwärmen würde.

Doch als Milou auf den kleinen Küchenbalkon trat und in den Garten im Nebenhaus schaute, stellte sie enttäuscht fest, dass kein

Licht mehr aus Omas Küchenfenster fiel. Und das bedeutete in der Regel, dass ihre Großmutter sich schon schlafen gelegt hatte. Offenbar hatte der Vorfall am Nachmittag sie tatsächlich ganz schön geschwächt …

Milou ließ die Schultern sinken, trat zurück in die Küche und schloss die Balkontür hinter sich. Müde sah sie zu den Regalen über dem Geschirrspüler. Ein paar Cornflakes würden es wahrscheinlich auch tun …

5

Am liebsten hätte Milou am nächsten Morgen noch vor der Schule bei ihrer Großmutter vorbeigeschaut, um sich davon zu überzeugen, dass alles in Ordnung war. Aber als sie einen Blick auf Omas Fenster warf, stellte sie fest, dass die Vorhänge zur Straße noch immer zugezogen waren. Und das bedeutete wohl, dass Anni noch schlief. Im Grunde war das gut so, redete Milou sich ein, eine ordentliche Mütze Schlaf würde ihrer Oma sicherlich guttun.

Sie selbst hätte es auch vorgezogen, noch ein paar Stunden im Bett liegen zu bleiben, aber das war heute leider keine Option. Sie musste schließlich die Sache mit dem Theaterkurs klären. Bei dem Gedanken daran, völlig fremde Mitschüler anzusprechen, krampfte sich ihr der Magen zusammen. Doch dann konzentrierte sie sich auf das, was Oma gesagt hatte:

Wer nicht kämpft, hat schon verloren!

Und hatte sie nicht auch behauptet, dass jeder Tag ein großer Gabentisch voller Möglichkeiten war? Wenn das wahr war, bestand ja im Prinzip auch die Möglichkeit, dass heute alles wie am Schnürchen laufen könnte – und dieser Gelegenheit wollte Milou zumindest eine Chance geben. Deshalb schnappte sie sich nun auch so entschlossen wie möglich ihr altes Rad, schwang sich in den Sattel und radelte los.

Und tatsächlich lief der Tag ziemlich verheißungsvoll an. Vor der Schule fand Milou auf Anhieb einen guten Platz für ihr Fahrrad, und auch als sie sich vor dem Vertretungsplan die Namen der potenziellen Tauschkandidatinnen notierte, nahm niemand Notiz von ihr. Vielleicht waren das ja alles schon Zeichen, Vorboten dafür, dass dieser Tag am Ende wirklich gut werden würde?

Beinahe beschwingt huschte Milou die Treppen zu ihrem Klassenzimmer hinauf. Die beiden ersten Englischstunden vergingen wie im Flug. Milou meldete sich sogar ganze vier Mal und brachte ihre Lehrerin mit ihrer regen mündlichen Beteiligung ziemlich aus dem Konzept. Mit jeder Minute, die verging, ohne dass sich eine Katastrophe anbahnte, wuchs Milous Selbstbewusstsein. Immer wieder schielte sie unter dem Tisch auf die Liste mit den Kursnamen. Sie würde das schon hinkriegen!

Als es zur ersten großen Pause klingelte, war Milou sogar derart entschlossen, dass sie glatt ihre Brotdose mit Omas Pausensnacks im Klassenzimmer vergaß. Allerdings war ihr Magen so flatterig, dass sie vermutlich ohnehin keinen Bissen runtergekriegt hätte.

Zum Glück standen auf der Kursliste nicht nur die Namen der Teilnehmer, sondern auch die jeweiligen Klassen, die die Mädchen und Jungen besuchten. Milou entschied sich, zuerst die Parallelklasse am anderen Ende des Flurs anzusteuern. Natürlich waren mit dem Klingeln schon etliche Schüler auf den Pausenhof geeilt, aber eine Handvoll Mädchen standen noch bei ihren Tischen und unterhielten sich angeregt. Noch während Milou überlegte, wie sie sich am besten bemerkbar machen konnte, ohne gleich in ein Fettnäpfchen zu treten, hielt eines der Mädchen inne und sah sie interessiert an.

»Können wir dir irgendwie helfen?«

Ihre Stimme klang überhaupt nicht feindselig, und Milou fand, dass sie auch sonst ziemlich freundlich wirkte. Sie hatte schulterlange blonde Haare und eine Stupsnase mit unzähligen Sommersprossen.

»Ich …« Milou musste schlucken, gab sich dann aber einen Ruck. »Ich wollte fragen, ob vielleicht jemand den Kurs mit mir tauschen möchte.«

»Welchen Kurs?« Das blonde Mädchen hob irritiert die Augenbrauen.

»Ich meine die Projektwoche.« Milou räusperte sich und hielt kurz ihre Liste mit den Namen hoch. »Ich wurde versehentlich in den Theaterkurs eingeteilt, würde aber lieber zeichnen oder Kurzgeschichten schreiben.«

»Ich bin selbst im Theaterkurs, insofern kann ich dir leider nicht helfen«, erwiderte das Sommersprossenmädchen entschuldigend und blickte dann zu ihren Freundinnen. »Aber wollte Lola nicht unbedingt in den Theaterkurs wechseln?«

Eines der anderen Mädchen nickte und musste gleichzeitig grinsen. »Ja, weil sie gesehen hat, dass Levi mitmacht.« Sofort kicherten die Freundinnen verstohlen los. Milous Herz stolperte abrupt aus dem Takt. Levis Name war ihr auf der Kursliste gar nicht aufgefallen – aber sie hatte ja auch nur die möglichen Tauschlisten studiert. Und natürlich spielte es im Grunde überhaupt keine Rolle, dass Levi im Theaterkurs war. Viel entscheidender war, ob der Name von dieser Lola auf einer ihrer Wunschkurslisten stand. *Lola, Lola, Lola …*

Hektisch flogen Milous Augen über die vielen fremden Namen –

und tatsächlich: *Lola Zander* tauchte als allerletzter Name auf der Liste des Zeichenkurses auf. Wenn das kein Volltreffer war! Milou spürte, wie sich ihr Puls noch einmal beschleunigte. »Und wo finde ich diese Lola?«

Das blonde Mädchen deutete auf einen leeren Platz am Fenster. »Heute ist sie leider krank, aber komm doch morgen noch mal wieder. Ich bin mir ganz sicher, dass sie liebend gerne mit dir tauscht.«

Milou konnte gar nicht glauben, was sie da hörte. Sie bedankte sich rasch bei den Mädchen und schwebte wie auf Wolken hinaus auf den Pausenhof, und egal, wie sehr sie dagegen ankämpfte: Sie konnte sich ein breites Grinsen einfach nicht verkneifen. Wer hätte gedacht, dass es so einfach werden würde?

Natürlich, noch war nichts in Stein gemeißelt! Aber die netten Mädchen aus der Parallelklasse hatten eigentlich keinen Zweifel daran gelassen, dass ihre Mitschülerin sehr gerne mit Milou tauschen würde. Der Zeichenkurs war plötzlich zum Greifen nah und die Theaterkatastrophe so gut wie abgewendet – und Milou konnte es gar nicht abwarten, ihrer Oma heute Nachmittag davon zu erzählen!

Die ganze Pause hindurch fühlte sie sich leicht und beschwingt, so als könnte sie tatsächlich jeden Moment abheben und davonschweben. Sie war sogar derart auf ihr unerwartetes Glück fokussiert, dass sie das Klingeln zum Ende der Pause beinahe überhörte, und auch sonst nicht viel mitbekam von dem, was um sie herum passierte. Erst als sie als eine der Letzten in Richtung Klassenzimmer stolperte, beschlich sie das Gefühl, dass irgendetwas nicht stimmte …

Schon auf dem Flur vor dem Klassenraum bemerkte sie, dass ihr fremde Schüler seltsame Blicke zuwarfen und die Köpfe zum Tuscheln zusammensteckten. Und als sie nun zwischen ihren Klassenkameraden auf ihren Platz zuging, wurde ihr mulmiges Gefühl nur noch stärker.

Die meisten Jungs saßen bereits auf ihren Stühlen, sahen sich bei Milous Anblick aber verstohlenen an und glucksten vergnügt. Die Mädchen der Klasse hatten sich in einer Traube um den Tisch von Tess versammelt. Was Tess genau in der Hand hielt und ihnen zeigte, konnte Milou nicht sagen, nur dass es die anderen immer wieder zum Kichern brachte.

Milou versuchte zu schlucken, aber ihre Kehle war plötzlich viel zu trocken. Außerdem waren ihre Ohren mit einem Mal ganz heiß, fast so als wollte die Panik, die jetzt in ihr aufkeimte, direkt aus ihnen hinausglühen.

Mit gesenktem Kopf setzte Milou sich auf ihren Platz und griff nach ihrem Rucksack. Sie würde jetzt einfach einen Schluck Wasser trinken, bis diese unangenehme Situation vorbei war. Vielleicht irrte sie sich ja auch und es ging bei alledem hier in Wirklichkeit gar nicht um sie? Heute war schließlich ein guter Tag! Sie hatte einen neuen Kursplatz so gut wie sicher – und außerdem befand sich einer von Omas Glückskeksen in dem Rucksack auf ihrem Schoß. Was sollte da schon groß schiefgehen?

Doch kaum hatte sie die Wasserflasche an ihre Lippen gesetzt, erschien auf dem Smartboard hinter dem Lehrerpult plötzlich ein Video. Die anderen vergruben glucksend die Gesichter in den Händen, während Tess ziemlich auffällig an dem Handy unter ihrem Tisch herumfingerte, und Milou wurde schlagartig übel.

Das da vorne auf der Leinwand – das war ein Video von den Bundesjugendspielen. Und die Hauptdarstellerin des kurzen Clips war keine Geringere als Milou höchstpersönlich!

Tess musste sie heimlich aufgenommen haben und hatte jetzt ein Filmchen daraus gemacht, eines, in dem Milou immer wieder vornüberfiel und zurückflog, so als wäre sie nur eine Puppe, die an unsichtbaren Fäden hing. Im Hintergrund lief irgendeine lächerliche Melodie, die Milou nur noch idiotischer aussehen ließ, und irgendjemand hatte offenbar eine Art Abzählreim eingesprochen, der nun in doppelter Geschwindigkeit abgespielt wurde: *Klatsch, Matsch, Fliegenklatsche, Fliegenklatsche, klatsch!*

In der Klasse gab es jetzt kein Halten mehr. Hatten die anderen bisher nur verstohlen gekichert, gaben sie sich nun keine Mühe mehr, ihre Erheiterung zu verbergen und prusteten lauthals los. Einige Jungs lehnten sich grölend auf ihren Stühlen zurück, und die meisten Mädchen drängten sich lachend um Tess. Nur Milou saß wie versteinert auf ihrem Platz, den Blick von Tränen verschleiert. Sie konnte sich nicht rühren, sie wusste nicht einmal, ob sie noch atmete.

»Was ist denn hier los?«

Die verblüffte Stimme von Herrn Rudolph riss Milou aus ihrer Schockstarre. Ihr Deutschlehrer stand im Türrahmen des Klassenzimmers, die abgewetzte Ledertasche wie immer unter seinen Arm geklemmt, und betrachtete irritiert den kichernden Mädchenpulk rund um Tess.

Ruckartig schossen die Mädchen auseinander und eilten auf ihre Stühle.

Jetzt entdeckte Herr Rudolph auch das Video, das in Endlosschleife über das Smartboard flimmerte, und mit einem Mal lief sein Gesicht rot an.

»Schluss jetzt!«, brüllte er und ließ seine schwere Tasche wütend auf das Lehrerpult plumpsen. »Wer auch immer dafür verantwortlich ist: Ihr schaltet das jetzt sofort ab!« Seine Stimme überschlug sich, und tatsächlich verstummte das Gelächter im Klassenzimmer endlich.

Für Milou aber kam dieser Rettungseinsatz zu spät. Heiße Tränen strömten über ihre Wangen – und plötzlich spürte sie, dass sie Luft brauchte, ja: Sie musste hier raus, jetzt sofort! Ruckartig stieß sie ihren Stuhl zurück, krallte die Finger um den Rucksack und stürmte aus dem Klassenzimmer. Dabei riss sie die Tür derart heftig auf, dass sie mit einem ohrenbetäubenden Knall gegen die Wand krachte, aber Milou nahm alles nur noch wie durch einen Vorhang wahr. Sie hörte, wie Herr Rudolph ihren Namen rief, aber es klang irgendwie dumpf und entfernt. Milou war einfach schon zu weit weg, sie war nicht mehr hier. Ihr Körper bewegte sich zwar durch die Schulflure, aber ihr Geist hatte sich bereits von all dem abgekapselt. Unablässig liefen Tränen über ihr Gesicht, und mit einem Mal drängte sich ein heftiges Schluchzen ihre Kehle hinauf. Sie brauchte jetzt wirklich ganz dringend frische Luft – und zwar schnell!

Wie konnten die anderen nur so gemein sein? Was hatte sie ihnen denn getan, dass sie derart auf ihr herumhackten – *was hatte sie überhaupt jemals irgendjemandem getan?*

Milou konnte kaum bis zur eigenen Nasenspitze sehen, so dicht war der Tränenschleier vor ihren Augen. Nahezu blind stürmte sie auf die Treppe am Ende des Flurs zu – und rannte beim Abbiegen mit voller Wucht in jemanden hinein! Der Zusammenprall war derart heftig, dass Milou zurücktaumelte und auf den Boden fiel. Ihr Rucksack flog ihr in hohem Bogen aus der Hand und landete ein paar Meter weiter, direkt vor den Füßen des Schülers, mit dem sie zusammengestoßen war. Auch er hatte das Gleichgewicht verloren und war mit einem gequälten Schrei zu Boden gegangen. Nun hockte er zwei Armlängen entfernt vor Milou und schob sich völlig perplex die goldblonden Haare aus der Stirn.

»Bist du verrückt geworden …?«

Levi! Milou stockte der Atem, als sie ihn erkannte. Sie war ausgerechnet mit Levi zusammengestoßen!

Während sie ihn noch wortlos anstarrte, erhob er sich bereits mit einem Ächzen, tat ein paar Schritte auf sie zu und hielt ihr dann tatsächlich seine Hand hin, um ihr aufzuhelfen.

Milou wusste, dass sie sich entschuldigen musste, weil Levi für all das hier nun wirklich nichts konnte, aber mit einem Mal empfand sie kein Mitleid mehr und keine Scham, nein. Das Einzige, was sie plötzlich spürte, war Wut, siedend heiße Wut, die von irgendwo tief in ihrem Inneren kam, sich in ihr aufwallte wie eine Flutwelle und sich unaufhaltsam einen Weg nach draußen bahnte.

»Lass mich in Ruhe!«, platzte es völlig unvermittelt aus ihrem Mund heraus, und bevor Levi auch nur realisieren konnte, was hier gerade geschah, schlug sie auch schon schnaubend seine Hand weg.

Er taumelte ein paar Schritte zurück und blinzelte sie irritiert an. »Ich wollte dir nur helfen …«

»Ich brauche deine Hilfe aber nicht!«, brüllte Milou und kämpfte sich selbst auf die Füße zurück. »Ich brauche überhaupt keine

Hilfe, von niemandem! Weil ich all das hier nämlich hasse! Ich hasse diese Schule, ich hasse Sport und ich hasse, dass ich hier sein muss!« Wie von Sinnen funkelte sie ihn an, und tatsächlich verschlug es Levi die Sprache. Milou aber war noch nicht fertig: »Und *euch* hasse ich am allerallermeisten, hörst du? Ich hasse, hasse, hasse euch alle!« Insgeheim war sie sich sicher, dass er nicht einmal ihren Namen kannte – und außerdem war ihr natürlich bewusst, dass er das alles nicht verdient hatte. Er war nur zufällig hier und musste nun herhalten für alles, was plötzlich in einer Art Wutsturm aus ihr herausbrach. Doch während Milou sich innerlich darauf gefasst machte, dass er endlich ausholte und zurückschlug, hob Levi nur zögerlich ihren Rucksack vom Boden und sah sie nachdenklich an.

»Dir geht's nicht gut, oder?«

Milou zuckte zusammen. Mitgefühl hatte sie gerade am allerwenigsten erwartet – nein, mehr noch: Sie hatte kein Mitgefühl verdient nach all den hässlichen Dingen, die sie ihm eben um die Ohren gehauen hatte. Und trotzdem sorgte er sich darum, ob es ihr gut ging …?

Auf einen Schlag war Milous Wut wie weggeblasen. Sie versuchte, ein paar Worte hervorzubringen, aber jetzt versagte ihre Stimme endgültig. Der Tränenschleier vor ihren Augen wurde wieder dichter, und dann drängten sich erneut seltsame Laute ihre Kehle hinauf und Milou begann zu zittern.

Vorsichtig tat Levi einen Schritt auf sie zu – doch in diesem Moment hörte Milou hinter sich die Stimme ihres Lehrers.

»Gott sei Dank, da bist du ja!« Herr Rudolph war ihr offenbar aus dem Klassenzimmer gefolgt und stützte sich atemlos auf seinen

Knien ab, als hätte er sie schon eine ganze Weile gesucht. Aber wenn er jetzt erwartete, dass Milou mit ihm zurückging, hatte er sich geschnitten. Nein, sie konnte auf keinen Fall wieder zurück – sie musste weg von hier!

Hastig schob sie sich an Levi vorbei und eilte die Treppe hinab. Hinter sich hörte sie wieder Stimmen, aber sie konnte nicht mehr sagen, wem sie gehörten oder was sie genau riefen, denn sie rannte und rannte und rannte, ohne sich noch einmal umzudrehen.

Draußen auf dem Schulhof lief sie auf ihr Rad zu, doch als sie sah, dass der Vorderreifen einen Platten hatte, eilte sie zu Fuß weiter in Richtung Straße, Hauptsache, weg von hier, weiter und immer weiter weg.

Sie würde jetzt einfach laufen und laufen. Laufen, bis sie sich irgendwann in Luft auflöste …

Milou war sich nicht sicher, wie lange sie tatsächlich gelaufen war, aber in Luft aufgelöst hatte sie sich nicht. Irgendwann war ihr schlicht und ergreifend die Luft ausgegangen und ihre Beine hatten schlagartig schlappgemacht. Wie ein nasser Sack war sie auf einer Wiese auf den Boden gesunken, hatte sich auf den Rücken gedreht, Arme und Beine von sich gestreckt und wie versteinert in den grauen Himmel gestarrt, bis sich ihr Atem einigermaßen beruhigt hatte.

Sie hatte keine Ahnung, wo sie war. Obwohl sie schon vor etwa einem Jahr umgezogen waren, kannte Milou sich in der neuen Stadt nicht sonderlich gut aus. Viel mehr erstaunte sie auch eher, wie weit sie überhaupt gelaufen war. Bei den Bundesjugendspielen hätte ihr dieser Langstreckenlauf vielleicht sogar eine Urkunde beschert!

Bei dem Gedanken an den Sportwettkampf und dem, was er nach sich gezogen hatte, verkrampfte sich Milous Magen einmal mehr.

Hatte sie wirklich gerade Levi beschimpft …? Warum nur hatte sie sich nicht zusammenreißen können? Es war doch nicht das erste Mal, dass die anderen sich über sie lustig gemacht hatten! Jetzt hatte Tess genau das bekommen, was sie sich gewünscht hatte. Sie hatte Milou völlig aus der Fassung gebracht – und das Schlimmste war: Ein Zurück gab es nun nicht mehr …

Bevor ihr ein weiteres Mal Tränen in die Augen steigen konnten, richtete Milou ihren Blick wieder starr gen Himmel. Grau in Grau zogen die Wolken heute Vormittag aneinander vorbei, schoben sich aufdringlich voreinander oder drängten sich gegenseitig in den Hintergrund.

Mit Oma dachte sie sich im Garten manchmal Geschichten aus zu den Bildern, die die Wolken an den Himmel zeichneten, *Wolkengeschichten*. Aber heute erzählten sie keine Geschichte, heute zeichneten sie nur einen grauen, schlammigen Sumpf. Aber dieser Sumpf bildete ziemlich gut ab, wie Milou sich gerade fühlte. Sie schloss für einen Moment die Lider und versuchte, sich auf ihren Atem zu konzentrieren, so wie Anni es ihr schon oft vorgeschlagen hatte. Wenn sie jetzt wenigstens Omas Glückskeks bei sich hätte … Aber ihr Rucksack war ja noch immer in der Schule. Hatte Levi ihn nicht zuletzt vom Boden aufgehoben?

Milou konnte sich nicht genau erinnern. Auf jeden Fall war der Rucksack jetzt nicht bei ihr, und deshalb war es der Glückskeks auch nicht.

»Hast du kein Zuhause?«

Milou spürte, wie sich etwas kleines Hartes in ihre Seite bohrte und riss erschrocken die Augen auf. Dicht über sie gebeugt stand ein kleiner Junge mit einem Ball in der Hand und tippte immer wieder mit dem Finger an ihre Hüfte, als könnte er sie damit zum Platzen bringen wie einen Luftballon.

Mit einem Ruck richtete Milou sich auf, bereute es aber augenblicklich, als sie spürte, wie sehr ihre Muskeln brannten.

Auch der Junge kam aus der Hocke hoch, drückte den Ball an sich und blinzelte Milou erstaunlich ernst an. »Hast du nun ein Zuhause oder nicht?«

Milou räusperte sich und fegte sich ein paar Grashalme von den Knien.

»Natürlich habe ich ein Zuhause.«

»Und warum liegst du dann hier draußen im Gras?«

Milou zuckte trotzig mit den Schultern. Sie würde diesem Naseweis garantiert nicht erzählen, warum sie aus dem Klassenzimmer geflüchtet war. Am besten drehte sie den Spieß einfach um. »Müsstest du nicht in der Schule sein?«

Jetzt breitete sich ein Grinsen auf dem Gesicht des Jungen aus und offenbarte eine gigantische Zahnlücke an seinem Oberkiefer.

»Ich bin erst fünf«, sagte er stolz und hielt dabei vier Finger hoch.

»Fünf?«

»Aber im Sommer werde ich sechs und nach den Ferien komme ich in die Schule. Dann kriege ich eine Schultüte!«

So, wie er das sagte, klang es, als wäre eine Schultüte der Hauptgewinn schlechthin. Milou erinnerte sich, dass auch sie sich vor der Einschulung mächtig auf ihre Schultüte gefreut hatte. Damals hatte sie nur noch nicht gewusst, dass diese Schultüte die Entschädigung war für unzählige Jahre des Grauens – eine ziemlich lächerliche Entschädigung, wenn sie jetzt genauer darüber nachdachte. Aber wollte sie diese Erkenntnis wirklich mit einem Fünfjährigen teilen? Was brachte das schon? Es würde ihm vermutlich das Herz brechen, aber ändern würde es nichts. Er würde trotzdem nach den Ferien in die erste Klasse gehen müssen …

Als könnte er ihre Gedanken lesen, wurde seine Miene nun wieder ernst.

»Wenn du kein Zuhause hast, könnte ich dich vielleicht mitnehmen.«

»Wie bitte?« Milou blickte ihn völlig perplex an.

Der Junge kratzte sich unsicher mit dem Finger an der Nase. »Eigentlich wünsche ich mir einen Hund, aber eine große Schwester wäre auch okay.«

Jetzt war Milou tatsächlich kurz sprachlos. »Du … willst mich adoptieren?«

Diese Idee war derart absurd, dass es schon wieder lustig war.

Aber der junge Mann nickte und meinte es offenbar ziemlich ernst.

»Mein Papa wäre wahrscheinlich ganz froh. Er hat nämlich eine Allergie gegen Hundehaare.« Dann wanderte sein Blick zu Milous wilder dunkler Lockenmähne und er verzog nachdenklich den Mund. »Es gibt doch keine Allergie gegen Schwesternhaare, oder?«

Nun musste Milou tatsächlich lachen. »Nein, die gibt es nicht. Aber du kannst mich trotzdem nicht adoptieren.«

Der Junge sah sie ein wenig enttäuscht an. »Und wieso nicht?«

»Weil …« Milou zögerte und biss sich auf die Lippe. »Weil ich wirklich schon ein Zuhause habe.« Ja, sie hatte ein Zuhause. Und genau dort lag auch die Lösung, das erkannte sie nun. Der nächste Schritt.

Sie würde jetzt nach Hause gehen. Nicht in die Wohnung ihrer Eltern, aber zu Oma. Und gemeinsam mit Oma würde sie eine Lösung finden für den ganzen blöden Schul-Schlamassel.

Nachdenklich blickte Milou den kleinen Jungen an. Er wirkte noch immer etwas enttäuscht.

»Du weißt nicht zufällig, wo wir hier sind?«

»Natürlich weiß ich das«, erwiderte er und grinste wieder stolz. »Wir sind beim Spielplatz!« Er streckte den Finger von sich und deutete auf das Spielgelände hinter den Büschen, auf dem sich seine Kindergartengruppe tummelte. »Wir kommen fast jeden Tag her. Wenn du dir das mit dem *At-topp-tieren* also anders überlegst, weißt du ja, wo du mich findest.« Dann klemmte er sich seinen Ball extrafest unter den Arm und rannte zurück zu seinen Freunden.

Milou sah ihm noch einen Augenblick amüsiert nach. Vielleicht wäre das Leben tatsächlich einfacher, wenn sie einen Bruder oder eine Schwester hätte. Auf jeden Fall wäre es wohl deutlich unterhaltsamer.

Mit einem ungläubigen Kopfschütteln richtete Milou sich vom Boden auf.

Der Hinweis mit dem Spielplatz half ihr natürlich nicht wirklich weiter. Aber glücklicherweise entdeckte sie an der nächsten Straße eine Bushaltestelle, an der sich ein kleiner Stadtplan befand. Es dauerte etwas, bis sie sich ein wenig Orientierung verschafft hatte und verstand, wo sie genau war. Sie hatte es auf ihrer Flucht tatsächlich ein ganzes Stück weit gebracht. Zu dumm, dass sie ihr Fahrrad mit dem Platten an der Schule hatte stehen lassen müssen. Geld für ein Busticket hatte sie nicht, und zu Fuß würde der Heimweg bestimmt eine ganze Weile dauern. Aber was hatte sie schon zu verlieren?

Das erste große Stück des Weges konnte sie einfach der Busstrecke folgen und sich von Haltestelle zu Haltestelle hangeln. An der

Straßenecke mit dem Bio-Supermarkt musste sie ins Wohngebiet abbiegen, aber dort kannte sie sich zum Glück etwas besser aus.

Auf den Straßen herrschte mittlerweile reges Treiben, sodass Milou gar nicht weiter auffiel. Unzählige Leute strömten an ihr vorbei, telefonierten aufgeregt und drängten sich in die kleinen Cafés oder Läden am Straßenrand.

Milou hatte es nicht eilig, nach Hause zu kommen. So blieb ihr wenigstens genug Zeit, sich einen Plan zurechtzulegen. Irgendwie würde sie ihren Eltern klarmachen müssen, dass sie nicht mehr in die Schule gehen würde – nie wieder!

Zu dumm, dass Papa erst morgen aus Brüssel zurückkommen würde. Ihn würde Milou vermutlich eher auf ihre Seite ziehen können als Mama. Ihre Mutter war ein harter Knochen, das stand fest. Mit Sicherheit würde sie Milou dazu drängen, die ganze Sache noch mal durchzudenken und etwas abzuwarten. Und sie würde mit großer Wahrscheinlichkeit davon ausgehen, dass sie übertrieb. Mama verstand einfach nicht, dass Milou alles, was sie sagte, todernst meinte. Wie sollte sie ihre Mutter nur so schnell davon überzeugen, dass es diesmal wirklich keinen zweiten Weg gab?

Wieder einmal strandeten all ihre Gedanken bei Oma Anni. Anni würde ihr ganz sicher helfen, ja, sie musste jetzt als Allererstes ihre Großmutter auf ihre Seite ziehen. Dann könnten sie hinterher gemeinsam auf Mama einreden. Und wenn Papa nach Hause käme, wären sie schon zu dritt und Florentine haushoch überstimmt! Ha!

Mit jedem Schritt, den sie zurücklegte, wuchs Milous Zuversicht. Sie würde das schon hinkriegen. Denn mal ehrlich: Viel schlimmer konnte ihr Leben doch ohnehin nicht mehr werden, oder?

Milou war derart in ihre Gedanken vertieft, dass sie den Tumult, der vor ihrer eigenen Haustür herrschte, erst viel zu spät bemerkte.

Zwei Krankenwagen standen mit blinkenden Lichtern vor dem hellblauen Haus und blockierten die Straße, und auch auf dem Gehweg hatte sich eine kleine Traube an Menschen versammelt. Einige kannte Milou vom Sehen, andere waren ihr fremd. Da waren definitiv ein paar Nachbarn aus den umliegenden Häusern, zwei Postbotinnen neben ihren gelben Rädern und einige Hundebesitzer, die sich offenbar auf ihren Gassi-Geh-Runden in Richtung Park befanden und nun neugierig zu den Rettungswagen blickten.

Milou musste schlucken. Hoffentlich hatte sich niemand ernsthaft verletzt. Im nächsten Moment entdeckte sie ihre Mutter auf dem Gehweg. Florentine war offenbar unversehrt, aber irgendetwas an ihrem Anblick brachte Milou trotzdem aus dem Gleichgewicht. Wieso war Mama denn nicht im Studio? Und wirkte sie nicht irgendwie seltsam aufgelöst …?

In der nächsten Sekunde hielt ein Taxi hinter den Krankenwagen, und als die Beifahrertür geöffnet wurde, sprang ihr Vater heraus. Mit merkwürdig verzerrtem Gesicht eilte er auf Milous Mutter zu und schloss sie fest in seine Arme.

Jetzt war Milou vollends verwirrt. Das alles machte überhaupt keinen Sinn. Mama musste arbeiten, so wie immer, und Papa war doch in Brüssel!

Noch während Milou versuchte, die Puzzleteile zu einem Bild zusammenzusetzen, hob ihre Mutter plötzlich den Blick und entdeckte ihre Tochter.

In diesem Moment löste Florentine sich aus der Umarmung ihres Mannes und deutete mit einem gequälten Nicken die Straße hinab.

Und als sich ihr Vater zu ihr umdrehte, die Augen hinter der Brille rot und voller Tränen, wurde Milou schlagartig bewusst, dass sie sich eben auf dem Rückweg ganz gewaltig geirrt hatte.

Ihr Leben konnte doch noch schlimmer werden.

Viel, viel schlimmer sogar …

7

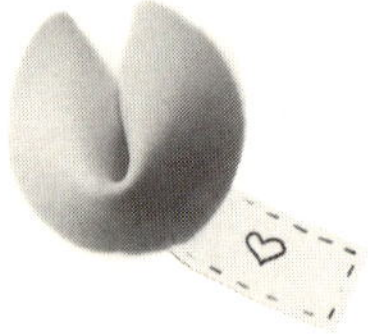

»Milou, mach bitte die Tür auf. Irgendwann musst du doch mal was essen …« Papas Stimme klang müde, erschöpft und ziemlich hilflos. Seit Tagen schon versuchte er unermüdlich, seine Tochter aus ihrem Zimmer zu locken, aber Milou öffnete ihre Tür nur im äußersten Notfall. Wenn sie dringend auf die Toilette musste, zum Beispiel. Oder um ihre Wasserflasche aufzufüllen. Essen aber war kein solcher Notfall. Allein die Vorstellung, in ein Brot oder ein Stück Apfel zu beißen, verursachte ihr Übelkeit. Alles, was Milou wollte, war, in Ruhe gelassen zu werden.

Ihre Mutter hatte das mittlerweile verstanden. Nur ganz selten hörte Milou ihre Schritte draußen vor der Zimmertür, und noch seltener versuchte sie, mit ihrer Tochter zu reden. Gestern erst hatte Milou sogar mitbekommen, wie Mama Papa im Flur zugeflüstert hatte, Milou doch endlich in Ruhe zu lassen. »Gib ihr etwas Zeit«, hatte Florentine mit einem tröstlichen Unterton gesagt. »Sie wird sich schon wieder beruhigen und von ganz alleine herauskommen, wenn sie die Sache verdaut hat.«

Aber Mama irrte sich. Milou hatte nicht vor, ihr Zimmer jemals wieder zu verlassen. Wozu auch?

Oma Anni war tot.

Tot, tot, tot.

Milou wiederholte dieses seltsame Wort in Gedanken, tastete es von allen Seiten mit der Zunge ab und versuchte, es zu schmecken. Aber wie schon in den vergangenen Tagen schaffte sie es einfach nicht, das Wort zu greifen oder gar zu begreifen. Es war wie eine Hülse, leer und bedeutungslos.

Tot. Was hieß das denn überhaupt? Oma Anni war nicht mehr da, so viel stand fest, sie war weg. An diesem tiefschwarzen Mittwochmorgen in der letzten Woche war sie einfach nicht mehr aufgewacht. Sie war in ihrem Bett eingeschlafen und hatte sich in ihren Träumen verloren und aufgelöst.

Mit einem Mal hatte Milou die Szene wieder ganz bildlich vor Augen.

Wie sie nach Hause spaziert war, ohne Fahrrad und Rucksack, aber mit dem festen Entschluss, Oma wegen der Schulsache auf ihre Seite zu ziehen. Aber statt Oma waren da auf einmal Mama und Papa gewesen, draußen auf der Straße, völlig neben der Spur. Milou hatte Papa an ihrem Ohr schluchzen hören, während er sie viel zu fest an sich drückte, und Mama hatte ihr die Hand auf die Schulter gelegt und ihr ein paar dunkle Locken aus dem Gesicht gestrichen.

»Ein Herzinfarkt …«, hatte sie geflüstert.

Und dann hatte Papa Milous Gesicht in seine Hände genommen und ihr ganz tief in die Augen geblickt. »Ich bin sofort in den Flieger gestiegen, Krümelchen. Wir haben in der Schule angerufen, aber …« Seine Stimme war abgebrochen, und Milou war darüber ganz froh gewesen. Sie hatte ja so schon Schwierigkeiten, zu folgen.

»Herzinfarkt? Heißt das, Oma … muss ins Krankenhaus?« Doch die Art, wie Mama Papa daraufhin einen Blick zugeworfen hatte,

hatte Milou endgültig den Boden unter den Füßen weggezogen. Alles, was danach geschehen war, war nur noch bruchstückhaft zu ihr durchgedrungen.

Im Schlaf gestorben, hatte irgendjemand gesagt. Und: *Wir konnten nichts mehr tun.*

Die Worte waren zwar in ihrem Kopf angekommen und sie hatte auch verstanden, dass ihre Oma einfach nicht mehr aufgewacht, sondern friedlich im Schlaf gestorben war. Aber wirklich begreifen konnte Milou das alles trotzdem nicht.

Dabei waren seitdem schon mindestens vier Tage vergangen, vielleicht sogar mehr. Milou hatte irgendwann aufgehört zu zählen, hell und dunkel liefen nahtlos ineinander über. Und was spielte es schon für eine Rolle, welcher Tag heute war? Entscheidend war nur, dass ihre Oma weg war und nicht wiederkommen würde. Niemals wiederkommen …

Milou drehte sich auf ihrem Bett zur Seite und starrte die Wand an. Wieso konnte sie nicht endlich weinen?

Immer wieder ging sie gedanklich den letzten Nachmittag und Abend mit ihrer Oma durch: Anni war beinahe umgekippt im Garten. Milou hatte Mama informiert, aber die hatte es nur auf die Hitze geschoben. Und dann war Anni schlafen gegangen und nicht mehr aufgewacht, einfach nicht mehr aufgewacht …

Milou biss sich mit den Zähnen auf die Unterlippe, bis wenigstens der Schmerz ihr Tränen in die Augen trieb. Warum in Teufels Namen hatte sie Oma nicht zum Arzt gebracht? Weshalb hatte sie nicht darauf bestanden, dass Mama noch einmal bei ihr vorbeischaute? Wieso hatte sie nicht wenigstens am nächsten Morgen bei Anni geklingelt, um nach ihr zu sehen?

Die Vorhänge waren zugezogen gewesen, daran erinnerte Milou sich. Das hätte ihr doch verdächtig vorkommen müssen, es hätte sie alarmieren sollen!

Wenn sie sich nur die Zeit genommen hätte, um zu klingeln. Vielleicht hätte sie Oma retten können, vielleicht wäre es noch nicht zu spät gewesen. Stattdessen war Milou in die Schule gefahren, hatte sich dort von Tess demütigen lassen und war dann in den Park geflohen.

Undenkbar, dass sie sich in aller Seelenruhe auf der Wiese mit dem kleinen Jungen darüber unterhalten hatte, ob er sie adoptieren könnte, während Oma Anni zu Hause im Bett um ihr Leben kämpfte. Papa hatte zwar behauptet, dass Anni bereits in der Nacht verstorben sein musste – aber was wusste Papa schon? Er war schließlich kein Arzt, und außerdem war er gar nicht da gewesen!

Ausgerechnet Herr Muffel war es gewesen, der irgendwann den Rettungsdienst gerufen hatte, so viel hatte Milou durch die Zimmertür gehört. Warum Omas Nachbar überhaupt irgendetwas in der Wohnung zu suchen gehabt hatte, war für Milou ein Rätsel. Aber was spielte das schon für eine Rolle? Es war im Grunde egal, ja, alles war jetzt egal. Bedeutungslos. Leer.

Hatte Milou an dem furchtbaren Vormittag in der Schule noch bitterlich geweint, war sie seit der Nachricht von Omas Tod wie ausgetrocknet. Keine einzige Träne drang aus ihr heraus, kein Schluchzen, nicht einmal ein kleiner, verlorener Seufzer.

Mama und Papa hatten sicherlich mit allen möglichen Reaktionen gerechnet, aber ganz bestimmt nicht damit, dass Milou weder weinen noch toben würde.

Aber tatsächlich war sie erschreckend ruhig. Es war, als wäre mit Omas Tod eine Tür in ihr zugefallen, und diese Tür trennte sie von der Außenwelt. Deshalb hatte sie sich auch in ihrem Zimmer eingeschlossen. Es gab schlicht und ergreifend nichts mehr, was sie dazu veranlassen konnte, nach draußen zu gehen. Nichts, was sie noch mit der Welt teilen wollte, und nichts, was die anderen ihr hätten geben können. Wenn Oma Anni nicht mehr da draußen war, dann musste Milou selbst auch nicht mehr dort sein …

Milou zuckte zusammen, als Papa ein weiteres Mal leise klopfte.

»Krümelchen, öffne doch bitte die Tür. Es ist viel einfacher, wenn wir das hier zusammen durchstehen.«

Milou stieß ein Schnauben aus. Nichts würde jemals wieder *einfacher* werden, dessen war sie sich sicher.

Aber Papa ließ trotzdem nicht locker. »Es gibt auch ein paar Dinge, die wir mit dir besprechen wollten. Wegen Omas Nachlass ...«

Milou war sich zwar nicht sicher, was damit genau gemeint war, aber irgendetwas in Papas Stimme ließ sie aufhorchen. Ging es etwa um Omas *Erbe?*

Mit einem Mal war ihr Vater so still, dass Milou bereits glaubte, er hätte aufgegeben und wäre gegangen, aber dann hörte sie ihn doch noch laut seufzen. »Wir werden in den nächsten Tagen anfangen müssen, Omas Wohnung auszuräumen.«

Wie bitte? Mit einem Ruck richtete Milou sich im Bett auf. In ihrem Kopf schrillten schlagartig etwa eine Milliarde Alarmglocken.

»Wenn wir Glück haben, kommt uns der Vermieter mit der Kündigungsfrist entgegen«, fuhr Papa fort, aber Milou hatte Schwierigkeiten, ihm noch weiter zu folgen. In ihren Ohren rauschte es und ihr Herz schlug wie ein kleiner harter Hammer von innen gegen ihre Rippen.

»Vielleicht möchtest du in den nächsten Tagen mal mit runterkommen und dich umsehen? Du willst sicher die ein oder andere Erinnerung behalten.«

Erinnerung? Milou konnte es nicht fassen. Mama und Papa wollten Omas Wohnung leer räumen – jetzt schon?!

Sie musste sich ihre Faust in den Mund schieben, um nicht aufzuschreien. Wie konnten ihre Eltern nur so grausam sein? Anni war noch keine Woche tot, sie war ja noch nicht einmal beerdigt – und Mama und Papa wollten bereits ihre Sachen loswerden? Aussortieren? Wegschmeißen?

Und wozu? Um die Wohnung schnell an den nächsten Mieter weiterzureichen und etwas Geld zu sparen?

Hatte sie in den letzten Tagen erschreckenderweise gar nichts gefühlt, spürte Milou nun, wie sich plötzlich eine gewaltige Wutwelle in ihr auftürmte. Ohne darüber nachzudenken, griff sie sich ihr Wasserglas vom Nachttisch und schmetterte es mit einem stummen Schrei gegen die Zimmertür. Das Glas zerschellte in unzählige Splitter, die sich wie glitzerndes Konfetti über den Dielenboden legten.

Einen Moment lang war es ganz still, so als wäre nicht nur die Zeit, sondern gleich die ganze Welt stehen geblieben. Doch dann hörte Milou ihren Vater ein weiteres Mal laut seufzen. »Tut mir leid, Krümelchen. Aber wir haben keine andere Wahl. Wir müssen nach vorne schauen, auch wenn es wehtut. Falls du also noch etwas aus Omas Wohnung haben möchtest …« Seine Stimme verlor sich im Nichts, und nach einer Weile hörte Milou auch endlich, wie seine Schritte über den Flur verschwanden.

Schnaubend ließ sie sich zurück aufs Bett sinken.

Wie konnten ihre Eltern nur? Was bildeten sie sich ein? Milou war schon lange nicht mehr Papas *Krümelchen!* Dieser Kosename war genauso falsch wie alles andere, was ihr Vater gerade gesagt hatte. Sie mussten nicht nach vorne schauen, nein, und man hatte auch immer, immer, immer eine Wahl! Milous Wahl war jedenfalls, *nicht* nach vorne zu sehen, wenn es dort keine Oma gab! Und sie würde auch ganz sicher nicht in Annis Sachen herumwühlen und Dinge an sich reißen, die ihr nicht zustanden, nur um die Wohnung so schnell wie möglich loszuwerden! Annis vier Zimmer waren doch viel mehr als eine bloße Wohnung, sie waren ein *Zuhause!* Die rote Holzbank hinten im Garten, die Vorhänge mit den kleinen gelben Blumen im Wohnzimmer, der Geruch von warmen Zimtschnecken, der durch den Flur zog …

Mit einem Mal schnürte sich Milou die Kehle zu. Oma Anni würde nie wieder für sie backen. Sie würde nie wieder Marmelade kochen – und viel schlimmer noch: Milou würde nie wieder einen Glückskeks von Oma bekommen.

Diese Erkenntnis traf sie wie ein Schlag, und der Schmerz, der sich nun in ihrer Brust ausbreitete, war unbeschreiblich. Und auch wenn Milou noch immer nicht weinen konnte, fiel ihr auf einmal etwas ein, was sie ganz, ganz dringend aus der Wohnung ihrer Großmutter brauchte: ihre unzähligen Backrezepte!

Milou selbst hatte zwar noch nicht allzu viele Erfahrungen mit dem Backen, aber sie konnte es ja lernen! Irgendwann würde sie alles nachbacken, was Oma ihr mit so viel Liebe gezaubert hatte, ja, und dann konnte sie vielleicht auch wieder glücklich sein. Sollten Mama und Papa doch in alten Fotos und Geschirr herumwühlen – Milou interessierte nur eines: Annis Rezepte! Dieser Teil von Omas Erbe durfte auf gar keinen Fall verloren gehen …

Es dauerte ein paar Stunden, bis Milou sich ganz sicher war, dass ihre Eltern schliefen. Die Sonne war schon lange hinter den Dächern am Horizont abgetaucht, und am Himmel funkelten Abermillionen Sterne, als wäre nichts gewesen. Trotzig zog Milou den Vorhang zu. Wenn der verfluchte Himmel so tun wollte, als wäre alles wie immer, dann sollte er das gefälligst draußen tun, aber nicht in ihrem Zimmer!

Vorsichtig schlich Milou an ihre Zimmertür heran und drehte den Schlüssel im Schloss. Die Glasscherben hatte sie schon am Nachmittag zusammengefegt und im kleinen Mülleimer unter ihrem Schreibtisch entsorgt, aber trotzdem wählte sie nun jeden Schritt mit großer Sorgfalt.

Auch draußen im Flur übereilte sie nichts. Wenn sie an den falschen Stellen auf die alten Holzdielen trat, würde ihr Knarzen sie verraten und am Ende noch ihre Eltern aus dem Schlaf reißen. Darauf konnte Milou wirklich verzichten.

Als sie die Wohnungstür endlich erreicht hatte, stellte sie fest, dass ihr eigener Schlüssel fehlte. Was nicht verwunderlich war, denn er steckte vermutlich noch in ihrem Rucksack – und den hatte sie am *schlimmsten Vormittag ihres Lebens* ja in der Schule zurückgelassen.

Zum Glück lag Papas Schlüsselbund wie immer auf der Kommode gegenüber der Wohnungstür. Milou bewegte ihre Finger wie in Zeitlupe, um jedes noch so kleine, verräterische Klimpern zu vermeiden, und tatsächlich stellte sie sich dabei erstaunlich geschickt an. Wenn gar nichts mehr ging, konnte sie immer noch eine Karriere als professionelle Einbrecherin in Betracht ziehen.

Selbst im Treppenhaus vermied sie es, Geräusche zu machen, sie verzichtete sogar darauf, das Licht anzuschalten. Erst als sie draußen vor dem Haus an die frische Luft trat, traute sie sich wieder, richtig zu atmen. Bei dieser Gelegenheit stellte sie auch fest, dass sie vergessen hatte, sich Schuhe anzuziehen. Aber was machte das schon für einen Unterschied? Sie würde ja ohnehin nur schnell in den Hauseingang nebenan huschen, und in Omas Wohnung selbst brauchte sie nun wirklich keine Schuhe. Außerdem war weit und breit niemand zu sehen, der sich an ihren Wollsocken hätte stören können. Trotzdem hatte Milou es eilig, wieder geschützten Raum zu betreten.

Doch als sie Papas Schlüssel in das Schloss von Omas Wohnungstür schob, hielt sie kurz inne. War das hier denn überhaupt noch *geschützter Raum?* War es nicht ihre Oma gewesen, die ihr hier Sicherheit gespendet hatte. Oma, die jetzt nicht mehr da war …?

Milou spürte, wie sich ihr Herzschlag beschleunigte. Dann gab sie sich einen Ruck, atmete einmal extratief durch, trat über die Schwelle in Omas Flur und schloss hastig die Tür hinter sich.

Einige Sekunden stand sie innen an das Holz gelehnt, ohne sich zu rühren und horchte in sich hinein. Noch immer schlug ihr Herz viel zu schnell, aber von Tränen war auch jetzt keine Spur. Warum konnte sie denn nicht weinen? Was zur Hölle stimmte nicht mit ihr?

Ruckartig löste Milou sich von der Tür und lief den Flur hinab. Sie durfte sich jetzt nicht von irgendwelchen Gefühlen ablenken lassen, die einfach nicht da waren, sondern musste sich auf ihre Mission konzentrieren – und die lautete nun einmal, Omas Rezepte zu finden! Aber wo sollte sie anfangen zu suchen?

Milou hatte ihre Großmutter niemals in ein Backbuch blicken sehen, deswegen hatte sie jetzt auch keine Ahnung, wo sie nach den Rezepten Ausschau halten sollte. Aber lag es nicht irgendwie nahe, dass die Rezepte dort gelagert wurden, wo auch gekocht oder gebacken wurde? Ja, mit allergrößter Wahrscheinlichkeit hatte Oma ihre Schätze irgendwo in der Küche aufbewahrt.

Als Milou die Küchentür aufstieß, spürte sie wieder einen Kloß im Hals. Ganz schwach lag der Geruch von frischem Brot in der Luft, und als Milou die Augen schloss, konnte sie auch einen Hauch Rosmarin und Vanille erschnuppern. Nicht mehr lange, dann würde auch dieser letzte Hauch verflogen sein und dann … Milou bekam eine Gänsehaut. Sie musste sich jetzt wirklich konzentrieren und durfte sich nicht mit solchen Gedanken herumschlagen, denn das würde sie nur unnötig Kraft kosten! Je schneller sie Omas Geheimrezepte fand, desto schneller konnte sie wieder oben in ihrem Zimmer verschwinden und den Rest der Welt aus ihrem Leben ausschließen.

Nachdenklich ließ Milou ihren Blick durch die Küche gleiten.

Der Raum war wirklich nicht groß, aber überall standen Schränke und an den Wänden hingen eine Handvoll Regale. Außerdem gab es noch die Abstell- und die Speisekammer, die sich beide direkt an die Küche anschlossen. Die Nacht vor der Terrassentür war rabenschwarz, Milou würde also Licht brauchen, um alles genau in Augenschein zu nehmen. Aber konnte sie es wagen, einfach die Deckenlampe anzuknipsen? Im Grunde war sie ja gar nicht hier, und Zeugen konnte sie auf keinen Fall gebrauchen. Nein, diese Aktion hier war viel zu intim für die Küchenlampe.

Hastig zog Milou die oberste Schublade neben dem Backofen auf und nahm die Packung mit den Streichhölzern heraus. Oma hatte immer eine weiße Kerze auf dem kleinen Holztisch stehen. Ihr Schein musste nun reichen, um Milou die Suche zu erleichtern.

Als sie den Streichholzkopf an der rauen Schachteloberfläche entfachte, zischte es, als wollte das Brennstäbchen ihr etwas zuflüstern. Auch die Kerze schien sich zu zieren. Während Milou das Streichholz an den Docht hielt, flackerte die Flamme ein paarmal heftig, so als fühlte sie sich nicht ganz wohl bei der Sache. Aber dann endlich fiel ein warmes Licht auf die Küche. Milou warf das Streichholz in die Spüle und sah sich um. Wo konnte Oma ihre Rezepte nur versteckt haben?

Reflexartig öffnete Milou die Schränke und ein paar weitere Schubladen, aber nirgendwo fand sie Bücher oder Hefte. Nicht einmal einen einzelnen Notizzettel konnte sie entdecken …

Oma Anni hatte eine Ordnung für so ziemlich alles. Marmeladengläser, Konservendosen und Sirup-Flaschen reihten sich in der Speisekammer akkurat aneinander, und in den Oberschränken rund um den Herd hatte Anni das Geschirr nach bestimmten Anlässen sortiert. Aber egal, wie gründlich Milou auch suchte: Nirgendwo fand sie einen Hefter oder ein Buch mit Omas Backrezepten.

Milou erinnerte sich, dass Anni immer ein Geheimnis aus ihren

Rezepten gemacht hatte – aber wartete nicht im Grunde jedes Geheimnis nur darauf, gelüftet zu werden?

Milou war zumindest fest entschlossen, nicht eher zu verschwinden, bevor sie sich nicht Omas Rezepte unter den Arm klemmen konnte!

Doch nach einer Weile begann ihre Entschlossenheit zu bröckeln. Die Kerze auf dem Tisch war bereits ein ordentliches Stück heruntergebrannt, als Milou sich erschöpft auf einen der Küchenstühle sinken ließ.

So ein Mist! In der ganzen Küche fand sich nicht die leiseste Spur von irgendwelchen Rezeptbüchern! Oma hatte ihr Geheimnis offenbar wirklich gründlich gehütet …

Vielleicht gab es hier ja noch irgendwo eine Art Geheimversteck. Hatte Milou das nicht oft genug in den Agentenfilmen gesehen, die Papa so gerne schaute, während Mama neben ihm auf der Couch einschlief?

Es war zumindest eine Möglichkeit und Milou musste der Sache unbedingt auf den Grund gehen. Fest entschlossen schob sie ihren Stuhl auf dem Küchenboden zurück, ging auf alle viere und krabbelte unter den Tisch.

Vielleicht hatte Oma die Rezepte ja von unten an die Tischplatte geklebt! Oder eventuell unter die Sitzflächen der Stühle …?

Angestrengt verdrehte Milou ihren Hals und schielte nach oben – als plötzlich ein heftiges Poltern ertönte! Milou war darauf derart wenig eingestellt, dass sie mit einem heftigen Schrei nach oben fuhr und sich den Hinterkopf an der Tischplatte stieß.

Noch während sie ächzend auf ihr Hinterteil zurückfiel, klopfte es bereits ein weiteres Mal. Milous alarmierter Blick wanderte zur Terrassentür – und tatsächlich zeichnete sich da draußen eine dunkle Silhouette ab.

Für einen kurzen Moment stockte ihr der Atem, doch dann erkannte sie, wer dort draußen im Garten stand. Auch das noch!

Gequält verzog Milou das Gesicht. Auf diesen Kerl konnte sie nun wirklich verzichten …

8

»Was zum Teufel treibst du hier mitten in der Nacht?« Kaum hatte Milou die Terrassentür einen Spaltbreit geöffnet, schob sich Herr Muffel auch schon an ihr vorbei in die Küche. Eigentlich hatte sie gar nicht vorgehabt, ihn hereinzubitten – und jetzt wollte er auch noch eine Rechtfertigung von ihr, warum sie überhaupt hier war?

Trotzig zuckte sie mit den Schultern. »Das ist immer noch die Wohnung meiner Oma. Ich wüsste nicht, warum es verboten sein sollte, etwas Zeit hier in der Küche zu verbringen.«

Herr Muffel hob seine buschigen Augenbrauen. »Du hast im Dunkeln unter dem Tisch gehockt, Kind!«

»Ich … hab einen Ohrring verloren«, flunkerte Milou und schüttelte schnell ihre Locken, damit der griesgrämige Nachbar nicht sah, dass sie gar keine Ohrlöcher hatte.

Aber Herr Muffel starrte sie trotzdem misstrauisch an. »Hast du mal auf die Uhr gesehen? Es ist zwei Uhr nachts! Am besten rufe ich deine Eltern an, die machen sich sicher Sorgen.«

Tatsächlich tat er ein paar Schritte auf den Flur zu, wo sich Omas Festnetzanschluss befand – aber Milou sprang mit einem kurzentschlossenen Sprung nach vorne und versperrte ihm den Weg.

»Das ist nicht nötig.«

»Nicht nötig?«, wiederholte Herr Muffel stirnrunzelnd.

»Meine Eltern wissen Bescheid«, log Milou weiter und gab sich große Mühe, überzeugend zu wirken. »Eigentlich haben sie mich sogar hier runter geschickt.«

Muffel starrte sie misstrauisch an. Jetzt, wo sie so nah voreinander standen, konnte Milou sein grimmiges Gesicht zum ersten Mal aus der Nähe betrachten. Seine Augenbrauen waren so dicht, dass sie über der Nase beinahe zusammenwuchsen, und die Nase selbst war ganz schön krumm und schief, als hätte sie irgendwann jemand zur Seite gedrückt. Die schmalen Lippen waren die meiste Zeit fest aufeinandergepresst, und hier und da konnte Milou graue Bartstoppeln auf seinen Wangen entdecken. Sie schätzte, dass Ernst Muffelkopf etwas älter war als siebzig – genau wie Oma Anni.

Im Gegensatz zu ihrer Lieblingsoma stand der alte Miesepeter nun aber sehr lebendig vor ihr und blinzelte sie ungläubig an. »Du behauptest also ernsthaft, deine Eltern hätten dich runtergeschickt – und zwar, weil …?«

»Weil ich meinen Ohrring verloren habe!«, erwiderte Milou trotzig. »Das habe ich doch schon gesagt.«

»Sie schicken dich her, um deinen Ohrring zu suchen – um zwei Uhr nachts?« Muffels Gesichtsausdruck ließ keinen Zweifel daran, dass er ihr kein Wort glaubte.

Wenn Milou jetzt nicht in noch größere Schwierigkeiten geraten wollte, blieb ihr nur ein Ausweg: Sie musste zum Gegenangriff übergehen.

Entschieden verschränkte sie die Arme vor der Brust. »Die Frage ist wohl eher, was *Sie* hier tun um zwei Uhr in der Nacht!« Erwartungsvoll zog sie die Augenbrauen in die Höhe und blickte ihn eindringlich an. Und tatsächlich brachte ihn ihre Entschlossenheit kurz aus dem Konzept.

»Ich … na ja, ich …«, stammelte er und fuhr sich mit den großen Händen über die stoppeligen Wangen. »Ich war im Garten und …«

»Mitten in der Nacht?«, unterbrach Milou ihn misstrauisch.

Muffel hielt einen Moment ertappt inne, machte dann ein paar Schritte zurück und ließ sich ungefragt auf einen der Küchenstühle sinken. »Ich habe ein Licht gesehen und hab dich für einen Einbrecher gehalten ...«

»Ein Einbrecher, der sich eine Kerze anzündet und unter dem Tisch herumkrabbelt?« Milou blickte ihn derart skeptisch an, dass er schließlich ein lautes Stöhnen ausstieß.

»Was weiß ich denn schon, wie die Einbrecher von heute ticken? Ich wollte nur auf Nummer sicher gehen, dass hier nichts Unrechtes geschieht!«

Schnaubend lehnte er sich auf dem Stuhl zurück. Offenbar hatte er nicht mehr vor, Milous Eltern zu informieren – das war gut!

Was allerdings weniger gut war, war, dass er nicht den Anschein machte, als wollte er gleich wieder verschwinden.

Milou biss sich unsicher auf die Unterlippe und dachte krampfhaft darüber nach, wie sie ihn elegant zum Gehen bewegen konnte, als sein Blick zur offenen Speisekammer wanderte.

»Ich weiß ja nicht, wie es dir geht«, murmelte er missmutig vor sich hin, »aber ich habe ganz schön Hunger.«

Hunger? Milou konnte gar nicht so schnell schalten, da war er bereits aufgestanden, in der Speisekammer verschwunden und mit einem frischen Glas Marmelade zurückgekommen. Und als wäre das noch nicht genug, zog er nun auch noch zwei Löffel aus einer der Schubladen und setzte sich damit zurück an den Tisch.

»Ich denke nicht, dass deine Oma etwas dagegen hätte, wenn wir uns ein Glas teilen«, sagte er und hielt Milou einen der Löffel hin.

Milou klappte der Mund auf. Sie konnte es einfach nicht glauben! Was fiel diesem Kerl nur ein? Das hier war Omas Küche, und es war auch Omas Marmelade! Und nur weil sie nicht mehr da war, hieß das noch lange nicht, dass er sich hier aufführen durfte wie der Hausherr!

Offenbar merkte Herr Muffel nun, dass Milou nicht begeistert war von seiner Idee. Trotzdem hob er gleichgültig die Augenbrauen, legte den zweiten Löffel auf den Tisch und öffnete den Deckel des Marmeladenglases. Sofort strömte ein herrlich süßer Duft in Milous Nase.

Als Herr Muffel sich einen ersten großen Löffel in den Mund schob, entwich ihm ein wohliges Stöhnen. »Wenn du noch was abhaben willst, solltest du dich beeilen …«

Milou presste entschieden die Lippen aufeinander und funkelte ihn an.

»Hab keinen Hunger.« Doch ausgerechnet in diesem Augenblick knurrte ihr Magen laut wie ein Löwe und entlarvte sie als Lügnerin.

Herr Muffel grinste schief. »Dein Bauch sieht das wohl anders. Aber tu dir keinen Zwang an, ich esse die Marmelade auch liebend gern alleine auf.« Schon wanderte ein zweiter großer Löffel zwischen seine Lippen.

Milou versuchte hartnäckig dagegen anzukämpfen, aber der Anblick und Geruch der köstlichen Konfitüre ließen ihr das Wasser im Mund zusammenlaufen. Und dann knurrte ihr Magen auch schon ein zweites Mal, als wollte er lauthals protestieren.

Mit einem trotzigen Stöhnen nahm Milou sich einen Stuhl und setzte sich mit an den Tisch. Herr Muffel schob ihr wortlos den unbenutzten Löffel zu. Milou rang noch einen Moment mit sich, aber dann gab sie den Widerstand auf und schob sich gierig einen großen Löffel Erdbeermarmelade in den Mund.

War das gut! Milou war so überwältigt, dass sie die Augen schließen musste. Der süße Fruchtaufstrich veranstaltete ein Feuerwerk an ihrem Gaumen, dass ihr beinahe schwindelig wurde.

»Deine Oma konnte ja manchmal eine ziemliche Nervensäge sein, aber eins muss man ihr lassen: Im Marmeladekochen war sie unschlagbar!« Herr Muffel lachte leise – und Milou riss empört die Augen auf.

Hatte dieser Kerl ihre geliebte Oma gerade als *Nervensäge* bezeichnet? Das konnte doch nicht wahr sein, das war … eine Frechheit! Da spazierte dieser Miesepeter einfach ungefragt hier rein, bediente sich an Omas Vorräten und wagte es dann noch, sie zu beleidigen? Milou wusste gar nicht, über welchen Teil davon sie sich am meisten aufregen sollte! Wütend zog sie das angebrochene Marmeladenglas zu sich.

»Ich glaube nicht, dass meine Oma es gut gefunden hätte, wenn Sie hier einfach so reinplatzen und sich in ihrer Speisekammer bedienen. Sie konnte Sie nämlich nicht ausstehen!«

Muffel horchte auf und lehnte sich neugierig zurück. »So, so, sie konnte mich also nicht ausstehen?«

»Allerdings!«, erwiderte Milou und kniff zornig die Augen zusammen. »Sie hat Sie heimlich ›Holzkopf‹ genannt!«

»Holzkopf …«, wiederholte Herr Muffel beinahe andächtig und sein Blick wanderte ins Leere. Diese Reaktion hatte Milou nicht erwartet. Sie hatte ihm eigentlich etwas Gegenwind bieten und ihn zum Gehen bewegen wollen, aber nun sah es eher aus, als wäre er ernsthaft betroffen oder zumindest sehr, sehr nachdenklich.

Um nichts weiter sagen zu müssen, schob Milou sich schnell noch einen zweiten Löffel Marmelade in den Mund und dann einen dritten.

»Du hast lange nichts gegessen, was?«, beendete Herr Muffel seine Grübelei auf einmal und sah sie eindringlich an.

Milou senkte wortlos den Blick.

Muffel stieß ein leises Seufzen aus und sah wieder an die Wand. »Als meine Frau gestorben ist, habe ich fast einen ganzen Monat nichts gegessen. Hab keinen Bissen runtergekriegt …«

Milou verschluckte sich beinahe an ihrer Marmelade. »Sie … hatten eine Frau?« Davon hatte Oma nie etwas erzählt. Solange Milou sich zurückerinnern konnte, hatte sie nie eine Frau *Muffelkopf* gesehen …

»Lisbeth ist schon vor zwanzig Jahren gestorben«, erklärte Herr Muffel und lächelte wehmütig vor sich hin. »Aber ich vermisse sie immer noch, jeden einzelnen Tag.«

Jetzt musste Milou kräftig schlucken. Sie wusste wirklich nicht, was sie sagen sollte. Dafür sprach der Nachbar bereits weiter: »Tut mir übrigens leid, mit deiner Oma. Ich weiß, dass ihr euch sehr nahestandet.«

Milou hielt inne. Mit einem Mal schmeckte nicht einmal mehr die Marmelade. *Nahestehen* war gar kein Ausdruck. Oma war ihr

Ein und Alles – ihr Lieblingsmensch, der einzige Mensch, der sie verstand. Fast mechanisch legte Milou ihren Löffel beiseite.

Muffel betrachtete sie nachdenklich. »Du vermisst sie, oder?«

Milou presste die Lippen aufeinander und tat so, als hätte sie die Frage nicht gehört.

Herr Muffel aber kratzte seufzend mit dem Fingernagel über die Tischplatte. »Ich vermisse sie jedenfalls.«

»Ihre Frau?«, hakte Milou überrascht nach, aber er schüttelte den Kopf.

»Deine Oma. Wusstest du, dass ich den Notarzt gerufen habe? Ich habe mich gewundert, dass sie die Tür nicht geöffnet hat, und da habe ich meinen Ersatzschlüssel geholt und …«

»Wieso haben Sie denn einen Ersatzschlüssel?«, unterbrach Milou ihn irritiert.

»Für den Notfall«, murmelte der Muffel. »Deine Oma hatte auch einen zu meiner Wohnung.«

Das hörte Milou zum allerersten Mal. Konnte es sein, dass Oma noch mehr Geheimnisse gehütet hatte als nur das Versteck ihrer Rezepte?

Aber der Nachbar ließ ihr keine Zeit, weiter darüber nachzudenken, denn er plapperte bereits weiter. »Wir waren verabredet am Mittwochmorgen.«

Misstrauisch kniff Milou ein Auge zu. »Verabredet?«

Herr Muffel nickte müde. »Deine Oma hatte mich gebeten, mir … ihren Abfluss anzusehen.«

»Welchen Abfluss?« Irgendwie wurde Milou das Gefühl nicht los, dass er nicht die ganze Wahrheit sagte.

»Den Küchenabfluss«, antwortete er eine Spur zu schnell und

wechselte dann das Thema. »Jedenfalls hat sie nicht geöffnet, als ich zur verabredeten Zeit vor der Tür stand. Das sah ihr so gar nicht ähnlich. Auf deine Oma konnte man sich immer verlassen.«

Erneut bemerkte Milou einen Hauch von Wehmut in seiner Stimme. Und plötzlich musste auch sie selbst wieder schlucken. Ja, auf ihre Oma war immer Verlass gewesen. Und jetzt war sie nicht mehr da …

Wieder einmal stülpte sich die neue Wirklichkeit über sie wie ein übergroßer Fausthandschuh. Milou sank auf ihrem Stuhl zurück. Oma war nicht mehr da. Und sie würde nie, nie wieder da sein …

Milou merkte, wie sie in einem Strudel aus Herzstolpern und dunklen Gedanken unterzugehen drohte, da spürte sie plötzlich eine Hand auf ihrer Schulter. Erschrocken riss sie den Kopf zur Seite und sah, dass Herr Muffel aufgestanden war und jetzt direkt neben ihr stand.

»Hast du jemanden, mit dem du sprechen kannst?«

Was war das denn für eine Frage? Natürlich gab es Menschen, mit denen sie sprechen konnte! Aber der Punkt war doch, dass Milou gar nicht sprechen wollte! Wieso auch?

»Ich komme sehr gut alleine klar«, murrte sie.

Muffel runzelte die Stirn. Einen Augenblick dachte Milou, er wollte widersprechen, aber dann nickte er kaum merklich. »Manchmal hilft es trotzdem, wenn …«

»Ich habe aber keine Lust zu sprechen, verstanden?«, fiel Milou ihm wütend ins Wort. »Reden bringt meine Oma nämlich auch nicht zurück! *Nichts* bringt sie jemals zurück, gar nichts! Und deshalb gibt es auch nichts, was noch irgendjemand für mich tun könnte!« Zornig blies sie sich eine Locke aus dem Gesicht und funkelte ihn an.

Herr Muffel hielt ihrem finsteren Blick erstaunlich lange stand, aber dann sah er doch noch zu Boden und schob die Hände unsicher in seine Hosentaschen. »Ich habe noch was für dich.« Müde schlurfte er hinaus in den Garten.

Milou sah irritiert zur Terrassentür. Hatte er gerade gesagt, er hätte noch etwas für sie? Sie konnte sich beim besten Willen nicht vorstellen, was das bitte sein sollte! Doch als er kurz darauf tatsächlich zurückkam, stockte Milou der Atem. Er brachte wirklich etwas, was ihr gehörte …

»Das ist mein Schulrucksack«, flüsterte Milou überrascht, stand auf und nahm Herrn Muffel die Tasche aus der Hand.

»Da war neulich ein junger Mann vor der Tür und hat bei deiner Oma geklingelt«, erklärte der Nachbar. »Ich schätze, er hat sich im Türeingang geirrt, ihr habt ja denselben Nachnamen.«

Ein junger Mann? Milous Puls beschleunigte sich. Konnte das etwa Levi gewesen sein?

»Ich habe ihm jedenfalls versprochen, dir den Rucksack zu geben, wenn ich dich sehe. Und hier bist du nun«, fuhr Muffel leise fort.

Milou war sprachlos. Das waren einfach zu viele Informationen auf einmal, und irgendwie ergaben sie noch kein greifbares Bild.

Herr Muffel aber verstand ihr Schweigen offenbar als Aufforderung, weiterzureden. »Ich habe mir erlaubt, die Brotdose zu leeren …«

»Wie bitte?« Milou zuckte zusammen. Der Kerl hatte einfach Omas Pausenbrote weggeschmissen?

Ein wenig ertappt hob er die Hände. »Das Käsebrot ist ehrlich gesagt schon von allein weggelaufen nach all den Tagen.« Er seufzte leise und sah Milou an. »Aber diesen komischen Keks habe ich drinnen gelassen.«

Milou war viel zu perplex, um irgendetwas zu sagen. Genau genommen war sie sogar zu überrascht, um zu blinzeln oder zu atmen.

Der Glückskeks. Omas letzter Glückskeks befand sich noch immer in der Blechdose …

Verunsichert kratzte Herr Muffel sich an der schiefen Nase. »Ich lass dich dann mal allein.« Ohne einen weiteren Gruß verschwand er hinaus in den Garten und verschmolz mit der Dunkelheit der Nacht.

Milou stand eine Weile wie versteinert am Fleck. Ihr Herz schlug wild in ihrer Brust und irgendwann hielt sie den Druck nicht mehr aus und setzte sich mit einem lauten Ächzen auf den nächsten Stuhl.

Unsicher legte sie den Rucksack auf ihrem Schoß ab und öffnete den Reißverschluss. Die Brotdose lag gleich obenauf. Angespannt griff sie danach und hielt sie einen Augenblick andächtig, als wäre sie ein millionenschwerer Goldbarren. Und war der Inhalt für sie nicht genau genommen viel wertvoller als Gold?

Da drinnen lag der letzte Glückskeks, den Oma ihr eingepackt hatte, die letzte Botschaft, die sie ihrer Enkelin mit auf den Weg geben wollte.

Milous Kehle war viel zu trocken, um noch zu schlucken.

Das Blech fühlte sich kalt an unter ihren Fingern, und Milou spürte, wie sie plötzlich zu zittern begann. Sie musste es einfach hinter sich bringen, worauf sollte sie warten?

Ihr Atem ging ziemlich flach und schnell, als sie den Deckel von der Dose klappte und ihr Blick auf den Keks fiel. Natürlich sah er nicht mehr schön aus, immerhin war er schon mehrere Tage alt – aber Milou hatte schließlich auch nicht vor, ihn noch zu essen.

Als sie ihn mit ihren zittrigen Fingern herausnahm, wurde ihr beinahe schwindelig. Der Teig war schon ganz weich, und er roch auch nicht mehr sonderlich appetitlich. Aber trotzdem ließ Milou sich Zeit, fuhr andächtig mit den Fingerspitzen über die raue Oberfläche und den Knick an der Innenseite. Sie wollte jedes noch so kleine Detail aufsaugen, jede winzige Erinnerung konservieren.

»Das hier ist der Letzte«, flüsterte sie sich leise zu. »Der Alleralllerletzte …« Aufmerksam horchte sie in sich hinein. Aber auch diesmal regte sich nichts. Sie konnte einfach nicht weinen – nicht einmal bei diesem endgültigen, diesem schrecklichen Gedanken. Egal, wie tief sie grub und horchte, da waren einfach keine Tränen in ihr, es waren ja nicht einmal Gefühle da.

Gut, dass Oma sie so nicht sah. Was war sie schon für eine Enkelin, die nicht einmal um ihre Lieblingsoma weinen konnte? Kein Wunder, dass niemand sie so richtig mochte …

Milou merkte gar nicht, wie sie bei diesem Gedanken die Muskeln anspannte und versehentlich den Keks in ihrer Hand zerbrach. Vorsichtig ließ sie die Krümel zwischen ihren Fingern auf den Boden rieseln und griff sich dann den kleinen Zettel, dieses kleine Stück Papier, das bis vor Kurzem noch ihre Welt ausgemacht hatte.

Als sie den Zettel glatt strich, hielt sie den Atem an. Wort für Wort glitt ihr Blick über Omas letzte Botschaft:

Gestern ist geschehen, morgen noch geheim –
aber das Heute ein Geschenk!

Die Worte verschwammen vor ihren Augen. Milou musste den Spruch ein zweites und ein drittes Mal lesen, dann erst ergaben die Worte einen Sinn. Aber was für einen?

Milou schnaubte ihre Empörung lauthals heraus. Das Heute sollte ein *Geschenk* sein?! Wenn das so war, dann wollte sie es bitte ganz, ganz schnell zurückgeben oder umtauschen!

Geschenke waren etwas Schönes – und im Moment war nichts an *heute* auch nur ansatzweise schön. Und daran würde sich im Übrigen auch *morgen* nichts ändern, das war ganz sicher kein Geheimnis!

Mit einem Mal spürte Milou doch ein Gefühl in sich aufwallen. Aber es war keine Trauer, sondern wieder einmal Wut! Was fiel Oma eigentlich ein, solche banalen Kalendersprüche rauszuhauen? Und dann sollte ausgerechnet dieser hier auch noch ihr letzter sein, ihre allerletzte Botschaft für Milou?

Dieser Spruch war so was von falsch! Wenn ihre Oma ernsthaft dachte, dass sie ihr damit weiterhelfen würde, hatte sie sich gewaltig geirrt. Milou wollte nämlich keine *Geschenke* mehr, das wurde ihr auf einmal schmerzhaft bewusst. Denn kein *Geschenk* dieser Welt konnte ihr das zurückbringen, wonach sie sich am dringlichsten sehnte – also konnte sie auch gleich komplett auf Geschenke verzichten! Ja, sie konnte auf das *Heute* verzichten – und zwar jeden einzelnen Tag, der da noch kommen würde!

Stattdessen würde sie einfach in ihrem Zimmer bleiben, für den Rest ihres Lebens. Dann musste sie wenigstens auch niemanden mehr sehen.

Milou schloss die Finger um den kleinen Zettel, löschte das Licht der Kerze und verließ die Küche auf Socken, ohne die Kekskrümel vom Boden zu fegen. Sollten Mama und Papa das doch machen, wenn sie herkamen, um Omas Wohnung auszuräumen.

9

Erst als sie am nächsten Morgen aufwachte, fiel ihr ein, dass sie gar nicht gefunden hatte, wonach sie ursprünglich gesucht hatte: Omas Rezepte waren immer noch verschwunden.

Außerdem war Milou sich nicht sicher, ob sie die Terrassentür wieder geschlossen hatte, bevor sie nach oben gehuscht war. Aber was machte das schon für einen Unterschied? Mama und Papa würden ja ohnehin zum Wühlen hinuntergehen, sie würden sich dann bestimmt darum kümmern. Und sonst sollten eben die Eichhörnchen in Omas Küche einfallen und die alten Kekskrümel fressen. Diese Vorstellung gefiel Milou sogar ein bisschen.

Oma war immer eine große Tierfreundin gewesen. In ihrem Garten gab es neben dem windschiefen Insektenhotel, das sie in den Sommerferien vor ein paar Jahren mit Milou gebastelt hatte, auch noch ein Vogelhäuschen mit Futterkrippe und einen Wassernapf für herumstreunende Tiere. Für die Eichhörnchen legte Oma sogar immer ein paar Nüsse oder Samen auf die Terrasse, und irgendwie hatte sich das unter den Tieren wohl herumgesprochen. Mit der Zeit kamen jedenfalls immer mehr von ihnen.

Oma und Milou hatten stets ihre helle Freude daran gehabt, die kleinen puschelschwänzigen Besucher beim Nüsseknacken zu beobachten. Die Tiere in Omas Großstadtgarten hatten Milou sogar darüber hinweggetröstet, dass Mama und Papa ihr selbst kein Haustier erlaubten. Papa hatte wirklich gar kein Händchen für Tiere. Ständig wurde er auf der Straße von Tauben angekackt, so als wäre mitten auf seinem Kopf eine Art Zielscheibe für Taubendreck angebracht, die permanent schrie: *Bitte genau hierhin zielen!*

Mama wiederum behauptete felsenfest, sie hätte für *so etwas wie ein Haustier* schlichtweg keine Zeit. Und da war vermutlich sogar etwas dran. Wenn sie für ihre eigene Tochter schon keine Zeit hatte, wie sollte sie da noch Zeit für ein Tier aufbringen?

Wobei das Tier natürlich nicht für Mama gedacht gewesen wäre, sondern für Milou. Sie hätte sich ganz sicher um alles gekümmert – aber Mama hatte trotzdem stets auf stur gestellt. Typisch …

Das schrille Läuten der Türklingel riss Milou aus ihren Gedanken. Alarmiert warf sie einen Blick auf die Uhr und stellte fest, dass es bereits halb elf war. Unglaublich, dass sie so lange geschlafen hatte! Aber sie war ja auch erst in den frühen Morgenstunden aus Omas Wohnung zurückgekommen.

Wieder klingelte es. Verunsichert richtete Milou sich im Bett auf und horchte. Sie hörte gar keine Schritte draußen auf dem Flur. Waren Mama und Papa etwa ausgeflogen?

Ihre Mutter hatte in den vergangenen Tagen einige Sendungen und Schichten abgesagt und war bei Papa zu Hause geblieben, aber es konnte natürlich sein, dass sie heute wieder vor der Kamera stand.

Und Papa? War er vielleicht auf dem Sofa eingenickt – oder erledigte er den Einkauf? Oder konnte es sein, dass …? Milou schluckte. Vielleicht waren ihre Eltern schon unten und räumten Omas Wohnung aus …

Es klingelte ein drittes Mal. Langsam wurde es Milou zu bunt. Wer immer dort an der Tür stand, war ziemlich hartnäckig. Kapierte er oder sie denn nicht, dass niemand zu Hause war? Milou wollte sich gerade entschlossen die Decke zurück über den Kopf ziehen, als ihr ein beunruhigender Gedanke kam: Lauerte da etwa jemand vor der Tür, der genau wusste, dass Milou zu Hause war. Ihre Eltern, zum Beispiel. Hatte Papa eventuell seinen Schlüssel vergessen und kam nicht wieder rein ohne Milous Hilfe? Dann würde diese Klingelei vermutlich noch ewig weitergehen.

In diesem Moment läutete es tatsächlich ein weiteres Mal. Das alles konnte kein Zufall sein. Es musste wirklich jemand sein, der wusste, dass sie da war. Trotzdem ärgerte sie sich, dass sie ihre sichere Festung nun verlassen musste. Was, wenn das nur ein Trick ihrer Eltern war, sie herauszulocken?

Aber jetzt schrillte die Klingel ein unglaubliches fünftes Mal und Milou gab jeden Widerstand auf. Wenn sie nicht wollte, dass es den ganzen Tag so weiterging, würde sie vermutlich schnell den Türsummer betätigen müssen. Bis Papa oder Mama oben im vierten Stock waren, wäre sie ohnehin längst wieder in ihrem Zimmer verschwunden.

Zerknirscht öffnete Milou ihre Zimmertür und schlurfte in den Flur. Mürrisch nahm sie den Hörer der Gegensprechanlage aus der Station: »Hallo?«

Unten war nichts und niemand zu hören.

»Ist da jemand?«, bohrte Milou nach, aber wieder meldete sich am anderen Ende der Leitung niemand. Verunsichert hängte Milou den Hörer zurück.

Ihr Blick fiel auf den Türspion. Konnte es sein, dass der mysteriöse Klingelwitzbold schon hier oben auf der Fußmatte stand?

Vorsichtig schob Milou ihr Auge hinter den kleinen Spion. Im Treppenhaus brannte kein Licht. Seltsam …

Milou legte ihre Hand auf den Knauf. Sie zögerte noch einen Moment, doch dann drückte sie die Klinke behutsam nach unten. Wie in Zeitlupe öffnete sie die Tür ein Stück und warf einen Blick durch den Spalt. Aber hier war niemand.

Erleichtert atmete Milou aus. War das alles nur ein Scherz gewesen, ein Klingelstreich? Oder war sie einfach zu spät aufgestanden und der oder die Fremde hatte bereits aufgegeben? Egal wie, jetzt war jedenfalls niemand zu sehen.

Milou wollte die Tür gerade wieder schließen, als ihr Blick auf die Fußmatte fiel. Irritiert hielt sie inne. Was war denn *das?*

Tatsächlich lag dort etwas auf der abgetretenen Matte. Eine kleine Schachtel aus rotem Karton, kleiner noch als ein Stück Seife. Wer hatte die denn hier hingelegt? Und viel wichtiger noch: warum?

Milou biss sich nachdenklich auf die Unterlippe. Sie konnte das Ding natürlich einfach liegen lassen. Irgendwann würden Mama und Papa schon nach Hause kommen und das kleine Päckchen mit reinnehmen.

Doch dann fiel ihr der kleine Hund von der Nachbarin aus der Wohnung gegenüber ein. Er war ziemlich ungestüm und neugierig und pinkelte gelegentlich vor lauter Übermut auf die Fußmatte. Außerdem hatte er schon zweimal Papas Turnschuhe zerkaut, als er sie über Nacht vor der Tür hatte stehen lassen. Milou wusste zwar nicht, von wem das kleine Päckchen hier kam – aber irgendwie wäre es doch schade darum, wenn der Hund von gegenüber es vor Mama oder Papa fand …

Außerdem war sie mit einem Mal ein wenig neugierig. Wer hatte das Teil wohl derart heimlich auf die Fußmatte gelegt?

Milou warf noch einen letzten agentenmäßigen Blick zu allen Seiten, bückte sich hastig und hob das Päckchen von der Matte. Eilig schloss sie die Tür wieder und fühlte sich dabei, als hätte sie etwas verbrochen. Ein paar Sekunden lehnte sie innen an der Wohnungstür und lauschte, ob sich draußen im Treppenhaus doch noch etwas tat. Aber als es ruhig blieb, beruhigte sich auch ihr Herzschlag wieder.

Milou drehte das kleine Paket in ihrer Hand und betrachtete es genau. Tatsächlich war es eine selbst gefaltete Schachtel aus festem dunkelrotem Papier. In der Grundschule hatten sie für den Adventsbasar manchmal solche Schachteln gebastelt. Auf dieser hier stand weder ein Absender noch ein Empfänger. Von wem auch immer sie also kam, der- oder diejenige hatte sie nicht mit der Post geschickt, sondern persönlich auf der Fußmatte abgelegt. Aber wieso? Und für wen war sie gedacht?

Noch einmal drehte Milou die Schachtel behutsam in ihren Händen. Sie war ziemlich leicht, aber leer war sie nicht – der geheimnisvolle Inhalt rutschte nämlich bei jeder Drehung von einer Seite zur anderen. Was da wohl drin war?

Milou schüttelte den Kopf und versuchte, ihre Neugier zu verscheuchen. Dieses Ding ging sie überhaupt nichts an – es stand schließlich nicht ihr Name drauf! Deshalb würde sie die doofe

Schachtel jetzt auch einfach auf die Kommode legen und dort konnten Mama und Papa sie an sich nehmen, sobald sie nach Hause kamen. Basta!

Auf der anderen Seite ... Milou hielt die Luft an. Ein bisschen seltsam war die ganze Angelegenheit schon. Ein namenloses Päckchen auf der Fußmatte, das hartnäckige Klingeln an der Tür und dann kein Mensch weit und breit. Außerdem war die Schachtel nicht verschlossen oder zugeklebt. Milou könnte den Papierdeckel also ganz einfach anheben und einen kurzen Blick darunter werfen, ohne dass es hinterher jemand bemerken würde. Sie biss sich auf die Unterlippe. Sollte sie oder sollte sie nicht ...?

Ach, was konnte schon passieren? Es war ja nur ein klitzekleiner Blick, ganz kurz, dann konnte sie das ominöse Päckchen weglegen und getrost wieder vergessen. Das war allemal besser, als sich noch den ganzen Tag zu fragen, was wohl darin war.

Vorsichtig hob Milou den Deckel an, kniff die Augen zusammen und spähte durch den schmalen Spalt der Öffnung. Doch als sie sah, was sich darin befand, stockte ihr schlagartig der Atem. Das ... konnte nicht sein!

Einen Moment lang stand sie da wie gelähmt – dann ließ sie die Schachtel fallen, als wäre sie siedend heiß, und stürmte mit pochendem Herzen den Flur hinab in ihr Zimmer. Mit einem heftigen Knall schlug sie die Tür hinter sich ins Schloss.

Milou zitterte und bebte, ihr ganzer Körper fühlte sich an, als stünde er plötzlich unter Strom, als könnte er jeden Moment Funken sprühen. Atemlos vergrub sie ihr Gesicht in den Händen und sank mit dem Rücken an der Tür entlang auf den Boden. *Das konnte nicht wahr sein!* Sie musste geträumt haben, halluziniert!

Vielleicht hätte sie doch etwas essen sollen in den letzten Tagen, vielleicht war das jetzt die Quittung für ihren Verzicht. Wenn der Körper nicht mehr richtig versorgt wurde, konnte der Geist schon mal aus der Reihe tanzen.

Das, was sie eben unter dem Deckel der kleinen Schachtel gesehen hatte, konnte jedenfalls nicht echt sein, unter gar keinen Umständen! Milou schlang die Arme um ihre Knie und machte sich klein, um sich an sich selbst festzuhalten.

Ein Glückskeks. Ein Glückskeks von Oma – das *konnte* nicht wahr sein! Energisch schüttelte Milou den Kopf, so als könnte sie sich damit selbst überzeugen. Sie musste sich geirrt haben! Es konnte kein Glückskeks sein! Oma Anni war tot – und seit wann konnten Tote Kekse backen? Milou stieß ein hilfloses Lachen aus, dabei war nichts an der Sache hier amüsant. Es war kein Glückskeks! Sie musste sich geirrt haben, getäuscht! Aber warum lag ihr dann immer noch dieser allzu bekannte Geruch in der Nase …?

Milous Herz schlug derart schnell und heftig, dass sie befürchtete, es würde gleich aus ihrem Brustkorb springen und die Flucht ergreifen. Konnten gebrochene Herzen am Ende auch Rippen brechen?

Milou wollte sich das gar nicht vorstellen. Sie musste sich die Sache aus dem Kopf schlagen, das alles ganz schnell vergessen. Vermutlich gab es ja gar nichts, was sie vergessen konnte – weil sie im Grunde doch auch nichts gesehen hatte, oder? Der kleine geschwungene Keks im Inneren der Schachtel konnte jedenfalls nicht echt sein! Und wenn etwas nicht echt war, was war es dann?

Nein, Milou würde jetzt einfach zurück ins Bett hüpfen und sich die Decke über den Kopf ziehen, bis alle Bilder aus ihrem Kopf verschwunden waren. Doch mit einem Mal hatte sie Schwierigkeiten, wieder auf die Beine zu kommen. Ihre Knie waren ganz wackelig und schwach, und auch die Füße wollten sie nicht richtig tragen.

Was, wenn es doch wahr war? Was, wenn das da draußen im Flur wirklich einer von Omas Keksen war? Was, wenn Oma Anni versuchte, ihr eine Nachricht zu schicken …?

Milou musste sich abstützen bei diesem Gedanken. Sie schloss die Augen und versuchte, den Schwindel zu vertreiben. Verflucht noch mal – was passierte hier nur?

Am liebsten hätte Milou die Zeit zurückgedreht, alles auf null. Dann hätte sie das Klingeln einfach ignoriert, die kleine Schachtel niemals in die Wohnung geholt – und vor allem nicht geöffnet!

Aber war es jetzt nicht zu spät für all das? Hatte sie die Chance, die Augen vor dieser Sache zu verschließen, nicht vertan, in dem Moment, in dem sie den Deckel angehoben hatte?

Milou presste die Kiefer aufeinander und schlug ihre Lider wieder auf. Es brachte nichts. Sie konnte nicht einfach wegsehen, das würde sie nur noch mehr um den Verstand bringen. Sie musste dieser Sache auf den Grund gehen, sie brauchte Sicherheit. Im besten Fall würde sie erkennen, dass sie sich tatsächlich nur geirrt hatte, und dann konnte sie den Vorfall wirklich getrost vergessen.

Milou atmete noch einmal tief durch und öffnete die Zimmertür. Sie setzte ihre Schritte derart bewusst, als wäre der Dielenboden plötzlich vermint und könnte jeden Moment explodieren – genau wie das kleine wilde Herz, das wie verrückt in ihrer Brust pochte.

Bereits von Weitem sah sie, dass sie sich bei einer Sache schon mal nicht geirrt hatte: Die Schachtel existierte tatsächlich! Sie hatte sich die ganze Angelegenheit also nicht nur eingebildet. Entscheidend war nun aber, ob sie sich auch beim Rest nicht getäuscht hatte …

Vorsichtig, als könnte die kleine Schachtel jeden Moment mit scharfen Raubtierzähnen nach ihr schnappen, schlich Milou an ihr Ziel heran. Mit jedem Schritt fiel ihr das Atmen schwerer und ihr Herz schlug noch ein bisschen heftiger. Als sie nur noch etwa eine Armlänge von der Papierschachtel entfernt war, waren Mut und Entschlossenheit auf einmal klein wie Kirchenmäuse. Vielleicht war es doch besser, ganz schnell wieder in ihrem Zimmer zu verschwinden und die Tür extrafest hinter sich zu verschließen? Ja, vielleicht sollte sie diese ganze Angelegenheit einfach ruhen lassen …?

Milou zögerte. Aber dann gab sie sich doch noch einen Ruck. »Jetzt oder nie«, flüsterte sie, ging kurz in die Hocke und schnappte sich die Papierschachtel vom Boden.

Der Deckel saß immer noch etwas schief. Angespannt hob sie ihn nun ein weiteres Mal an und bekam augenblicklich Gewissheit: Sie hatte sich nicht geirrt. In der kleinen Faltbox lag tatsächlich ein Glückskeks – und er sah sehr verdächtig danach aus, als hätte Oma Anni ihn gebacken.

Aber natürlich konnte das immer noch ein Zufall sein. Fast alle Glückskekse waren gleich oder sahen sich zumindest sehr ähnlich. Vielleicht hatte sich jemand einen Scherz erlaubt und ihr dieses Teil als Erinnerung an Oma Anni vor die Tür gelegt. Konnte es sein, dass diese Angelegenheit auf Mamas und Papas Mist gewachsen war? Wer wusste sonst noch davon, dass Oma Milou immer mit süßen Glücksbotschaften versorgt hatte?

Die Botschaft … Milous Herz zog sich schmerzhaft zusammen. An dieser Stelle würde sich das alles ganz sicher als Irrtum herausstellen. Dieser Keks hier konnte vielleicht aussehen und riechen wie der von ihrer Oma, aber ganz sicher würde nicht eine von Omas Botschaften in ihrem Inneren auf sie warten!

Angespannt nahm Milou den kleinen Keks aus der Verpackung und ließ die Papierschachtel auf den Boden segeln. Sie würde den Keks jetzt einfach auseinanderbrechen und der Sache damit ein Ende bereiten.

Der Teig war nicht feucht oder weich, sondern wirkte überraschend knusprig, und er brach tatsächlich mit einem frischen Knacken auseinander, als Milou den Druck auf ihre Finger erhöhte. Zwischen den zwei Kekshälften kam nun ein Stück Papier zum Vorschein, das Milou noch einmal einen Stich versetzte. Es sah exakt so aus, wie die Papierschnipsel, die in Omas Keksen steckten.

Aber auch das konnte natürlich ein Zufall sein. Papier war eben Papier, und dass es in schmalen, länglichen Streifen geschnitten war, um in den Keks zu passen, war nun wirklich nicht ungewöhnlich.

Milou zog den kleinen Zettel aus der Gebäckhälfte und legte die Keksreste auf die Kommode. Mit pochendem Herzen strich sie das Papier glatt und drehte es schließlich in ihrer Hand, um die Botschaft darauf zu lesen. Doch noch bevor sie überhaupt ein Wort entziffern konnte, stockte ihr schon wieder der Atem und sie taumelte hilflos ein paar Schritte zurück.

Das da … *war tatsächlich Omas Handschrift!*

Aber das war unmöglich, es konnte nicht wahr sein! Ungläubig schloss und öffnete Milou die Augen ein paar Mal, aber auch dadurch änderte sich nichts an der Schrift.

Den Keks konnte man vielleicht nachbacken und den Zettel genauso zuschneiden – aber eine Handschrift derart zu fälschen, als wäre sie echt? Das war kaum möglich, nein. Es gab keinen Zweifel, dass diese Worte hier eindeutig durch die Finger ihrer Großmutter geflossen waren!

Aber dafür gab es überhaupt keine Erklärung. Oma Anni war vor fast einer Woche gestorben, sie konnte keine Botschaften mehr schreiben! Oder etwa doch …?

Milou schüttelte den Kopf und verwarf den Gedanken wieder. Sie glaubte nicht an Geister, solche Geschichten waren doch nur für kleine Kinder. Und sie war nicht nur groß, sondern auch schlau – zu schlau jedenfalls für ein Märchen.

Aber wie konnte all das hier dann möglich und wahr sein? Wie kam Omas Handschrift in einen frischen Keks, wenn sie doch schon viele Tage nicht mehr da war?

Erst jetzt fiel Milous Blick auf die handgeschriebenen Worte und sie begann nachdenklich zu lesen:

Morgen um 11 Uhr, Freihafenstieg 53

Was sollte das denn bedeuten? Milou drehte den Zettel verwundert, als könnte sie auf der Rückseite doch noch eine weitere Botschaft entdecken, aber vergebens. Diese paar Worte hier waren die einzigen auf dem kleinen Papierschnipsel. Aber sie ergaben überhaupt keinen Sinn …

Normalerweise stand da doch ein netter Spruch, einer, der Milou Mut machte, der ihr half, dass sie sich gesehen fühlte und nicht allein. Aber diese Botschaft hier wirkte eher wie ein Termin. Beim Zahnarzt, zum Beispiel – und das hier war die Erinnerung, die sie sich an den Kühlschrank heften konnte, damit sie den Termin auch ganz sicher nicht vergaß.

Milou schloss die Augen, um sich zu konzentrieren. Hatte sie einen Termin …? Ihr fiel jedenfalls keiner ein. Und überhaupt: Seit wann erinnerten sie Omas Glückskekse an Arzttermine? Sie wusste ja nicht einmal, wo diese komische Straße überhaupt war. Nie im Leben würde sie morgen um 11 Uhr dort erscheinen, sie verließ ja nicht einmal ihr Zimmer!

Egal, wer sich das hier ausgedacht hatte: Dieser Jemand hatte sich gewaltig geirrt, wenn er glaubte, dass Milou ernsthaft zu dieser fremden Adresse fahren würde! Sie wollte nirgendwo mehr hin und sie wollte auch niemanden mehr treffen. Ihr Zimmer war jetzt ihre Welt, das musste reichen. Es sei denn … »Nein, unmöglich«, flüsterte Milou und schüttelte entschieden den Kopf. Diese Botschaft konnte nicht von ihrer Oma kommen und damit Schluss!

10

Sie würde nicht zu diesem Treffpunkt gehen, nein, unter gar keinen Umständen würde sie zu der angegebenen Zeit an der besagten Adresse auftauchen! Entschlossen warf Milou sich im Bett auf die andere Seite. Seit sie den blöden Keks gefunden hatte, fand sie einfach keine Position mehr, die sich auch nur ansatzweise bequem anfühlte. Rein gar nichts fühlte sich noch bequem an und Milou ärgerte sich darüber. Egal, wer dafür verantwortlich war – er oder sie hatte sie ganz schön aufgewühlt und sorgte nun nachhaltig dafür, dass sie kaum noch einen klaren Gedanken fassen oder gar schlafen konnte!

Natürlich ahnte sie insgeheim, wer dahintersteckte. Nur ihre Eltern wussten über Omas Glückskekse Bescheid, also konnte diese ganze Sache hier eigentlich auch nur auf ihrem Mist gewachsen sein. Es war Milou zwar ein Rätsel, wie sie Omas Keks und die Botschaft derart perfekt hatten fälschen können, aber das änderte nichts daran, dass es eben doch nur eine Fälschung war. Aber was hatte es mit dieser Adresse und der Uhrzeit auf sich?

Vermutlich wollten Mama und Papa sie nur neugierig machen und aus ihrem Zimmer locken. Und am meisten ärgerte Milou sich darüber, dass sie damit tatsächlich Erfolg hatten! Milou *war* neugierig, oh ja, sie platzte fast vor Neugier. Aber natürlich würde sie trotzdem nicht auf diesen miesen Trick reinfallen, dafür war sie viel zu schlau.

Am Nachmittag hörte sie endlich, wie sich die Wohnungstür öffnete, und Mama und Papa zurückkamen. Sie unterhielten sich miteinander, aber leider waren sie dabei derart leise, dass Milou kein Wort verstehen konnte, obwohl sie mit ihrem Ohr dicht an der Zimmertür klebte …

Beide klangen irgendwie erschöpft, mehr konnte Milou beim besten Willen nicht ausmachen. Aber war das nicht schon der Beweis? Warum sollten sie flüstern, wenn sie nicht etwas zu verbergen hätten? Ein hinterhältiges Trickmanöver zum Beispiel, eine Falle, um ihre Tochter aus dem Zimmer zu locken! Milou war sich sicher, dass es genau so war.

Und sie war sich noch einer Sache sicher: Mama und Papa würden garantiert versuchen, sie zu diesem ominösen Termin zu überreden. Aber wenn sie das taten, hatten sie sich endgültig verraten!

Tatsächlich fühlte Milou sich bestätigt, als es eine halbe Stunde später leise an ihrer Tür klopfte. *Ha!* Sie hatte also recht gehabt!

Allerdings war sie zugegebenermaßen ein wenig überrascht, als sie feststellte, dass es Mama war, die dort stand. Sie klang irgendwie anders als sonst, müde vermutlich und nicht so fest entschlossen, wie Milou sie sonst kannte.

»Milou, mein Engel«, setzte Florentine an und räusperte sich, als müsste sie einen Frosch verscheuchen, der es sich in ihrer Kehle bequem gemacht hatte.

Mein Engel! Milou rollte mit den Augen. Wenn sie wirklich ein Engel gewesen wäre, hätte sie ihre Flügel längst genutzt, um davonzufliegen und am besten nie wieder irgendwo zu landen. So wie ein Mauersegler! Der konnte zehn Monate am Stück fliegen, ohne zu landen. Nicht mal zum Schlafen kam er runter auf die Erde, hatte Oma ihr erzählt.

»Sag doch was, damit ich weiß, ob du mich hörst.«

Meinte Mama das ernst? Wie sollte sie sie denn bitte *nicht* hören? Milou presste die Lippen aufeinander.

Vor der Tür vernahm sie ein Seufzen. »Hör zu, mein Schatz, ich weiß, dass dir die ganze Angelegenheit ordentlich zusetzt – und glaub mir: Auch deinem Vater und mir geht das alles sehr nahe!«

Sehr nahe? Milou musste sich mächtig zusammenreißen, um nicht wieder ein Glas an die Tür zu pfeffern. Omas Tod ging ihr nicht *nahe,* nein, er war ein verdammter Weltuntergang!

Florentine aber sprach bereits weiter: »Dein Vater und ich haben uns gefragt, ob … es nicht langsam Zeit wird, dass du aus deinem Zimmer rauskommst.«

Aha! Da war er also: Der Beweis dafür, dass Mama und Papa hinter dieser blöden Glückskeksgeschichte steckten!

»Du fehlst jetzt schon fast eine Woche und Papa und ich würden es sehr begrüßen, wenn du wieder in die Schule gehen würdest. Morgen zum Beispiel ...«

Wie bitte?! Milou richtete sich fassungslos in ihrem Bett auf. Sie sollte wieder in die Schule gehen? *Niemals!*

Wie konnten ihre Eltern nur auf eine derart absurde Idee kommen? Sie hatte ja schon vor Omas Tod beschlossen, nie wieder einen Fuß in diese Höllenanstalt zu setzen – aber jetzt, nachdem Oma Anni, ihr einziger Anker, für immer weg war? Nein, es bestand gar keine Möglichkeit, dass sie wieder zurück in die Schule gehen würde – und schon gar nicht morgen!

Mit einem lauten, wütenden Grunzen warf sie sich zurück aufs Kissen.

»War das ein *Ja …?*«, hakte Mama vor der Tür nach und stellte sich zweifelsohne besonders dumm.

»Nein!«, rutschte es zornig über Milous Lippen, aber sie biss sich sofort auf die Zunge.

Mama seufzte noch einmal extralaut. »Denk doch zumindest darüber nach, mein Engel.« Dann hörte Milou, wie sich ihre müden Schritte entfernten.

Nachdenken, pah! Sie musste nicht darüber *nachdenken,* nicht heute, nicht morgen und auch nicht nächste Woche! Die Sache mit der Schule war für sie genauso gestorben wie ihre Oma.

Aber plötzlich stolperte Milou über einen ganz anderen Gedanken, der sie ziemlich beunruhigte: Wenn Mama und Papa wollten, dass sie morgen wieder in die Schule ging, dann …

Alarmiert öffnete Milou die Augen und richtete sich ein weiteres Mal im Bett auf. Konnte es sein, dass der falsche Glückskeks doch nicht von Mama und Papa kam? Warum sollten sie sie zu einem Termin am morgigen Vormittag locken wollen, wenn es ihnen doch eigentlich am liebsten wäre, wenn Milou wieder in die Schule ging? Das passte irgendwie nicht zusammen …

Wenn dieser Glückskeks aber nicht von ihren Eltern stammte, wer hatte ihn dann vor der Wohnungstür abgelegt?

Mit einem Mal pochte Milous Herz wieder ziemlich heftig. Sie wollte schlucken, aber ihr Hals war plötzlich staubtrocken. Angespannt stand sie vom Bett auf, zog den kleinen Mülleimer, in dem sie Keks und Botschaft vorhin versenkt hatte, unter ihrem Schreibtisch hervor und fischte das Zettelchen wieder heraus:

Morgen um 11 Uhr, Freihafenstieg 53

Das alles machte immer noch keinen Sinn – noch viel weniger jetzt, wo ihre Eltern sie in die Schule schicken wollten.

»Woher kommst du …?«, murmelte Milou konzentriert und strich den kleinen Zettel glatt. Aber eine Antwort wollte ihr partout nicht einfallen.

Egal, wie sehr sie sich auch anstrengte, sie kam einfach auf keine plausible Lösung für das Rätsel.

Wenn es aber außer Mama, Papa und ihr keinen Menschen gab, der von Annis Geheimbotschaften wusste, wie konnte es dann sein, dass jetzt plötzlich eine davon auf der Fußmatte auftauchte? Noch dazu mit einem konkreten Termin, der in der nahen Zukunft lag?

Mit einem Mal kam Milou ein Gedanke. Konnte es etwa sein, dass das hier ein alter Glückskeks war? Dass der Termin, der darauf notiert war, sich gar nicht auf den morgigen Tag bezog, sondern auf ein *Morgen,* das mittlerweile in der Vergangenheit lag?

Auch dann wäre es natürlich noch mächtig seltsam, dass die kleine Schachtel ausgerechnet heute ohne ein weiteres Wort bei Milou gelandet war, aber immerhin wäre es weniger seltsam als der andere Gedanke, der nun hartnäckig durch Milous Kopf spukte. Denn mal ehrlich: Wenn die Botschaft nicht alt war, und Mama und Papa tatsächlich nichts mit der Sache zu tun hatten, dann gab es eigentlich nur eine einzige Erklärung für die ganze Angelegenheit: *Konnte es sein, dass Oma ihr diesen Keks geschickt hatte, von dort, wo sie jetzt war …?*

Milou spürte, wie sie eine Gänsehaut am ganzen Körper bekam. Sie glaubte eigentlich nicht an Geister. Aber wenn es sonst keine einleuchtende Erklärung gab, war es vielleicht an der Zeit, damit anzufangen.

Für heute allerdings war diese Möglichkeit noch keine Option. Mit Sicherheit war der Zettel einfach nur alt, der Termin längst vorbei, und morgen um elf Uhr würde sie rein gar nichts am Freihafenstieg erwarten!

Und trotzdem stand eines nun felsenfest: Um endgültige Sicherheit in dieser Angelegenheit zu bekommen, würde Milou ihr Zimmer morgen Vormittag wohl verlassen müssen …

11

Obwohl Milou sich fest vorgenommen hatte, cool zu bleiben, war sie in Wirklichkeit ziemlich aufgeregt. In der Nacht tat sie kaum ein Auge zu. Als sie gegen Mitternacht ihre Wasserflasche auffüllte, setzte sie sich einen Moment ans Küchenfenster und blickte in Omas Garten hinab. Unfassbar, dass alles noch immer gleich aussah, obwohl die Welt doch mittlerweile eine andere war. Vor zwei Wochen noch hatte Milou dort unten mit Oma auf der Bank gesessen, hatte von ihren Sorgen erzählt, bei der Gartenarbeit geholfen, gelacht, Vögel beobachtet und Kuchen gegessen.

Für einen klitzekurzen Augenblick bildete Milou sich ein, sich selbst mit Oma unten im Garten zu sehen, und ein wehmütiges Lächeln schlich sich auf ihr Gesicht. Aber dann wurde ihr klar, dass das alles nicht echt war, und sie huschte wütend zurück in ihr Zimmer.

Am Morgen weckte Papa sie viel zu früh mit einem Türklopfen.

»Guten Morgen, Krümelchen«, sagte Clemens und gab sich offenbar große Mühe, dabei fröhlich zu klingen. »Ich habe dir einen Teller mit Pfannkuchen vor die Tür gestellt!«

Pfannkuchen? Milou horchte irritiert auf. Sie liebte Pfannkuchen, keine Frage – aber die Vorstellung, dass Papa sie gebacken hatte, bereitete ihr jetzt schon Magenschmerzen. Ihr Vater mochte leidenschaftlich gerne essen, konnte aber so gut kochen wie eine Nacktschnecke. Ihre Mutter wiederum konnte hervorragend kochen, aß aber so gut wie nichts. Milou hatte über diese verzwickte Sachlage schon oft verzweifelt den Kopf geschüttelt …

Offenbar ahnte ihr Papa, dass sie ihm am Herd nicht allzu viel zutraute.

»Keine Sorge, ich habe einen Fertigteig benutzt. Und mir sind auch nur die ersten beiden Pfannkuchen in der Pfanne angebrannt, der dritte hier sieht wirklich ganz passabel aus.«

Milou wollte sich gar nicht so genau ausmalen, was er mit *passabel* meinte, und musste grinsen, obwohl sie das gar nicht beabsichtigt hatte.

»Jedenfalls …«, fuhr Papa behutsam fort. »Falls du heute tatsächlich in die Schule gehen möchtest, musst du nicht mit leerem Magen vor die Tür. Ich habe gleich einen Termin, aber … der Pfannkuchen wartet hier auf dich. Er läuft ja nicht weg. Hoffe ich zumindest.« Papa versuchte zu lachen, aber es klang eher hilflos. »Hab dich lieb, Krümelchen«, flüsterte er zum Abschied und verschwand dann den Flur hinab.

Müde warf Milou einen Blick auf die Uhr. Es war erst kurz vor sieben. Wenn sie tatsächlich vorgehabt hätte, in die Schule zu gehen, wäre jetzt der perfekte Zeitpunkt, um aufzustehen und zu frühstücken – aber das war natürlich nicht der Fall! Milou rechnete ihrem Vater zwar hoch an, dass er sich ihretwegen schon in aller Herrgottsfrühe an den Herd gestellt hatte, aber das reichte noch lange nicht aus, um sie zum Frühstücken zu bewegen. Oder gar dazu, wieder in die Schule zu gehen.

Trotzdem passte es ihr ganz gut in den Kram, dass Papa gleich das Haus verlassen würde. Mama war offenbar auch schon im Studio, und das bedeutete, dass Milou sich vollkommen ungestört fertig machen konnte, um dieser seltsamen Terminsache auf den Grund zu gehen. Sieben Uhr war dafür natürlich ein bisschen früh. Milou zog sich die Decke bis unters Kinn und versuchte, noch einmal einzuschlafen, aber es klappte nicht. Diese ganze Angelegenheit wühlte sie einfach zu sehr auf.

Als sie gegen halb acht hörte, wie Papa die Wohnungstür zuzog, gab sie endgültig auf, schlug die Decke zurück und kroch aus dem Bett. Wenn sie schon nicht mehr schlafen konnte, konnte sie sich auch genauso gut fertig machen. Sie konnte sich nicht daran erinnern, wann sie das letzte Mal geduscht hatte. Manchmal, wenn sie nachts auf der Toilette gewesen war, hatte sie sich hastig die Zähne geputzt, aber mehr hatte sie sich kaum getraut. Immerhin hatte sie unter gar keinen Umständen ihren Eltern begegnen wollen. Und auch jetzt horchte sie erst noch einmal extragründlich, bevor sie den Schlüssel im Schloss drehte und aus ihrem Zimmer trat.

Zum Glück lag der Rest der Wohnung tatsächlich ganz still da.

Sie war allein. Allein zumindest mit dem erbärmlichen Etwas, das sich wohl *Pfannkuchen* nannte und auf einem Teller vor ihrer Tür wartete wie ein Kind, das nicht von der Schule abgeholt wurde. Irgendwie traurig …

Milou bückte sich und hob seufzend den Teller auf. Papa hatte sich mit Sicherheit Mühe gegeben, das bezweifelte sie nicht. Aber selbst wenn sie nicht im Hungerstreik gewesen wäre, hätte sie diesen unappetitlichen Teigklumpen niemals essen können.

Kopfschüttelnd entsorgte sie den Pfannen-Unfall im Küchenmüll und stellte den leeren Teller in die Spülmaschine.

Als sie das Bad betrat und den Lichtschalter betätigte, zuckte sie erschrocken zusammen. Dieser Mensch da im Spiegel – *war das etwa sie?* Der Spiegel in ihrem eigenen Zimmer war noch immer zugeklebt, und in den Nächten der vergangenen Woche hatte sie das Bad vorsichtshalber nur im Dunkeln betreten. Es war also das erste Mal, dass sie sich selbst wiedersah, seit … Milou musste schlucken. *Seit Oma nicht mehr da war …*

Das da war also von ihr übrig geblieben. Irgendwann hatte Papa ihnen mal beim Abendbrot erzählt, dass der Mensch einundzwanzig Gramm leichter wurde, wenn er starb. Einige Leute behaupteten, das wäre das Gewicht der Seele, die den Körper verließ. Einundzwanzig Gramm – das war alles, was aus einer Hülle einen Menschen machte. Milou fand diesen Gedanken poetisch, irgendwie sogar romantisch. Aber Mama hatte vor Lachen am Tisch losgeprustet und nur ungläubig den Kopf geschüttelt.

»Was sind denn das bitte für Leute, die einen Sterbenden auf die Waage legen, um zu überprüfen, wie viel Gewicht er beim Sterben verliert?«

Diese Vorstellung war tatsächlich so ziemlich das Gegenteil von *romantisch* – obwohl Milou von echter Romantik genau genommen keine Ahnung hatte. Was wusste sie schon über die Liebe?

Eines wusste sie dafür umso genauer: So, wie sie gerade aussah, konnte sie unmöglich vor die Tür treten! Ihre dunklen Locken fielen ihr in fettigen Strähnen ins Gesicht, und auch sonst war ihr Anblick ziemlich trostlos. Milou hatte in der letzten Woche definitiv mehr als einundzwanzig Gramm verloren – aber sie war ja auch nicht gestorben, sondern lediglich in eine Art Hungerstreik getreten. Aus Protest dagegen, dass Menschen, die sie liebte, einfach so starben! Sie hatte bestimmt drei Kilo verloren, wenn nicht sogar mehr. Ihre Wangen wirkten jedenfalls ziemlich eingefallen, ihre Augen standen wie große Knöpfe hervor, waren davon abgesehen aber stumpf und glanzlos. Immerhin war der Sonnenbrand abgeklungen. Dafür wirkte ihre Haut nun beinahe grau und auf der Nase schälte sie sich.

Am liebsten hätte Milou einen Vorhang vor ihr Spiegelbild gezogen, aber das ging nicht, und sie hatte jetzt leider auch nicht die Zeit, den Spiegel mit Post-it-Zetteln abzukleben. Stattdessen sah sie kurzerhand einfach weg, streifte ihren Pyjama ab und stieg unter die Dusche.

Als das heiße Wasser über ihren Kopf lief, entwich Milou ein Stöhnen. Ihren Eltern gegenüber hätte sie es natürlich niemals zugegeben, aber: Das hier tat so richtig, richtig gut!

Aber war es genau genommen nicht ein Verrat an ihrer Oma, dass sie sich gut fühlte? Milou fuhr mit den Schneidezähnen über ihre Unterlippe. Noch immer konnte sie nicht weinen. Und plötzlich wurde sie wieder wütend: Wütend auf Anni, dass sie einfach ihre einundzwanzig Gramm genommen hatte und gegangen war, und wütend auf sich selbst, dass sie nicht endlich richtig trauern konnte.

Mit einem zornigen Ächzen drückte Milou den Wasserknauf zur Seite. Innerhalb weniger Sekunden änderte sich die Temperatur und eiskaltes Wasser strömte auf sie hinab. Milous Körper zuckte instinktiv zusammen und sie schnappte nach Luft. Trotzdem hielt sie es aus. Ziemlich lange zumindest! Erst als sich ihre

Fingerspitzen und Zehen ganz taub anfühlten, drehte sie das Wasser wieder ab und stieg tropfend und bibbernd aus der Dusche.

Ihr Körper bestand aus einer einzigen, gigantischen Gänsehaut – wie bei einem gerupften Hühnchen, ein Hühnchen mit dunkelblauen Lippen. Aber wenigstens fühlte sie sich jetzt nicht mehr ganz so schuldig …

Nachdem sie sich gründlich abgetrocknet und geföhnt hatte und in frische Klamotten geschlüpft war, war es immer noch viel zu früh, um aufzubrechen. Milou setzte sich zurück auf ihr Bett, aber irgendwie schien die Zeit auf einmal stillzustehen. Sie klebte unter ihren Fußsohlen wie ein extrazäher Kaugummi. Und dann hörte Milou plötzlich ein Geräusch …

Erschrocken sprang sie vom Bett und drehte sich zur Tür. Kamen ihre Eltern etwa schon wieder zurück?

Doch dann wiederholte sich das seltsame Geräusch und Milou stellte überrascht fest, dass es von ihr selbst ausgegangen war: Ihr Magen knurrte – und zwar ganz gewaltig! Zuletzt hatte sie dieses Knurren unten in Omas Wohnung gehört, gemeinsam mit dem Muffelkopf. Ohne dass sie es beabsichtigt hatte, schoss ihr nun gleich noch ein anderes Bild durch den Kopf: *Annis Marmelade …* Fast konnte sie sie auf der Zunge schmecken! Ihr Magen reagierte darauf mit einem noch lauteren Brüllen, einem, das jeden Löwen vor Neid hätte erblassen lassen!

Echt blöd. Hunger konnte sie nun wirklich nicht gebrauchen. Vielleicht hatte ihr das kalte Wasser so viel Energie geraubt, dass ihr Körper ausgerechnet jetzt nach Nahrung verlangte? Egal wie, sie musste diesem Lärm ein Ende bereiten, sonst würde der Löwe sie am Ende noch von innen heraus auffressen.

Papas Pfannkuchen lag zum Glück im Mülleimer, sodass Milou gar nicht erst in die Verlegenheit kam, doch noch hineinzubeißen. Aber was sollte sie dann essen? Auf was hatte sie Appetit?

Sie versuchte, einen Augenblick in sich hineinzuhorchen, aber der Löwe brüllte so laut, dass sie daneben kaum etwas hören konnte. Also musste ihr Kopf entscheiden: Cornflakes, ja, Cornflakes waren immer eine gute Wahl, wenn man nicht wusste, was man wollte! Fest entschlossen griff Milou sich in der Küche eine Frühstücksschüssel, schüttete eine Handvoll Cornflakes hinein und ertränkte sie in Milch. Als sie sich einen Löffel davon in den Mund schob, stellte sie überrascht fest, wie gut diese einfachen Frühstücksflocken schmeckten. Sie krachten zwischen ihren Zähnen und die Milch war angenehm kühl und sogar ein bisschen süß. Milou konnte sich nicht erinnern, wann ihr ein Frühstück das letzte Mal so gut geschmeckt hatte.

Als sie die Schüssel bis auf das letzte bisschen leer gelöffelt hatte, schwieg der Löwe in ihrem Bauch endlich – aber dafür meldete sich ihr schlechtes Gewissen zurück. Irgendwie schämte sie sich dafür, dass ihr diese Cornflakes so gut geschmeckt hatten, jetzt, wo Oma nicht mehr da war …

Um sich abzulenken, schnappte Milou sich das iPad ihrer Mutter. Sie musste herausfinden, wo der Freihafenstieg überhaupt lag und wie sie dorthin kommen würde. Tatsächlich war die Straße nicht in der Nachbarschaft, Milou würde also definitiv nicht laufen können. Sollte sie vielleicht ihr Sparschwein plündern und ein Taxi nehmen?

Sie wägte den Gedanken einen Augenblick ab, entschied sich dann aber anders. Wer wusste schon, ob diese Sache überhaupt irgendwo hinführte – da wollte sie nicht noch ihr Erspartes verschwenden.

Mit dem Fahrrad und einem Stadtplan hätte Milou die Strecke vielleicht geschafft, aber ihr Rad stand ja noch immer mit dem Platten vor der Schule und sie hatte nicht vor, es ausgerechnet heute abzuholen.

Also blieb eigentlich nur noch der Bus. Sie brauchte eine Weile, aber dann hatte Milou sich die Route rausgesucht und genau eingeprägt.

Die Fahrt dauerte insgesamt fast eine Stunde und Milou musste zweimal umsteigen, aber das war kein Problem für sie. Pläne, Zahlen, Wege – das alles waren Dinge, die ihr leichtfielen. Was ihr allerdings schon ein wenig zusetzte, war die Gegend, in der der Bus sie ausspuckte. Hier sah es ganz anders aus als in der Nachbarschaft zu Hause.

Die Gebäude waren grau, dicht gedrängt und schmuddelig, die Fenster klein und größtenteils verhangen. Auf den Straßen lagen Abfall und Hundedreck, und die meisten Hauswände waren mit alten Werbeplakaten beklebt oder mit unlesbaren Parolen beschmiert. Milou fielen auch ein paar Passanten auf, die seltsam aussahen ... Sie vergewisserte sich noch einmal, dass sie wirklich an der richtigen Haltestelle ausgestiegen war. Aber als es daran keinen Zweifel mehr gab, warf sie einen letzten Blick auf die Straßenkarte und machte sich auf den Weg zur richtigen Adresse.

Als sie endlich davorstand, war sie noch viel irritierter als zuvor. Ein paarmal versicherte sie sich, ob es noch ein anderes Haus mit der gleichen Nummer in der Straße gab, aber das war leider nicht der Fall. Wer immer den Zettel geschrieben hatte, musste also tatsächlich dieses merkwürdige Gebäude hier gemeint haben. Es war flach, gedrungen und ziemlich schmuddelig, und sah eher aus wie eine Turnhalle. Eine Turnhalle, die den Bauch eingezogen und sich zwischen zwei heruntergekommene Wohnhäuser gequetscht hatte. Fenster gab es nicht, aber knapp unter dem Flachdach waren ein paar dicke braune Glasziegel eingesetzt worden. Dass die Licht spendeten, wagte Milou allerdings zu bezweifeln.

Noch während sie mit gerunzelter Stirn auf die verschmierten Wände starrte, rempelte sie plötzlich jemand von hinten an. Milou stolperte ein paar Schritte nach vorne und hatte Schwierigkeiten, das Gleichgewicht zu halten. Doch anstatt sich zu entschuldigen, pöbelte der Rempler nur »Pass doch auf!« und eilte dann weiter.

Milou war sprachlos. Außerdem schlug ihr Herz ziemlich wild – viel heftiger als es gesund war, fand sie. Vermutlich war das ein Zeichen, ein Zeichen dafür, dass sie wieder gehen sollte. Sie gehörte hier definitiv nicht hin, nein, am besten war es, wenn sie so schnell wie möglich wieder verschwand.

»Hey, bist du Milou?«

Erschrocken blickte Milou über ihre Schulter und sah in das Gesicht einer jungen Frau mit Pferdeschwanz und Jeansjacke, die direkt hinter ihr stand und eine Sporttasche in der Hand hielt.

Milou war derart perplex, dass ihr der Mund aufklappte. »Ich … ich …«, begann sie zu stottern, bekam aber beim besten Willen keinen geraden Satz heraus.

Die junge Frau lächelte und zog einen großen Schlüsselbund aus ihrer Tasche. »Du bist echt pünktlich – das kenne ich von den

Kids hier sonst nicht so.« Sie zwinkerte, als wüsste Milou genau, was sie meinte, und steckte dann einen der Schlüssel ins Schloss der schweren Tür. Dabei hatte Milou genau genommen keinen blassen Schimmer, wovon diese Frau sprach. Woher kannte sie denn überhaupt ihren Namen …?

Mit einem schrillen Quietschen gab die Tür nach und die Fremde nickte grinsend ins Innere. »Bist du bereit?«

Bereit? Milou musste schlucken. Egal, was diese Frau vorhatte – Milou war das Gegenteil von bereit! Trotzdem rang sie sich endlich dazu durch, etwas zu sagen. »Ich … glaube, das ist ein Missverständnis.«

Die junge Frau hielt überrascht inne und runzelte die Stirn. »Bist du denn nicht Milou Hufschneider?«

»Doch«, antwortete Milou und bemerkte, wie das Lächeln auf dem Gesicht der Fremden noch breiter wurde.

»Dann sind wir beide verabredet.« Erwartungsvoll hielt sie Milou die Hand hin. »Mein Name ist Sandra, aber die meisten Kids nennen mich Sunny.«

Milou zögerte, erwiderte dann aber zaghaft den Händedruck.

Sunny, das passte irgendwie – sie hatte nämlich ziemlich viele Sommersprossen und strahlte wie die Sonne höchstpersönlich. Aber egal, wie freundlich sie aussah: Milou konnte doch jetzt nicht einfach mit einer wildfremden Frau in dieser Bruchbude verschwinden, nur weil sie behauptete, sie wären verabredet!

Offenbar schien Sunny ihre Gedanken zu erraten. Neckisch stupste sie Milou an. »Keine Sorge, ich habe nicht vor, dich aufzufressen. Kinder sind nur unter zehn genießbar, hinterher sind die Sehnen so zäh.« Sie verzog angewidert das Gesicht.

Wieder klappte Milou vor Sprachlosigkeit der Mund auf.

Sunny hingegen lachte herzhaft auf. »Das war ein Scherz! Du weißt doch, was ein Scherz ist, oder? Ein lustiger Spruch, der das Eis zwischen uns zum Schmelzen bringt …?«

»Das ist aber nicht lustig«, erwiderte Milou schmallippig und verschränkte vorsichtshalber die Arme vor der Brust.

Sunny hob unschuldig die Hände. »Ich schwöre, ich bin Vegetarierin!«

»Aber witzig ist das trotzdem nicht!«

»Na, dann habe ich ja Glück gehabt, dass ich Trainerin bin und keine Komikerin!« Sunny zwinkerte und grinste breit.

»Trainerin?« Milou runzelte die Stirn. »Und was trainieren Sie?«

»Komm mit rein, dann zeige ich es dir.« Ohne Milous Antwort abzuwarten, verschwand Sunny durch die Tür in der alten Halle.

Milou war noch immer sprachlos – und mehr noch: Sie war ratlos und irgendwie überrumpelt. Sollte sie ihr wirklich folgen? Wer wusste denn schon, was sie da drinnen erwartete? Natürlich, Sunny sah wirklich nicht aus, als würde sie Kinder zum Nachtisch verdrücken – aber bedeutete das denn gleich, dass Milou ihr trauen konnte? Sie kannte sie doch gar nicht!

Auf der anderen Seite kannte Sunny sie. Oder zumindest ihren Namen.

Nachdenklich senkte Milou den Blick und zog den kleinen Zettel aus der Hosentasche, der gestern erst in dem ominösen Glückskeks auf der Fußmatte gelegen hatte. Die Botschaft war also nicht alt gewesen, sie war aktuell und offenbar tatsächlich für Milou bestimmt. Aber trotzdem verstand sie das alles einfach nicht …

»Hey, Schlafmütze«, ertönte nun Sunnys Stimme aus der dunklen Halle. »Bist du zwischen den Pflastersteinen festgewachsen?«

Milou holte tief Luft. Eines stand fest: Wenn sie jetzt nicht dort hineinging, würde sie vermutlich niemals herausfinden, was es mit dem Glückskeks auf sich hatte. Also gab sie sich einen Ruck und trat durch die Tür.

12

Mit offenem Mund sah Milou sich in der Halle um. Dafür, dass sie von außen wie ein gestauchter Schuhkarton gewirkt hatte, war hier drinnen erstaunlich viel Platz.

Sunny knipste das Licht an und eine Handvoll nackter Glühbirnen, die von der Decke baumelten, leuchteten auf. Nicht besonders elegant, fand Milou, aber das sollte es vermutlich auch gar nicht sein. Viel interessanter waren die anderen Dinge, die sie ansonsten noch so im offenen Raum erkennen konnte. An rostigen Eisenketten hingen Ledersäcke von der Decke, und in der Mitte der Halle befand sich ein quadratisches Podest, das von Seilen umspannt war.

»Das ist unser Ring«, sagte Sunny und warf ihre Sporttasche neben dem Podest auf den Boden.

»Sind Ringe nicht rund?«, rutschte es Milou achtlos raus und sie bereute es sofort, denn Sunny lachte lauthals los.

»Für die Kämpfe, du Scherzkeks«, sagte sie und zog ihre Jeansjacke aus. Darunter trug sie lockere Trainingsklamotten. »Das ganze Boxtraining soll ja auch für irgendwas gut sein.«

Boxtraining, natürlich! Jetzt ging Milou ein Licht auf. Das hier war eine Trainingshalle für Boxer – das ergab durchaus Sinn. Und Sunny war dann wohl eine Boxtrainerin.

»Früher war das hier eine Lagerhalle. Als sie abgerissen werden sollte, hat die Stadt sie gekauft und als Jugendeinrichtung zur Verfügung gestellt. Aber es war klar, dass der Raum hier kaum für Stickkurse taugt.« Sunny grinste wieder schief und zwinkerte. Dann bückte sie sich zu ihrer Tasche, zog zwei Boxhandschuhe daraus hervor und warf sie Milou zu. »Bist du bereit für deine erste Lektion?«

Milou fing die Handschuhe auf und starrte Sunny völlig perplex an. Wollte sie jetzt etwa … *Milou* trainieren?! Das war doch lächerlich.

»Ich … boxe nicht.« Milou versuchte sich an einem Lächeln und legte die Handschuhe vorsorglich auf dem Boden ab.

»Noch nicht«, erwiderte Sunny und zwinkerte schon wieder. Offenbar schien sie sich nicht die Bohne dafür zu interessieren, dass das hier nicht das Richtige für Milou war: Sie passte so gut in einen Boxring wie ein einbeiniges Hühnchen in ein Fuchsgehege!

»Selbst wenn ich boxen wollte«, fuhr Milou entschieden fort, »ich habe überhaupt keine Sportklamotten dabei.«

»Kein Problem«, sagte Sunny. »Die Kids kommen oft ohne Sachen, wir haben frische Ersatzwäsche hinten.« Sie deutete auf einen kleinen abgetrennten Raum am Ende der Halle, der wohl eine Art Umkleide sein sollte.

Milou schluckte. Das konnte doch nicht wahr sein. Erwartete Sunny nun ernsthaft, dass Milou sich dort hinten fremde Sportsachen nehmen würde, um hinterher eine Runde zu boxen? »Hören Sie, das …«

»Sag ruhig Du«, fiel Sunny ihr ins Wort.

Milou seufzte. »Das alles hier … das muss wirklich ein blödes Missverständnis sein.«

Jetzt sah die Trainerin interessiert auf. »Aber wir haben doch schon geklärt, dass du Milou bist.«

»Das ja«, antwortete Milou. »Aber ich boxe nicht. Habe ich noch nie und werde ich auch nie. Ich bin nämlich ziemlich unsportlich.«

»*Verrat* und *miese Fouls* sind unsportlich«, widersprach Sunny, »aber du bist es ganz sicher nicht. Ich sehe auf den ersten Blick, dass du eine Teamplayerin bist!«

Milou runzelte die Stirn. Das war ja zum Mäusemelken! Sunny wollte einfach nicht verstehen, dass sie hier nicht hingehörte. »Ich kann aber nicht boxen! Und außerdem will ich nicht. Was soll es schon bringen, jemanden zu verhauen?« Innerlich richtete Milou sich bereits darauf ein, dass Sunny widersprechen und sie weiterbearbeiten würde, aber mit einem Mal war die junge Trainerin ganz still.

Sie betrachtete Milou einen Augenblick konzentriert und kam dann auf sie zu. »Es geht nicht darum, dass du irgendjemanden verhauen sollst, Milou. Und ich glaube dir sofort, dass du nicht der Typ bist, der gerne zuschlägt. Ich weiß nicht, ob du Spaß daran finden wirst, ob du triffst oder nur ins Leere schlägst. Aber eines weiß ich ganz genau: dass es im Leben Momente gibt, in denen es guttut, mal Dampf abzulassen. Dass es Augenblicke gibt, in denen du auf die Kacke hauen musst, um dich endlich wieder besser zu fühlen.« Sie presste die Lippen kurz aufeinander und holte dann noch mal tief Luft. »Die Kinder, die normalerweise herkommen, tragen oft eine Menge Ballast mit sich herum. Aber wenn sie hier trainieren und kontrolliert um sich schlagen, wird diese Last ein bisschen leichter. Glaub mir: Du wirst dich hinterher besser fühlen, befreit.«

Milou musste schlucken. Sunny meinte es gut, keine Frage. Aber würde sie sich wirklich besser fühlen, wenn sie auf einen alten Sandsack einschlug? Wollte sie sich überhaupt besser fühlen …?

Sie spürte, wie ihre Finger wieder zu dem kleinen Zettel in ihrer Hosentasche wanderten. Was tat sie hier überhaupt? Das war doch alles totaler Unfug! Sie wollte nicht boxen und sie wollte sich auch nicht leichter fühlen! Alles, was sie wollte, war ihre Ruhe.

»Tut mir leid«, sagte sie und blickte Sunny entschlossen in die Augen. »Aber ich will wirklich nicht.«

Sunny taxierte sie mit ihrem Blick, zuckte dann aber mit den Schultern.

»Ist gut, ich werde dich ganz sicher nicht zwingen.« Milou nickte dankbar und drehte sich zur Tür um. Doch bevor sie tatsächlich nach draußen treten konnte, hörte sie wieder die Stimme der Trainerin. »Warte mal, ich habe noch was für dich.«

Irritiert drehte Milou sich zu ihr um. »Für mich?«

Sunny nickte, eilte zurück zu ihrer Sporttasche und zog einen Umschlag daraus hervor. Er war ziemlich zerknittert, offenbar hatte sie ihn nicht besonders sorgsam verwahrt. Nun schritt sie zielstrebig damit auf Milou zu. »Als dieser Termin gebucht wurde, ist auch der Brief hier bei uns gelandet.«

Ein Brief? Diese Sache wurde immer seltsamer … Milou nahm den Umschlag von Sunny entgegen und betastete das kalte Papier. Der Umschlag war ziemlich dünn und leicht, viel konnte sich nicht darin befinden. Verunsichert sah Milou Sunny an. »Wer hat den Termin für mich denn eigentlich gebucht?«

Die Trainerin schob sich unbeteiligt eine Haarsträhne hinters Ohr. »Kann ich dir nicht genau sagen. Ging alles über Kontakte – du weißt schon: Irgendwer kennt irgendwen, und das ist zufällig die Cousine vom Hausmeister und der kennt den Chef und so weiter und so fort.«

Und so weiter und so fort? Milou runzelte die Stirn. Das ergab doch alles überhaupt keinen Sinn! Im Gegenteil: Es machte die ganze Angelegenheit nur noch mysteriöser.

»Willst du ihn nicht aufmachen?«, riss Sunny sie aus ihren Gedanken und deutete neugierig auf den Umschlag.

Milou zögerte noch einen Moment, doch dann schob sie ihren Finger unter die Lasche und öffnete ihn. Vielleicht war das ja eine Rechnung für die Trainingsstunde, die sie selbst nie gebucht hatte.

Tatsächlich befand sich nur ein einzelnes Blatt Papier im Inneren – aber als Milou es rauszog, stellte sie fest, dass es keinesfalls eine Rechnung war, nein: Das da war ein Brief, ein richtig echter Brief – und die Handschrift gehörte keiner Geringeren als ihrer Oma! Milou schnappte nach Luft. Oma Annis Schrift, genau wie auf dem Glückskekszettel gestern! Aber wie war das alles nur möglich ...?

Plötzlich wurde Milou schwindelig. Sie taumelte ein paar Schritte zur Seite und ließ sich ächzend auf einem Sandsack nieder, der in der Ecke lag.

Sunny blickte ihr besorgt nach. »Ist alles in Ordnung?«

Aber Milou konnte jetzt nicht antworten, sie konnte ja noch nicht mal mehr richtig atmen. *Ob alles in Ordnung war?*

Nein, nichts war in Ordnung! Wenn sie ganz ehrlich war, stand in ihrem Leben gerade kein einziger Stein mehr auf dem anderen.

»Du bist ja ganz blass. Ich hol dir schnell ein Glas Wasser.« Mit diesen Worten eilte Sunny quer durch die Trainingshalle und verschwand in einem Nebenraum. Und Milou war plötzlich allein. Allein mit dem Brief …

Ihre Finger zitterten und ihr Herz klopfte wie verrückt, als ihr Blick auf die vielen Worte fiel. Sie musste sich zusammenreißen, damit sie nicht vor ihren Augen verschwammen, doch dann zwang sie sich, zu lesen:

Meine wunderbare Milou,

das alles muss furchtbar schwer für dich sein – vermutlich sogar mammutschwer. Auf den ersten Blick mag dir der Rest der Welt ohne mich trostlos vorkommen, unnütz und leer, aber glaub mir: Hinter all dem Unglück, das dir gerade widerfährt, steckt das Leben voller wunderschöner Dinge und Begegnungen, und es gibt tausend gute Gründe, es in vollen Zügen zu genießen!

Ich weiß, dass so viel mehr in dir steckt, als du selbst siehst oder dir zutraust.

Du bist stark, meine kleine große Milou, viel stärker, als du denkst – und außerdem bist du nicht allein! Aber um das zu erkennen, musst du wahrscheinlich erst einmal dich selbst erkennen.

Wenn ich also noch einen letzten Wunsch äußern darf, dann wäre es folgender: Sei wütend, mein Schatz, und fröhlich. Sei mutig und ängstlich, versöhnlich und angriffslustig. Sei stark und verletzlich, sei lieb und auch mal traurig. Vor allem aber: Trau dich, aus vollstem Herzen du selbst zu sein! Denn so, wie du bist, bist du einzigartig und wundervoll.

Ich lieb dich bis ans Ende der Zeit und darüber hinaus!

Deine Oma Anni

Sprachlos ließ Milou den Brief in ihrer Hand sinken. Das konnte doch nicht sein. Oma Anni hatte ihr einen Brief geschrieben …?

In Milous Kopf sprangen die Gedanken durcheinander wie Pingpongbälle. Wenn dieser Brief hier von Oma Anni kam, dann stammte auch der Glückskeks auf der Türschwelle ohne Zweifel von ihr. Aber wie konnte das sein? Hatte sie etwa schon vorher gewusst, dass sie krank war und sterben würde? Hatte sie das alles deshalb für sie geplant und vorbereitet, und am Ende nur noch die Übergabe organisiert?

Mama und Papa hatten erzählt, es war ein Herzinfarkt – und Milou hatte noch nie gehört, dass man solche Infarkte vorhersehen konnte. Außerdem hatte Oma bis auf den kleinen Schwächeanfall im Garten ziemlich lebendig und gesund gewirkt. Und sie war ja gerade erst zweiundsiebzig gewesen!

Aber wenn sie nicht geahnt hatte, dass sie sterben würde, wie hatte sie ihrer Enkelin dann vor ihrem Tod diesen Brief schreiben können?

Milous Kehle schnürte sich zusammen. Vielleicht schickte Oma ihr tatsächlich Nachrichten aus dem Jenseits – oder von wo auch immer sie war. Vielleicht konnte sie sie sehen, sogar jetzt gerade …? Instinktiv ließ Milou ihren Blick durch die Halle gleiten, konnte aber nichts Verdächtiges erkennen. War ihre Oma hier irgendwo? Konnte sie sie hören, sehen – ihr vielleicht sogar die Hand reichen?

Mit pochendem Herzen streckte Milou ihre Hand ins Leere und wartete ab. Aber nichts passierte. Sie spürte nichts und niemanden. Und plötzlich war da wieder ein Gefühl in ihrer Brust, das sich brennend und rasend schnell einen Weg nach oben bahnte, durch den Hals in den Kopf bis unter die Stirn: *Wut!*

Milou war wütend, oh ja! Aber nicht etwa, weil Anni sich im Brief gewünscht hatte, sie solle wütend sein, nein! Sie war wütend, dass Oma dieses verdammte Spiel mit ihr spielte! Sie war doch keine Holzfigur auf irgendeinem blöden Spielbrett, sie war ein *Mensch*. Und dieser Mensch hatte es so was von satt, sich von anderen sagen zu lassen, was er tun oder wie er sein sollte!

»Ich habe leider kein sauberes Glas gefunden, aber das hier geht zur Not ja auch.«

Milou war derart mit ihrer Wut beschäftigt, dass sie gar nicht bemerkt hatte, wie Sunny zurückgekehrt war. Nun stand sie unmittelbar vor ihr und hielt ihr einen kleinen mit Wasser gefüllten Blumenübertopf hin. »Ich weiß, es ist kein Champagnerglas, aber …«

Doch Milou ließ sie gar nicht aussprechen. Mit einem gewaltigen Schrei sprang sie auf und schlug Sunny den Topf aus den Händen. Es war ihr egal, was das hier war, und dass es jetzt kaputt war, scherte sie auch nicht sonderlich. Das Einzige, was ihr plötzlich wichtig war, war, dieses verdammte Brennen in ihrem Brustkorb loszuwerden!

Sie wusste selbst nicht, wie sie sich auf einmal so schnell bewegen konnte, aber in null Komma nichts stand sie vor einem der großen Säcke, die von der Decke baumelten, und schlug wie wild mit ihren Fäusten darauf ein. Bei jedem schnellen Schlag entwich ihr ein weiterer Schrei. Milou schrie und schlug und schrie und schlug, als wäre sie ein Aufziehmännchen, das keine andere Wahl hatte.

Sie war wütend, *so verflucht wütend!* Auf Oma, die sie allein gelassen hatte und dann noch Wünsche äußerte! Auf Mama und Papa, die einfach weitermachten und Annis Wohnung ausräumten, als wäre nichts gewesen – als wäre *sie* nie gewesen! Und auf sich selbst, weil das alles doch im Grunde ihre Schuld war! *Sie* hatte nicht nach Oma gesehen, *sie* hatte sie nicht zum Arzt geschickt! Und *sie* ließ sich jetzt wie eine Schachfigur von einem Feld aufs nächste schieben!

Milou schlug zu, bis ihre Fingerknöchel ganz rot waren und schmerzten. Atemlos tat sie ein paar Schritte zurück und merkte dann plötzlich, wie ihr schwindelig wurde, wie alles vor ihren Augen verschwamm und die Wände nach vorne kippten. Doch im nächsten Augenblick spürte sie eine warme Hand auf ihrer Schulter, die sie wieder ganz ins Hier und Jetzt zurückholte: *Sunny.*

»Das war nicht schlecht für den Anfang.« Die Trainerin stand hinter ihr und grinste schief. »Was hältst du davon, wenn ich deine Finger versorge und wir dann noch mal von vorne anfangen?«

»Von vorne …?« Milou sah sie irritiert an, noch immer außer Atem.

»Wenn wir ein bisschen an deiner Technik feilen, haust du den Sack von der Decke!« Sunny lächelte jetzt noch breiter – und auf einmal musste auch Milou lachen. Sie hatte keine Ahnung, warum, aber plötzlich lachte und lachte sie, bis ihr beinahe die Tränen kamen …

Sunny war tatsächlich sehr gut in dem, was sie tat. Gekonnt verarztete sie Milous wunde Fingerknöchel und legte ihr einen Verband an, sodass sie den Schmerz kaum noch spürte. Dann ließ sie Milou etwas Wasser aus dem Hahn trinken und steckte ihre verbundenen Hände in gigantische Boxhandschuhe.

Nach einer Stunde war Milou völlig verschwitzt und platt, aber auch seltsam zufrieden.

»In dir steckt ein kleiner *Muhammad Ali*«, witzelte Sunny und befreite sie gekonnt von den schweren Handschuhen und den Bandagen.

Milou wusste, dass das ein ziemlich berühmter Boxer war – und natürlich wusste sie auch, dass Sunny übertrieb.

»Glaub ja nicht, dass ich dir mehr zahle, wenn du mir Honig um den Bart schmierst«, erwiderte Milou und musste selbst ein bisschen grinsen.

Sunny lachte herzhaft auf. »Ich habe gleich gewusst, dass du ein Witzbold bist! Und keine Sorge, du musst gar nichts zahlen. Ich arbeite die meiste Zeit hier ehrenamtlich und manchmal lässt die Stadt etwas springen.«

»Ehrenamtlich?« Milou sah sie neugierig an. »Heißt das, du bekommst gar kein Geld für das Training?«

»Ich habe noch einen anderen Job in einer Anwaltskanzlei. Das hier mache ich, weil es mir Freude bereitet. Besonders wenn ich solche Naturtalente wie dich trainiere.« Sie boxte Milou kameradschaftlich in die Seite. Doch dann wurde sie wieder ernst. »Was meinst du? Sehen wir uns nächste Woche wieder? Vielleicht am Donnerstag um drei?«

Milou blinzelte sie überrascht an. »Du meinst doch nicht etwa … zum Boxen?«

»Nein, ich meine zum *Eierwerfen*.« Amüsiert rollte Sunny mit den Augen. »Natürlich zum Boxen, Einstein! Ich glaube, ein regelmäßiges Training würde dir ganz guttun. Es sei denn, du hast schon was Besseres vor.«

Nein, genau genommen hatte Milou ja *gar nichts* vor …

Aber war sie wirklich schon bereit für einen regelmäßigen Termin? Sie würde sich an Mama und Papa vorbeischleichen müssen, die durften von alledem schließlich nichts mitbekommen – und das war kompliziert.

Andererseits konnte sie nicht leugnen, dass ihr die Sache hier Spaß gemacht hatte. Überraschend viel Spaß sogar.

»Ich denke darüber nach«, murmelte sie zerknirscht.

»Das klingt nach einem Ja!«

»Das klingt nach einem *Vielleicht!*«, korrigierte Milou sie.

Sunny grinste schief. »Ich mache dir ein Angebot, das du nicht ausschlagen kannst: Du kommst nächste Woche wieder und ich versuche im Gegenzug herauszufinden, von wem der Brief kam, der dich so wütend gemacht hat.«

Milou zuckte zusammen. Richtig, der Brief …

Selbst wenn es keinen Zweifel gab, dass Oma diesen Brief geschrieben hatte, wollte Milou doch zu gerne wissen, wie genau er hierhergekommen war. Wer oder was steckte hinter dieser ganzen Geschichte – oder vielmehr: Mit wem steckte Oma unter einer Decke?

»Was ist? Haben wir einen Deal?« Erwartungsvoll hielt Sunny ihr die Hand hin – und Milou schlug zögerlich ein.

Am Abend allerdings, als sie im Bett lag und ihre Fingerknöchel schmerzten, bereute Milou bereits wieder, dass sie sich zu dieser Zusage hatte hinreißen lassen. Nicht nur ihre Hände taten weh, auch die Schulterblätter, die Arme und ihr Nacken brannten wie verrückt. Und zu allem Überfluss kratzte es auch noch in ihrem Hals. Was eigentlich kein Wunder war – immerhin hatte sie tagelang kaum ein Wort gesprochen, und dann hatte sie heute gleich die Wände zum Wackeln gebracht mit ihrem Gebrüll. Was war denn nur in sie gefahren vorhin in der alten Halle? Mittlerweile kam ihr die ganze Sache ziemlich lächerlich vor …

Boxen? Wenn es zwei Begriffe auf der Welt gab, die gegenteiliger nicht hätten sein können, dann waren es ja wohl »Milou« und »Boxen«. Sie würde die ganze Sache einfach wieder abblasen und so schnell wie möglich vergessen!

Doch dann fiel ihr plötzlich Omas Brief ein. Sie kroch noch einmal aus dem Bett und zog ihn aus der Hosentasche.

Das da waren ohne Zweifel Omas Worte und Omas Schrift! Aber wie das alles möglich war, konnte Milou sich noch immer nicht zusammenreimen. Mit einem Mal sehnte sie sich nach einem warmen Zimtteilchen aus Annis Backstube. Nach dem Gefühl von Sicherheit und Zuhause – und dem Wissen, geliebt zu werden …

Trau dich, du selbst zu sein? Pah! Oma hatte überhaupt kein Recht, sich noch irgendetwas zu wünschen! Sie hatte sie einfach im Stich gelassen – und hatte ihr nicht einmal ihre Rezepte dagelassen! *Das* wäre eine echte Hilfe gewesen, ein Erbe, über das sich Milou gefreut hätte. Aber ein Termin in einer abgelegenen Boxhalle? Milou wollte Kuchen und keine Wut oder Trauer und auch kein Fröhlichsein! Entschieden richtete sie ihren Blick an die Zimmerdecke und kniff die Augen zusammen.

»Wenn du wirklich noch irgendwo hier bist und mir Nachrichten schickst, dann schreib wenigstens deine Rezepte drauf!«, zischte sie und wartete ab. Als sie kurz darauf tatsächlich ein Klopfen hörte, zuckte sie erschrocken zusammen. »Oma …?«

Aber dann stellte sie fest, dass das Klopfen nur von der Tür kam. Und dass ihr Vater davorstand. »Alles in Ordnung, Krümelchen? Ich habe dich sprechen hören …«

Auch das noch. Musste Papa denn ausgerechnet jetzt vor der Tür herumlungern?

»Wenn du was brauchst, dann …« Er hielt mitten im Satz inne. »Ich verspreche auch, dass ich keine Pfannkuchen mehr mache! Aber ich könnte uns eine Pizza bestellen, wenn du Lust hast. Mama schläft schon und ich …« Sie hörte, wie er langsam und tief Luft holte. »Ich könnte jetzt wirklich ziemlich gut eine Pizza gebrauchen. Eine mit extraviel Käse im Rand. Und Salami obendrauf, du weißt schon: die scharfe.«

Milou wusste genau, wovon er sprach. Und sie konnte nicht abstreiten, dass ihr bei dem Gedanken an ihre Lieblingspizza das Wasser im Mund zusammenlief. Sollte sie vielleicht doch die Tür öffnen?

Leise machte sie ein paar Schritte auf die Klinke zu.

»Wir könnten uns auf den Teppich im Wohnzimmer setzen und ein bisschen fernsehen«, murmelte Papa bereits weiter.

Auch dieser Gedanke gefiel Milou. Der Wohnzimmerteppich war flauschig dick und schön weich, fast wie eine Wolke, in der man versinken konnte.

»Oder wir reden ein bisschen über Oma …«

Milou hielt abrupt inne. Darum ging es hier also! Eigentlich lag ihre Hand schon fast auf dem Schlüssel im Schloss, aber jetzt zog sie sie zornig wieder zurück. Sie wollte nicht über Oma reden – und sie wollte auch nicht mit einem blöden Trick aus ihrem Zimmer gelockt werden! Sie wollte keine Pizza und auch keine Glückskekse mehr, und erst recht wollte sie nicht mehr boxen gehen! Das Einzige, was sie wollte, war, endlich in Ruhe gelassen zu werden!

»Hab keinen Hunger«, zischte sie ihrem Vater durch die Tür zu und warf sich zurück aufs Bett.

Drei Tage vergingen, ohne dass etwas Nennenswertes passierte. Natürlich versuchten Mama und Papa mehrfach, Milou aus ihrem Zimmer zu locken, und auch die Sache mit der Schule nahmen sie zunehmend ernster. Aber Milou weigerte sich vehement, und überraschenderweise schluckten Clemens und Florentine die entschiedene Absage ihrer Tochter ein ums andere Mal. Milou hatte sogar das Gefühl, dass sie auf irgendeine merkwürdige Weise mit sich selbst beschäftigt waren. Das waren sie zwar früher schon häufig gewesen, aber diesmal war es anders. Sie flüsterten oft, und wann immer Mama mit Milou Kontakt aufnahm, wirkte sie müde, erschöpft und kein bisschen witzig oder schlagfertig. Das alles passte überhaupt nicht zu Florentine. Milou hatte außerdem das Gefühl, dass ihre Mutter nicht regelmäßig ins Studio ging, und auch das kam ihr verdächtig vor. Aber natürlich hatte sie keine Chance, der Sache auf den Grund zu gehen, solange sie ihr Zimmer nicht verließ. Und dafür sah sie nach wie vor keine Notwendigkeit. Nur nachts, wenn ihre Eltern fest schliefen, tapste sie jetzt gelegentlich in die Küche, um hastig ein paar Cornflakes zu essen …

Als sie Freitagabend, die Sonne war längst untergegangen, einen Blick in Omas Garten hinabwarf, zuckte sie jedoch erschrocken zusammen: Dort unten im silbernen Licht des Vollmondes lag etwas auf der roten Holzbank – und es sah verdächtig aus wie … Nein, das konnte nicht sein!

Trotzig zog Milou den Vorhang vor ihr Fenster, um nicht weiter hinunterstarren zu müssen. Aber irgendwie ließ die Sache ihr dennoch keine Ruhe. Dieses Teil da unten sah aus wie eine Papierschachtel, eine wie die, die neulich auf der Fußmatte gelegen hatte.

Milou rang mit sich, schob dann aber den Vorhang ein Stück zur Seite und kniff die Augen zusammen. Form und Farbe waren identisch, und auch die Größe schien zu passen. Aber zu hundert Prozent konnte sie das von hier oben natürlich nicht beurteilen. Dafür müsste sie schon runtergehen und sich aus der Nähe ein Bild machen. Aber wollte sie das überhaupt?

Sie wusste gar nicht genau, was ihr mehr Angst machte: der Gedanke, dass irgendjemand sie hier gerade gehörig veräppelte, oder dass diese Schachteln tatsächlich geheime Botschaften von ihrer Oma waren …

Milou zögerte – schob ihre Zweifel dann aber beiseite. Sie musste zumindest nachsehen, ob es wirklich eine Schachtel wie neulich war, sonst würde sie ohnehin keine Ruhe finden.

Zum Glück war ihr Muskelkater vom Boxtraining mittlerweile abgeklungen. Sie vergewisserte sich, dass ihre Eltern schliefen, und schlich dann extraleise zur Wohnungstür hinaus. Ihren eigenen Schlüssel hatte sie zum Glück mit dem Rucksack zurückbekommen.

Als sie leise ins Nebenhaus eintrat und behutsam die Tür zu Omas Wohnung aufschloss, überkam sie eine große Wehmut. Es roch noch immer nach Oma – aber weniger als noch vor ein paar

Tagen. Wie lange würde es wohl dauern, bis Annis Geruch ganz verflogen war?

Milou musste schlucken. Wenn sie schon hier unten war, konnte sie vielleicht noch mal nach den Rezepten Ausschau halten. Die Küche hatte sie beim letzten Mal bereits gründlich auf den Kopf gestellt, da war nichts zu finden. Aber vielleicht hatte Oma ihre Backschätze in einem der anderen Zimmer versteckt? Eine ganze Weile stand Milou regungslos im Flur und dachte über ihr weiteres Vorgehen nach. Diesmal würde sie besser ganz auf Licht verzichten, nicht dass sie am Ende wieder die Aufmerksamkeit des Muffelkopfs auf sich zog.

Mama und Papa hatten in den vergangenen Tagen tatsächlich schon angefangen, auszumisten. Den ganzen langen Flur hinab standen Kisten mit altem Zeug. *Flohmarkt* stand auf einigen, *Altkleidersammlung* auf anderen – und auf zweien sogar *Müll!*

Milou entwich ein empörtes Schnauben. Oma Anni hätte diese Unordnung hier gar nicht gefallen – und ihr selbst gefiel die ganze Angelegenheit im Übrigen auch nicht! Dass Mama und Papa Omas Sachen einfach so aussortierten, als wäre sie niemals da gewesen – das war unverschämt und undankbar! Milou würde das alles auf keinen Fall unterstützen, nein, im Gegenteil. Mit einem Mal kam ihr ein Gedanke, der ihr ein Lächeln entlockte. Sie würde den beiden eine kleine Lektion erteilen …

Milou wusste nicht, wie lange sie in der Wohnung herumgewirbelt hatte, aber am Ende hatte sie ganze sieben Kartons wieder ausgeräumt und den Inhalt dorthin zurückgepackt, wo er hingehörte. *Ha!* Sollten Mama und Papa doch sehen, wo sie damit hinkamen!

Sie würde jedenfalls nicht zulassen, dass Omas Erbe einfach so entsorgt wurde.

Ein Umstand enttäuschte sie allerdings ein wenig. Milou hatte gehofft, beim Zurückräumen irgendwo über das Geheimversteck der Rezepte zu stolpern, aber das war leider ein Trugschluss gewesen. Weder im Kleiderschrank noch in den Schubladen oder in den Wohnzimmerregalen wurde sie fündig. Irgendwo musste Oma ihren Schatz doch versteckt haben!

Mittlerweile war Milou allerdings zu müde, um noch weiter zu räumen oder zu suchen.

Und dann fiel ihr plötzlich wieder ein, warum sie ursprünglich hergekommen war: *die Schachtel!*

Angespannt schlich Milou in die Küche und warf einen Blick in den Garten. Der Mond war in der Zwischenzeit weitergewandert und schien nun nicht mehr direkt auf Omas Bank, aber trotzdem konnte Milou durch die Dunkelheit ausmachen, dass dort etwas lag. Etwas kleines Rechteckiges, das verdammt nach einer Papierschachtel aussah …

Obwohl Milou versuchte, cool zu bleiben, schlug ihr Herz wie verrückt, als sie die Terrassentür öffnete und wie eine Diebin in den Garten hinaushuschte. Sie wollte hier draußen keine Zeit verschwenden, also schnappte sie sich das kleine Päckchen beinahe blind und hastete damit zurück in die Küche. Erst als sie die Terrassentür wieder fest hinter sich verschlossen hatte, wagte sie einen Blick auf ihre Beute.

Ja, das hier war tatsächlich genau so eine Papierschachtel wie beim letzten Mal. Sie sah sogar ziemlich identisch aus, und Milou spürte bereits, dass sie auch diesmal nicht leer war. Neugierig riss sie den Deckel ab – und siehe da: In dieser Box lag ebenfalls einer von Omas Glückskeksen!

Milou war zwar nicht mehr ganz so überrumpelt wie vor ein paar Tagen, aber eine logische Erklärung für all das hier hatte sie trotzdem nicht – zumindest keine, die dem entsprach, was die Wissenschaft sie gelehrt hatte. Oma war tot – und war das wissenschaftlich nicht das Ende von allem? Wenn diese Kekse hier aber tatsächlich von ihrer Oma stammten, war das dann nicht der Beweis dafür, dass es doch noch mehr gab als bloße Naturwissenschaft?

Milou machte dieser Gedanke irgendwie Angst. Wissenschaft war zuverlässig, sie ließ kaum Raum für Überraschungen. Das gefiel Milou und bot ihr Sicherheit. Zahlen und Gesetzmäßigkeiten ließen sich nicht verbiegen, sie ließen keinen Spielraum für Zwischentöne, es gab nur richtig oder falsch, Leben oder Tod, schwarz oder weiß. Aber das hier, das war definitiv eine Grauzone … Konnte es vielleicht doch sein, dass Mama und Papa dahintersteckten? Hatte Milou irgendetwas übersehen?

Aber nein, es sprach wirklich nichts dafür, dass ihre Eltern etwas damit zu tun hatten. Andernfalls hätten sie sich mittlerweile sicher schon verraten und ganz anders verhalten. Mama und Papa schienen tatsächlich nichts davon zu ahnen, dass Milou beim Boxtraining gewesen war – und sie wollten sie noch immer dazu bewegen, in die Schule zurückzukehren.

Nachdenklich nahm Milou den Keks aus der Schachtel, stellte sich dicht an die Terrassentür, sodass er vom Mondlicht beschienen wurde, und brach das Gebäck entzwei. Auch diesmal steckte ein Zettel darin. Und auch diesmal erkannte Milou darauf Omas

Handschrift. Und das bedeutete wohl, dass sie hier tatsächlich Zeugin eines Wunders wurde …

Aufmerksam strich sie den Zettel glatt und las die Botschaft:

> Sonntag um 9 Uhr beim Blitzbaum im Park

Wieder eine Uhrzeit, wieder ein Ort. Milou kannte den Blitzbaum, er war besonders bei den jüngeren Kindern in der Nachbarschaft beliebt. Bei einem gewaltigen Gewitter vor ein paar Jahren hatte ihn ein Blitz getroffen und er war genau in der Mitte auseinandergebrochen. Seitdem gab er ein hervorragendes Klettergerüst ab.

Und Sonntag, das war … Milou musste überlegen. Wenn sie sich nicht irrte, war das übermorgen. Sie verzog das Gesicht. Sonntag war definitiv nicht ihr Lieblingstag für einen Ausflug. Immerhin waren Mama und Papa da zu Hause und sie würde irgendwie an ihnen vorbeikommen müssen. Das war ungünstig, sehr, sehr ungünstig sogar. Und definitiv ein Grund, sich die Sache vorher noch mal gründlich zu überlegen.

Aber das würde bis morgen warten müssen, denn mit einem Mal spürte Milou, wie müde sie war. Ihr Kopf und ihre Glieder waren plötzlich wahnsinnig schwer – *mammutschwer,* wie Oma in ihrem Brief geschrieben hatte. Insgesamt hatte sie bestimmt drei Stunden herumgeräumt, es musste bereits weit nach Mitternacht sein. Und wie auf Knopfdruck machte sich nun auf einmal noch ein anderes Gefühl in ihrem Inneren bemerkbar: Hunger!

Mittlerweile knurrte der Löwe in ihrem Bauch zwar nicht mehr ganz so laut und inbrünstig wie noch vor ein paar Tagen, aber Milou fühlte die Leere in ihrer Mitte trotzdem ganz deutlich.

Sunny würde das sicher nicht gutheißen. Wie sollte Milou um sich schlagen und einen Boxsack verdreschen, wenn sie sich kaum auf den Beinen halten konnte? Natürlich wusste Milou nicht, ob sie überhaupt wieder zum Boxen gehen würde – aber sie musste sich zumindest alle Optionen offenhalten. Und das bedeutete wohl, dass sie langsam wieder anfangen sollte, mehr als nur ein paar Frühstücksflocken zu essen.

Milous Blick fiel auf die Speisekammer und plötzlich kam ihr ein Gedanke: *die Marmelade!* Oma hatte gerade erst Haufenweise Gläser eingekocht, Herr Muffel hatte sich ja neulich noch großzügig bedient. Bevor Mama und Papa alles wer-weiß-wohin bringen würden, konnte sie es doch genauso gut nach oben in ihr Zimmer schaffen.

Erleichtert stellte sie fest, dass tatsächlich noch unzählige Gläser in den Regalen der Speisekammer standen. Das würde eine ganze Weile reichen! Außerdem lagerten in einem der unteren Regale auch noch drei große Dosen mit selbst gebackenem Knäckebrot. Das hielt sich immer ein paar Monate. Milou jubilierte innerlich.

Zum Glück hingen Omas Jutebeutel noch immer an der Küchentürklinke. In Windeseile füllte Milou die Taschen mit reichlich Marmeladengläsern und Knäckebrotdosen und machte sich auf den Rückweg. Die Gläser waren schwer und die Taschenhenkel schnitten tief in ihre Schultern, aber irgendwie fühlte Milou sich auf einmal trotzdem seltsam stark. Konnte das schon an ihrem Training mit Sunny liegen?

Vermutlich nicht – aber dennoch war sie ein bisschen stolz auf sich. Auch darauf, was sie mit den Kartons im Flur angestellt hatte. Zu gerne würde sie Mäuschen spielen, wenn Mama und Papa morgen herkommen würden und feststellten, dass Omas Sachen auf wundersame Weise wieder in ihren Schränken gelandet waren …

Tatsächlich war sie fast ein bisschen enttäuscht, als ihre Eltern sich zu der ganzen Angelegenheit so gar nicht äußerten. Sie verschwanden im Laufe des Tages zwar immer wieder nach unten, aber wenn sie wieder hochkamen, waren die geleerten Kisten überhaupt kein Thema. Das wurmte Milou … Da hatte sie so eine gute Idee gehabt, ihnen eins auszuwischen – und dann bemerkten sie es nicht einmal?

Immerhin konnte Milou ihren Frust in haufenweise Marmelade ertränken. Sie brach das Knäckebrot und tauchte es tief in den süßen Aufstrich. Der knusprige Teig knackte zwischen ihren Backenzähnen und die Marmelade war wie immer ein Gedicht – wie ein Kuss vom Himmel persönlich! Und vielleicht war sie das ja tatsächlich auch. Vielleicht gab es zwischen Erde und Himmel doch viel mehr, als Milou bisher angenommen hatte.

Ihr Blick fiel auf den neuen Zettel, den sie in der Nacht aus dem Keks gezogen hatte. Was, wenn diese Termine wirklich von Oma kamen?

Wenn sie Milou damit an die Hand nehmen und ein bisschen führen wollte, durch diese furchtbar schwere Zeit hindurch? Auf jeden Fall konnte Milou nicht leugnen, dass sie wieder einmal neugierig war. Wer oder was morgen wohl am Blitzbaum auf sie warten würde?

Natürlich waren Mama und Papa immer noch ein Problem. Den ganzen Tag lang zerbrach Milou sich den Kopf darüber, wie sie unbemerkt an ihnen vorbeischleichen könnte. Vielleicht sollte sie das Haus einfach schon in der Nacht verlassen, wenn ihre Eltern noch schliefen? Aber dann musste sie stundenlang im dunklen Park umherirren, und diese Vorstellung gefiel ihr nicht. Oder sollte sie Clemens und Florentine irgendwie ablenken? Konnte sie vielleicht einen Termin für die beiden arrangieren, der sie bereits früh aus der Wohnung locken würde? Milou hatte etliche Ideen, aber am Ende überzeugte sie keine so richtig ...

Als sie am Sonntagmorgen die Augen aufschlug, war sie noch immer keinen Schritt weiter. Es war bereits kurz nach acht. Der Park lag zwar nur fünf Minuten entfernt, aber trotzdem musste sie eine Entscheidung treffen.

Wollte sie wirklich zu diesem geheimnisvollen Termin gehen? Und wenn ja, wie sollte sie es anstellen? Sie konnte zwar in ihrem Zimmer Marmeladenbrote frühstücken, aber trotzdem würde sie sich frisch machen müssen, Zähne putzen und auch Haare kämmen. Und mit einem Mal kam ihr wie aus heiterem Himmel ein überraschender Gedanke: War es denn wirklich so schlimm, wenn sie Mama und Papa auf dem Flur begegnete? Sie musste sich ja nicht groß mit ihnen unterhalten oder mit ihnen am Frühstückstisch sitzen. Was machte es schon aus, wenn sie mitbekamen, dass Milou sich fertig machte und das Haus verließ? Auf einmal konnte Milou tatsächlich keinen Grund mehr finden, es nicht zu tun. Eigentlich wusste sie gar nicht mehr so genau, warum sie sich derart hartnäckig weggesperrt hatte – also konnte sie es auch genauso gut sein lassen.

Mama und Papa saßen tatsächlich schon am Frühstückstisch und starrten sie an wie ein Gespenst, als sie wie selbstverständlich aus ihrem Zimmer trat und aufs Bad zuspazierte.

»Ist was?«, hakte Milou mürrisch nach, weil ihr die Blicke eine Spur zu aufdringlich vorkamen. Ihre überraschten Eltern schauten sich hastig an und schüttelten dann viel zu schnell die Köpfe.

»Nein, nein, mein Schatz, alles wunderbar!«, verkündete Papa aufgeregt und Mama sprang direkt auf, um ihr einen Frühstücksteller aus dem Schrank zu holen.

»Komm doch zu uns, wir haben gerade erst angefangen.«

»Keine Zeit«, murrte Milou und verschwand zielstrebig im Badezimmer.

Mama und Papa starrten sie noch immer total überrumpelt an, als sie nach einer Weile geduscht und frisiert wieder aus dem Bad herauskam, sich in ihrem Zimmer eine Scheibe Knäckebrot schnappte und auf die Wohnungstür zuging.

»Wo … willst du denn hin?«, hakte Papa nach, während er ihr durch den Flur folgte.

»Ich habe einen Termin«, erwiderte Milou wahrheitsgemäß – und im nächsten Augenblick war sie auch schon zur Tür hinausverschwunden.

Auf dem Weg nach unten drängte sie sich an Frau Liebig aus der Wohnung gegenüber vorbei. Die Nachbarin führte gerade ihren kleinen Hund die Treppe hinab – wobei es genau genommen eher so aussah, als würde der Hund sein Frauchen führen. Frau Liebig war wirklich nicht mehr die Jüngste, ihr Hund aber offenbar schon: ziemlich wild und ungestüm – und kaum zu bändigen!

»Nicht so schnell, Eddie«, ermahnte die alte Nachbarin ihn immer wieder, aber Eddie hatte offenbar kein Interesse daran, sein Temperament zu zügeln. Wie verrückt zog und zerrte er an der Leine!

Milou verspürte das starke Bedürfnis, Frau Liebig ihre Hilfe anzubieten – immerhin wirkte die alte Dame wirklich schon etwas gebrechlich. Aber dann besann sie sich auf ihren Termin, verkniff sich das Hilfsangebot schweren Herzens und sauste an der Nachbarin und ihrem wilden Schoßhund vorbei.

Die Luft draußen war recht frisch, aber angenehm. Milou musste sich einen kurzen Moment an das grelle Licht der Morgensonne gewöhnen und an die unterschiedlichen Geräusche, die hier draußen an ihr Ohr drangen. Das Gezwitscher der Vögel, die Räder eines Fahrrades, das über das Kopfsteinpflaster holperte, Musik aus einem der Nachbarfenster … *die Symphonie eines Sonntagmorgens.* Milou schloss die Augen und atmete tief ein und wieder aus.

»Schläft die Jugend von heute jetzt schon im Stehen?«

Erschrocken riss Milou die Augen wieder auf. Ein Stück den Gehweg hinab stand Herr Muffelkopf mit einem Müllsack in der Hand und sah sie belustigt an. Schlagartig verfinsterte sich Milous Miene.

»Ich wüsste nicht, was Sie das angeht«, murrte sie und blinzelte trotzig gegen das Sonnenlicht an.

Und tatsächlich wirkte Omas Nachbar plötzlich ein bisschen ertappt. Doch dann presste er kurz die Lippen aufeinander und knurrte: »Mir ist egal, wo und wann du schläfst – Hauptsache, du schleichst nachts nicht länger wie ein Einbrecher herum.« Ohne ein weiteres Wort drehte er sich um und schlurfte in Richtung Mülltonnen davon.

Milou stieß ein Schnauben aus und spürte, dass ihre Ohren vor Aufregung glühten. Was bildete sich dieser Holzkopf eigentlich ein? Sie hatte jedes Recht, in Omas Wohnung herumzuschleichen – selbst mitten in der Nacht und ohne Licht! Doch bevor sie sich noch weiter über den alten Muffel aufregen konnte, hörte sie plötzlich, wie hinter ihr die Haustür geöffnet wurde und nun auch Frau Liebig und ihr Eddie herauskamen.

»Alles in Ordnung bei dir?«, erkundigte sich die alte Nachbarin besorgt. »Du siehst irgendwie aufgebracht aus.«

Milou verzog das Gesicht und schämte sich augenblicklich, ihr im Treppenhaus keine Hilfe angeboten zu haben.

»Ja, alles gut«, murmelte sie schließlich, drehte sich zur Straße um und verschwand so schnell wie möglich in Richtung Park.

14

Milou war überrascht, wie belebt der Park um diese Uhrzeit schon war. Etliche Jogger nutzten die Morgenstunden, um ihr Fitnessprogramm zu absolvieren, und auf dem angrenzenden Spielplatz waren schon einige Väter mit ihren Kleinkindern unterwegs. Sie wirkten allesamt ziemlich müde und erschöpft, aber auch glücklich.

Mit einem Mal drängte sich Milou ein seltsames Bild in den Kopf – ein Bild von Mama und sich. Sie erinnerte sich plötzlich, dass ihre Mutter damals immer am Wochenende mit ihr auf den Markt gegangen war und hinterher hatten sie dann jedes Mal einen Abstecher auf den Spielplatz gemacht. Das alles war noch in einer anderen Stadt und zu einer anderen Zeit gewesen, aber trotzdem war sie nun verblüfft über diese Erinnerung. War es wirklich so gewesen oder setzte sie sich nur aus Bildern zusammen, die Milou in Filmen oder Büchern aufgeschnappt hatte? Eigentlich war Milou fest davon überzeugt, dass Mama noch nie viel mit ihr hatte anfangen können – aber wenn dieses Bild echt war, dann belegte es eine andere Wahrheit.

»Na, das ist ja eine schöne Überraschung!«

Milou zuckte zusammen, als sie die hocherfreute Stimme hinter sich hörte. Sie war derart in ihre Erinnerungen vertieft gewesen, dass sie gar nicht gemerkt hatte, wie sich ihr jemand genähert hatte: Es war Frau Liebig mit ihrem Eddie …

Milou rang sich ein höfliches Lächeln ab, hoffte aber inständig, dass die alte Dame schnell wieder verschwand, damit sie sich hier in Ruhe mit ihrem Termin treffen konnte. Allerdings machte die Nachbarin nicht den Anschein, als wollte sie gleich weiterziehen. Der kleine Eddie sprang aufgeregt an Milous Bein hoch und ohne groß darüber nachzudenken, ging Milou in die Hocke, um ihn hinterm Ohr zu kraulen. Der Hund warf sich vor Begeisterung auf den Boden und rollte winselnd auf den Rücken, damit Milou auch den Bauch bearbeiten konnte.

»Eddie mag dich jetzt schon«, sagte Frau Liebig und lächelte.

»Er kennt mich doch gar nicht«, wandte Milou verlegen ein, aber das schien weder die Nachbarin noch ihren Hund zu interessieren.

»Um jemanden zu mögen, muss man ihn nicht zwangsläufig kennen – da reicht das Bauchgefühl!« Sie zwinkerte und schüttelte dann ein wenig ungläubig den Kopf. »Hätte ich gewusst, dass du dahintersteckst, hätten wir uns doch zu Hause treffen können.«

Irritiert richtete Milou sich wieder auf. Sie hatte keinen blassen Schimmer, wovon die alte Dame sprach. »Ich … denke, das ist ein Missverständnis. Ich bin hier am Blitzbaum verabredet und …«

»Natürlich bist du hier verabredet!«, unterbrach Frau Liebig sie mit einem heiteren Lachen und zog ein Stück Papier aus ihrer Manteltasche, um es Milou unter die Nase zu halten. »Von dir kommt doch dieser geheimnisvolle Zettel, oder?«

Beim Anblick des kurzen Briefes verschlug es Milou augenblicklich die Sprache. Das konnte nicht sein! Fassungslos griff sie sich das Stück Papier aus Frau Liebigs Händen und betrachtete es genau. Es war deutlich größer als die Zettel aus den Glückskeksen – aber die Handschrift darauf gehörte eindeutig Oma Anni:

> Ich habe Ihre Anzeige am Laternenpfahl gesehen und würde sehr gerne regelmäßig mit Ihrem Hund Gassi gehen. Falls Sie Interesse haben, treffen Sie mich am Sonntagmorgen um 9 Uhr an dem gespaltenen Kletterbaum im Park.

Milou konnte es nicht glauben! Es war ja schon verrückt genug, dass Oma *ihr* Nachrichten aus dem Jenseits zukommen ließ – aber dass sie nun auch der Nachbarin von gegenüber Botschaften schickte …?

Ungläubig blinzelte sie Frau Liebig an. »Wo haben Sie den Brief gefunden?«

»Er steckte vorgestern in meinem Briefkasten. Ich habe letzte Woche Zettel in der Nachbarschaft ausgehängt, weil ich dringend etwas Hilfe brauche mit Eddie. Er ist noch immer ganz schön wild und ich bin nicht mehr die Jüngste. Wenn er mich die Treppen hoch- und runterjagt, komme ich jedenfalls ganz schön aus der Puste.« Sie lächelte ein bisschen hilflos, sah Milou dann aber ernst an. »Der Zettel ist doch von dir, oder?«

Milou zögerte einen Augenblick und nickte dann einfach. Es war viel zu kompliziert, der ahnungslosen Nachbarin zu erklären, dass der Brief von ihrer verstorbenen Oma kam …

Frau Liebig wirkte auf einmal trotzdem etwas verunsichert. »Du kannst es dir natürlich noch mal überlegen. Wenn du doch nicht Gassi gehen willst, ist das selbstverständlich auch in Ordnung.«

»Nein, ich …« Milou holte tief Luft. Sie hatte sich schon immer, immer, immer ein Haustier gewünscht – aber das bedeutete noch lange nicht, dass sie dafür auch geeignet war. »Ich … habe noch nie einen Hund ausgeführt«, gab sie schließlich verlegen zu.

Jetzt breitete sich wieder ein dickes, fettes Grinsen auf dem Gesicht der alten Nachbarin aus. »Weißt du, was Pippi Langstrumpf dazu gesagt hätte? *Das habe ich noch nie vorher versucht, also bin ich völlig sicher, dass ich es schaffe!*« Sie kicherte wie ein junges Mädchen und nun musste auch Milou lachen.

»Viel musst du auch eigentlich gar nicht beachten«, fuhr Frau Liebig heiter fort. »Solange Eddie genug Auslauf hat und gelegentlich in den Büschen verschwinden kann, ist er wunschlos glücklich.«

Milou blickte aufgeregt auf den süßen Hund hinab. »Und wie oft brauchen Sie meine Hilfe?«

Tatsächlich wirkte Frau Liebig nun etwas verlegen. »Jede Runde Gassi hilft mir sehr. Ich weiß ja, dass du morgens in der Schule bist, aber wenn du am Nachmittag oder Abend eine halbe Stunde Zeit hättest, wäre das eine Riesenentlastung für mich und meine müden Knochen.«

Milou würde also *jeden* Tag mit Eddie rausgehen dürfen? Obwohl sie sich seit Omas Tod eigentlich jegliche Art von Freude versagt hatte, kribbelte es nun ganz gehörig in ihrem Bauch und ihr Herz machte ein paar unbeholfene Freudenhüpfer. »Und wann soll ich anfangen?«

Die Nachbarin hielt ihr lächelnd die Leine hin. »Wie wäre es mit jetzt?«

»Jetzt gleich?«

»Du siehst ja: Eddie hat ordentlich Hummeln im Hintern!«

Tatsächlich tollte der kleine Labradoodle aufgeregt um Milous Beine herum. Mit einem ungläubigen Lächeln nahm sie die Leine von Frau Liebig entgegen – und im nächsten Augenblick zischte Eddie auch schon wie vom Blitz getroffen los und zog Milou hinter sich her.

»Du weißt ja, wo ich wohne!«, rief ihr die Nachbarin amüsiert nach und winkte den beiden zufrieden.

Eddie war zwar nicht groß, aber ziemlich stark, und Milou wunderte sich nicht länger, dass Frau Liebig mit ihm an ihre Grenzen stieß. Das kleine gelockte Fellknäuel gab eindeutig den Takt an und Milou stolperte hinterher, so gut es ging. Schon bald war sie völlig außer Atem und unter dem Pullover rann ihr der Schweiß den Rücken hinab. Eigentlich war sie für so etwas hier gar nicht gemacht – und trotzdem musste sie lachen.

»Stopp, Eddie!«, versuchte sie, den Wirbelwind zum Anhalten zu bewegen, aber es war zwecklos. Und so rannten und rannten sie im Park umher, bis Milou irgendwann ihre Füße nicht mehr richtig heben konnte und über eine alte, knorrige Baumwurzel stolperte. In hohem Bogen flog sie durch die Luft und landete wenig kunstvoll auf dem Rasen.

Obwohl ihr dabei die Leine aus der Hand flog, hielt nun überraschenderweise auch Eddie inne und tapste irritiert auf Milou zu.

Milou rollte sich glucksend auf den Rücken. Alles an ihr tat weh und sie bekam kaum noch Luft, aber dennoch fühlte sie sich seltsam gut, ja, sie fühlte sich frei und lebendig – irgendwie großartig!

Neugierig beugte sich der kleine Hund über Milous Kopf – und dann begann Eddie auch schon voller Begeisterung ihr Gesicht abzuschlecken. Milou prustete los und musste die Augen schließen, weil es so kitzelte, aber dann endlich schnappte sie sich den kleinen Kerl und zog ihn auf ihren Schoß. Wie weich sein Fell war – und wie schön warm! Beinahe wie eine Umarmung von Oma Anni.

Milou konnte noch immer nicht glauben, dass ihre Großmutter hinter all dem steckte. Was auch immer hier gerade passierte: Es war irgendwie magisch …

Während Milou noch ungläubig ihre Nase im goldenen Hundefell vergrub, schien Eddie plötzlich etwas zu wittern. Er streckte den Kopf zur Seite, begann zu kläffen und befreite sich dann ruckartig aus Milous Griff.

Milou konnte gar nicht so schnell gucken, da war der kleine Hund mitsamt der Leine davongezischt.

»Eddie!«, rief sie und kämpfte sich hastig zurück auf die Beine. »Bleib stehen!« Aber Eddie dachte gar nicht daran. Wie von der Tarantel gestochen, flitzte der kleine Wirbelwind davon. Milou konnte ihn jetzt schon kaum noch sehen. Und dann war sein goldbraunes Lockenfell tatsächlich aus ihrem Blickfeld verschwunden.

Schlagartig bekam Milou es mit der Angst zu tun. »Eddie, komm sofort zurück!«, brüllte sie, fühlte sich dabei aber ziemlich hilflos.

Obwohl ihre Knie vom Sturz schmerzten und ihre Muskeln vom langen Herumrennen brannten, nahm sie umgehend die Verfolgung auf. Immer wieder brüllte sie dabei panisch Eddies Namen, aber leider konnte sie den kleinen Labradoodle nirgendwo entdecken. Es war, als hätte ihn der Erdboden einfach verschluckt. Das konnte doch alles nicht wahr sein! Jetzt war sie kaum eine halbe

Stunde mit dem kleinen Kerl unterwegs gewesen und hatte ihn bereits verloren?

Milous Puls beschleunigte sich und schätzungsweise zwei Millionen Liter Blut schossen in ihren Kopf. Wie sollte sie das nur Frau Liebig erklären? Sie konnte ihr doch unmöglich unter die Augen treten und beichten, dass sie ihren Hund verloren hatte! Was, wenn Eddie etwas zustieß? Wenn er achtlos über die Straße lief und von einem Auto erfasst wurde?

Nein, Milou mochte sich das gar nicht ausmalen … Sie durfte jetzt und hier nicht versagen, es ging schließlich um ein Hundeleben! Und deshalb gab es auch nur einen Ausweg: Sie musste, musste, musste Eddie finden, bevor noch etwas Schlimmes passierte!

»Eddie, wo bist du?«, brüllte Milou noch einmal und merkte, wie sich ihre Stimme dabei überschlug. »Eddiiiiiiiiiiie!«

Ein paar Jogger sahen sie verstört an, aber das war Milou egal. Alles, was jetzt zählte, war, dass sie den Hund wiederfand – und zwar unversehrt! Aber warum nur konnte sie den kleinen Labradoodle nirgends entdecken? So weit konnte er doch gar nicht gekommen sein in der kurzen Zeit.

»Eddie, komm zurück!«, rief Milou und schob sich durch ein dichtes Gebüsch, hinter dem sich zwei Tischtennisplatten befanden – und auf einmal entdeckte sie den kleinen Ausreißer. Gemeinsam mit einem anderen kleinen Hund befand er sich auf dem Arm eines Jungen, der mächtig Schwierigkeiten hatte, die beiden zappelnden Vierbeiner im Zaum zu halten.

Milou blieb wie versteinert stehen, als sie erkannte, wer der Junge war. »Levi …«, murmelte sie tonlos und blinzelte ein paarmal ungläubig.

Offenbar bemerkte nun auch Eddie, dass sie da war, sprang aufgeregt von Levis Arm und stürmte auf sie zu.

Milou hatte gar keine andere Wahl, als blitzschnell aus ihrer Schockstarre zu erwachen und nach der Leine zu greifen. Erst als sie sie sicher im Griff hatte, nahm sie Eddie auf den Arm.

Jetzt hatte Levi sie ebenfalls erkannt und kam auf sie zu.

»Ich wusste gar nicht, dass du einen Hund hast«, sagte er und lächelte dabei unsicher.

»Eddie gehört meiner Nachbarin«, murmelte Milou leise. »Ich gehe nur gelegentlich mit ihm Gassi.« Es fühlte sich merkwürdig an, das zu sagen – aber seit heute Morgen war das ja tatsächlich die Wahrheit. Trotzdem lief Milou rot an, als Levi nun lachend den Kopf schüttelte.

»Gassi gehen nennst du das? Sah eher aus, als würde der kleine Kerl dich ordentlich an der Nase herumführen.«

Milou warf ihm einen finsteren Blick zu. »Sehr witzig«, flüsterte sie, war aber offenbar laut genug, dass Levi die Ironie verstand.

Er blinzelte sie entschuldigend an. »Tut mir leid. Ich weiß, wie blöd es sich anfühlt, wenn einem der Hund ausbüxt. Cinderella ist mir am Anfang ständig weggelaufen und hat mich um den Verstand gebracht.«

»Cinderella?« Milou blickte ihn irritiert an. Hieß sein Hund etwa ernsthaft *Cinderella?*

Levi grinste ertappt. »Erzähl es nicht weiter, aber das war früher mein absoluter Lieblingsfilm. Und warte, bis du die ganze Wahrheit kennst.« Er kam noch ein Stück näher und flüsterte: »Cinderella hier ist in Wirklichkeit ein Rüde …«

Milou war so überrascht, dass sie tatsächlich laut losprustete. Levi hatte seinen Hund Cinderella genannt – obwohl es ein Männchen war? Das war nicht nur absolut unglaublich, sondern auch ziemlich witzig! So witzig sogar, dass ihr nun Lachtränen in die Augen stiegen.

Aber anstatt sich darüber aufzuregen oder zu schämen, dass sie ihn ganz offensichtlich auslachte, stimmte Levi einfach in ihr Lachen ein. »Freut mich, dass Cinderella und ich dir einen Grund zur Erheiterung geben. Beim letzten Mal wirktest du nicht besonders fröhlich.«

Milou hielt abrupt inne und verzog schuldbewusst das Gesicht. Obwohl es ihr wie ein anderes Leben vorkam, erinnerte sie sich noch lebhaft an ihren letzten Zusammenstoß mit Levi. »Tut mir leid, ich … hab ziemlich gemeine Sachen zu dir gesagt.« Sie blickte ihn zerknirscht an und setzte Eddie wieder auf dem Boden ab.

Aber Levi winkte nur großzügig ab. »Kein Problem, ich hab zwei ältere Schwestern – hab also schon viel schlimmere Sachen gehört.« Er zwinkerte, als wüsste Milou genau, wovon er sprach.

»Trotzdem«, sagte sie und lächelte gequält. »Du hattest nichts damit zu tun, dass es mir schlecht ging, und ich habe meinen ganzen Frust an dir ausgelassen.« Es tat ihr tatsächlich schrecklich leid, besonders weil sie wusste, dass er ihr hinterher auch noch den Rucksack gebracht und jetzt sogar bei Eddie geholfen hatte.

Levi betrachtete sie nachdenklich. »Geht es dir jetzt denn besser?«

Ob es ihr besser ging? Schwierige Frage. Es war so viel passiert …

»Meine Oma ist gestorben.« Milou zuckte zusammen, als sie merkte, dass sie das wirklich ausgesprochen hatte.

Levi sah sie betroffen an. »Oh, das tut mir leid, in der Schule haben sie schon so etwas erzählt. Ich hätte dich an dem Morgen vermutlich auch auf den Mond geschossen, wenn meine Oma gestorben wäre.«

Milou rang sich ein Lächeln ab. »Nein, aus der Schule bin ich damals wegen Tess abgehauen. Sie hat ein ziemlich mieses Video über mich gemacht und …« Milou verstummte und spürte, dass ihr Herz wie verrückt pochte. Sie konnte nicht glauben, dass sie Levi davon erzählte – sie kannte ihn doch gar nicht! Und sie hatte keine Ahnung, ob sie ihm vertrauen konnte.

Aber Levi rollte bereits mit den Augen. »Tess ist eine Idiotin. Aber das mit deiner Oma ist schlimmer, find ich.«

Milou zögerte einen Augenblick und nickte dann. Ja, dass Oma weg war, war schlimmer als die Sache mit Tess. Ganz kurz spielte sie mit dem Gedanken, Levi von den Glückskeksen und Briefen zu erzählen, die Oma ihr aus dem Jenseits schickte. Aber dann ließ sie es lieber sein. Im Moment war er noch überraschend nett zu ihr – und er sollte sie nicht für verrückt halten. Es reichte, dass sie selbst an ihrem Verstand zweifelte …

Mit einem Seufzen ging Milou in die Hocke und kraulte Eddie hinter den Ohren. »Danke, dass du ihn eingefangen hast. Ich wäre wahrscheinlich nie hinterhergekommen.«

Ertappt verzog Levi das Gesicht und kratzte sich an der Stirn. »Ehrlich gesagt war es eher andersherum. Der kleine Kerl hat Cinderella und mich praktisch angefallen. Ich dachte, ich halte die *Bestie* lieber mal fest, bevor sie Cinderella den Schwanz abbeißt.«

Wieder konnte Milou nicht anders, als zu lachen. Doch dann fiel ihr noch etwas ein, was sie unbedingt loswerden musste: »Und danke, dass du mir meinen Rucksack gebracht hast.«

Levi fuhr sich unsicher mit der Hand durch die Haare. »Das war keine große Sache. Ich wollte ihn am nächsten Tag eigentlich in deiner Klasse abgeben, aber du warst nicht da. Und nach ein paar Tagen habe ich einfach nach deiner Adresse gefragt.«

»Das hättest du nicht tun müssen.«

»Ich weiß. Und als ich deinem Nachbarn begegnet bin, habe ich es auch ganz kurz bereut!«

Milou brauchte einen Moment, um zu verstehen, was er meinte, aber dann wurde ihr klar, dass er von Herrn Muffel sprach.

Sie grinste schief. »Der Kerl ist ein echter Griesgram.«

Levi nickte. »Er hat mich durchleuchtet, als würde ich einen Sprengstoffgürtel tragen. *Wie heißt du? Was willst du hier? Wo wohnst du?* Ich hatte schon Angst, er würde mir ein Sondereinsatzkommando auf den Hals hetzen …«

Milou kicherte und auch Levi grinste schief.

»Aber wenigstens ist der Rucksack tatsächlich bei dir angekommen.«

»Das ist er«, bestätigte Milou und sah ihn dankbar an. Einen Moment lang blieben ihre Blicke aneinander hängen, als würde nicht nur die Zeit, sondern gleich die ganze Welt stillstehen. Aber als sie es beide bemerkten, schüttelte Levi schnell den Kopf.

»Wenn du magst, kann ich dir ein paar Tricks zeigen.«

»Tricks?« Milou blinzelte ihn verständnislos an.

»Wie du den Hund erziehst«, sagte Levi und deutete auf Eddie. »Ich war zwei Jahre mit Cinderella in der Hundeschule, danach hat er verstanden, wer das Alphatier ist.« Levi klopfte sich stolz auf die Schulter und Milou musste schon wieder lachen. Aber dann biss sie sich auf die Unterlippe.

»Ich weiß nicht. Eddie gehört ja gar nicht mir und ...«

»Aber du gehst mit ihm Gassi, oder nicht?«, fiel Levi ihr ins Wort.

Milou zögerte. Im Grunde hatte er ja recht. Sie hatte Frau Liebig zugesagt, Eddie regelmäßig auszuführen. Also konnte es nicht schaden, wenn sie ein paar Tricks an der Hand hatte, damit er ihr nicht wieder ausbüxte und auf der Nase herumtanzte. Vielleicht wäre es ja sogar von Vorteil für die alte Nachbarin, wenn Eddie endlich ein bisschen erzogen wurde? Schaden konnte es jedenfalls nicht ... »Das ist echt nett von dir.«

Levi hob überrascht die Augenbrauen. »Ist das ein Ja?«

»Ich denke schon«, erwiderte Milou schüchtern.

»Wunderbar!« Levi schien sich tatsächlich zu freuen. »Und wann wollen wir anfangen?«

»Das musst du sagen, du bist schließlich der Lehrer.«

Levi strich durch das Fell seines Hundes. »Wie wäre es morgen nach der Schule?«

Milou zuckte kurz zusammen, als er die Schule erwähnte. Im Moment ging sie dort ja gar nicht hin ... Auf der anderen Seite bedeutete das nicht, dass sie sich für danach nicht verabreden konnten.

»Morgen nach der Schule ist super«, antwortete sie schließlich und lächelte.

Levi grinste zurück. »Cool. Ich hole dich ab – ich weiß ja, wo du wohnst.« Er zwinkerte und ließ Cinderella auf den Boden. »Bis morgen also«, rief er, während er mit seinem Hund davonspazierte.

»Bis morgen«, flüsterte Milou und spürte, wie es in ihrem Bauch zu kribbeln begann.

15

Milou merkte, dass Mama und Papa sich große Mühe gaben, sie nicht zu sehr anzustarren, als sie zurück in die Wohnung kam, aber es gelang ihnen nicht so recht. Immer wieder spähten sie ziemlich auffällig zu ihr rüber, so als hätte sie sich einen gigantischen Kürbis auf die Stirn tätowiert.

Bei dieser Vorstellung musste Milou selbst grinsen. Was ihre Eltern wohl sagen würden, wenn sie tatsächlich mit einer Tätowierung nach Hause käme? Hausarrest konnten sie ihr ja kaum verpassen, den hatte sie sich schließlich schon freiwillig auferlegt. Obwohl … Ab sofort hatte sie ja eine Aufgabe, für die sie das Haus verlassen musste. Sie hatte Frau Liebig von nebenan versprochen, jeden Tag mindestens einmal mit Eddie Gassi zu gehen – und sie war mit Levi verabredet! Vielleicht war Hausarrest gerade also doch nicht die beste Idee. Gut, dass sie grundsätzlich kein großes Interesse daran hatte, sich irgendetwas ins Gesicht tätowieren zu lassen!

Milou wollte gerade wieder in ihrem Zimmer verschwinden, als sie einen Moment im Türrahmen innehielt. Sie hatte Hunger! Der Spaziergang mit Eddie hatte sie ganz offensichtlich mehr Energie gekostet, als ihr Körper es gewohnt war. Natürlich hatte sie noch Unmengen an Marmelade und Knäckebrot in ihrem Zimmer –

aber plötzlich hatte sie Appetit auf etwas anderes. »Können wir uns eine Pizza bestellen?«

»Eine Pizza?« Papa saß an seinem Laptop und blinzelte Milou an, als spräche sie Chinesisch. Dann sah er völlig perplex zu Mama, die auf der Couch lag und auf einen Schlag ebenfalls ziemlich von der Rolle wirkte.

»Eine Pizza, ja«, erwiderte Milou mit einem Schulterzucken. »Ihr wisst schon: So ein rundes Ding aus Teig mit Tomatensoße drauf und einer Extraportion Käse.«

Papa blinzelte immer noch völlig ratlos – das tat er jedes Mal, wenn er unsicher war – und räusperte sich dann, um den Eindruck zu erwecken, er hätte alles im Griff. »Na ja, Krümelchen, es ist erst elf und Pizza ist nicht gerade ...«

»Eine Pizza wäre jetzt *perfekt!*«, fiel Mama ihm ins Wort und verwirrte den armen Clemens damit nur noch mehr. Und auch Milou konnte kaum glauben, dass ausgerechnet Mama ihr nun zur Seite sprang.

»Aber ... wir haben doch gerade erst gefrühstückt«, murmelte Papa, doch Mama griff bereits nach ihrem Handy.

»Unsinn, das ist mindestens zwei Stunden her. Ich kann mir jetzt ehrlich gesagt gar nichts Besseres vorstellen als eine große knusprige Pizza! Was haltet ihr von doppelt Käse im Rand? Und wir könnten diese leckere Knoblauchsoße zum Dippen dazubestellen!« Florentines Augen leuchteten auf, als wäre ihr gerade das Christkind persönlich erschienen.

Milou runzelte verstört die Stirn. Wollte ihre Mutter sie etwa auf den Arm nehmen oder meinte sie das alles wirklich ernst? Sie konnte sich nicht daran erinnern, wann ihre Mama überhaupt das letzte Mal Pizza gegessen hatte – meistens griffen nur Milou und Papa herzhaft zu. Und jetzt wollte sie gleich Extrakäse und Knoblauchdip? Das kam ihr alles ziemlich verdächtig vor …

Aber bevor Milou der Sache noch weiter auf den Grund gehen konnte, hatte Mama bereits die Nummer vom Pizzaservice gewählt, verschwand aufgeregt den Flur hinab und gab ihre Bestellung auf.

Als sie kurze Zeit später zurückkam, grinste sie über beide Backen. »Die öffnen eigentlich erst in einer Stunde!«

Milou zog irritiert die Augenbrauen zusammen. »Heißt das, wir müssen jetzt noch eine Stunde warten?«

»Ich bitte dich! Du weißt doch, wie überzeugend ich sein kann. Der Chef bringt uns die Pizza *höchstpersönlich* vorbei – und wir kriegen sogar Gratis-Speckstreifen!« Mama klatschte begeistert in die Hände und schien sich zu freuen wie ein kleines Kind.

Papa wiederum klappte die Kinnlade runter. »Florentine, ich glaube wirklich nicht, dass das die richtige …«

»Du musst ja nicht mitessen«, fiel Mama ihm grinsend ins Wort und sah zu Milou. »Wäre mir ohnehin lieber – dann bleibt nämlich mehr für uns beide!«

Jetzt war Milou vollends sprachlos. Seit Jahren verzichtete ihre Mutter mit akribischer Genauigkeit auf Kohlenhydrate, Fett und Fleisch – und nun bestellte sie gleich eine Extraportion von allem?

Spätestens jetzt bestand wohl kein Zweifel mehr: Mit Oma Annis Tod war die Welt vollkommen aus den Fugen geraten …

Und trotzdem ertappte sich Milou bei dem Gedanken, dass nicht alles aus dieser *neuen Welt* schlecht war. Tatsächlich konnte sie sich gerade kaum etwas Schöneres vorstellen als eine heiße fettige

Pizza! Allein bei dem Gedanken an die klebrigen Käsefäden lief ihr das Wasser im Mund zusammen. Und dass ausgerechnet Mama dieses Verlangen teilte, versetzte ihr Herz in einen Zustand von warmem Vanillepudding.

Außerdem waren da auf einmal ja auch noch Sunny, Eddie und Levi! Nichts und niemanden davon hatte es in ihrem Leben gegeben, als die Welt noch *in den Fugen* war …

Natürlich wäre es schöner gewesen, wenn Oma Anni bei alldem noch da gewesen wäre. Aber plötzlich kam Milou ein Gedanke, der sich wie eine Umarmung anfühlte: *War* sie das denn nicht irgendwie?

Mit Ausnahme der bestellten Pizza war alles, was sie in den letzten Tagen dazugewonnen hatte, durch Omas Glückskekse und Botschaften in ihr Leben gekommen. Oma hatte sie zu Sunny geführt, und sie hatte sie auch mit Frau Liebig und Eddie zusammengebracht. Und das bedeutete doch, dass Oma noch da war, hier bei ihr, und ihr den Weg wies.

Offenbar legte sich bei dieser Vorstellung ein Lächeln auf Milous Lippen, denn plötzlich stand Mama direkt vor ihr und strich liebevoll über Milous Wangen. »Ich freu mich so, dass du wieder lächeln kannst.«

Ertappt schlug Milou die Augen nieder und versuchte, ihr Lächeln zu unterdrücken. Aber als sie sah, wie begeistert ihre Mutter grinste, konnte sie nicht anders, als miteinzustimmen.

Tatsächlich war Mama sehr streng, was die Pizza betraf: Sie schlug Papa zweimal auf die Finger, bevor sie ihm gestattete, sich auch ein kleines Stück zu nehmen. Die drei aßen auf dem Teppich im

Wohnzimmer, und Milou musste sich beeilen, dass sie überhaupt genug abbekam, weil ihre Mutter auf einmal einen ganz erstaunlichen Appetit an den Tag legte. Auch Papa starrte Florentine immer wieder fassungslos an. Dieser Anblick war einfach zu ungewöhnlich … Und dann fing Mama zu allem Überfluss auch noch an, mit vollem Mund zu reden!

»Also, mein Schatz. Willst du uns verraten, was du draußen getan hast?«

Vor Schreck blieb Milou beinahe ein Bissen im Halse stecken. Wollte sie ihren Eltern wirklich erzählen, was sie draußen im Park erlebt hatte?

Sie wägte den Gedanken einen Augenblick lang ab und seufzte dann. Wieso eigentlich nicht? Sie musste ihnen ja nicht gleich die *ganze* Wahrheit auf die Nase binden.

»Ich gehe Gassi. Mit Eddie von gegenüber.«

Jetzt war es Papa, der sich an einem Pizza-Bissen verschluckte. »Du meinst diesen kleinen Köter, der immer meine Turnschuhe zerkaut?«

»Eddie ist kein *Köter,* sondern ein sehr lebhafter kleiner Labradoodle!«, korrigierte Milou ihn selbstbewusst. »Und ja, ich habe Frau Liebig versprochen, dass ich in Zukunft einmal am Tag mit ihm Gassi gehe. Sie kann ein bisschen Hilfe gut gebrauchen, und ich habe ja ohnehin nicht viel zu tun.« Je mehr sie sagte, desto unsicherer wurde sie. Vielleicht war es doch nicht so schlau gewesen, ihren Eltern davon zu erzählen. Was, wenn sie dagegen waren – wenn sie ihr am Ende sogar aus irgendwelchen Gründen verbieten würden, mit Eddie durch den Park zu ziehen?

Der Blick, den ihre Eltern sich zuwarfen, wirkte jedenfalls ein wenig seltsam, und Milou wusste nicht, wie sie das einordnen sollte.

Doch dann brach Mama plötzlich in Lachen aus, so heftig sogar, dass ihr Pizzakrümel aus dem Mund flogen und auf dem Teppich landeten. »Das finde ich gut, Milou – richtig, richtig gut!«

»Wirklich?«, platzte es gleichzeitig aus Milous und Papas Mund heraus.

»Natürlich«, erwiderte Mama und griff sich bereits das nächste Stück Pizza. »Frau Liebig ist nicht mehr die Jüngste und ich finde es toll, dass Milou sie unterstützt. Was sollte daran falsch sein? Und außerdem ...« Sie biss in ihr triefendes Pizzastück und zwinkerte Clemens schmatzend zu: »Sieh es doch mal positiv! Wenn Milou mit dem Hund Gassi geht, kommt er schneller die Treppe runter und hat weniger Zeit, deine Schuhe aufzuessen. Und genau genommen brauchst du doch gar keine Turnschuhe, mein Lieber. Du treibst ja eh keinen Sport!« Sie fasste nach vorne und klopfte Milous Papa grinsend auf den Bauch.

Papa sah dabei derart empört aus, dass Milou gar nicht anders konnte, als laut loszuprusten – was ihren Vater nur noch fassungsloser machte.

»Macht ihr euch etwa über mich lustig?«, fragte er und starrte ungläubig zwischen seiner Frau und seiner Tochter hin und her, die sich keine Mühe mehr gaben, ihre Belustigung zu verbergen.

»Das würden wir niemals tun!«, erwiderte Mama und hob möglichst unschuldig die Hände, während sie Milou zuzwinkerte. Dann blickte sie wieder zu ihrem Mann. »Aber wenn du das Gefühl hast, dass du etwas Sport nötig hättest, dann würde ich dir jetzt dringend empfehlen, die Finger von meiner Pizza zu lassen.«

Papa blinzelte sie noch einen Moment sprachlos an – doch dann prustete auch er los vor Lachen.

Milou erzählte natürlich nichts von Levi. Und sie erwähnte auch nicht Omas Glückskekse. Aber sie war ganz froh, dass ihre Eltern nun von der Hundesache wussten, denn dann brauchte sie sich nicht jeden Tag hinausschleichen. Früher oder später hätten sie es ja sowieso erfahren.

Zum Glück steuerten auch Mama und Papa heute keine unangenehmen Themen an. Milou hatte schon befürchtet, dass sie nur so nett waren, weil sie vorhatten, ihre Tochter wieder zum Schulbesuch zu drängen. Aber während der ganzen gemütlichen Pizzasause fiel das Wort »Schule« nicht ein einziges Mal.

Erst als alles ratzeputz aufgegessen war, wurden ihre Eltern wieder ernst.

»Wir gehen jetzt runter zu Oma«, sagte Papa und erhob sich mit einem leisen Ächzen vom Boden. »Vielleicht willst du ja mitkommen?«

Milou hielt die Luft an. Sie hatte Omas Rezepte noch immer nicht gefunden – aber wollte sie jetzt wirklich dabei sein, wenn ihre Eltern Annis Sachen aussortierten? Nein, das konnte sie sich nicht vorstellen … »Heute eher nicht«, murmelte sie und bemerkte, wie Mama Clemens im nächsten Moment einen weiteren merkwürdigen Blick zuwarf.

Papa verzog das Gesicht, und jetzt wurde Milou noch mulmiger zumute.

»Spuck es einfach aus«, murmelte sie und war überrascht, dass diese Worte tatsächlich über ihre eigenen Lippen gekommen waren.

Auch Mama und Papa wirkten irritiert.

Aber Milou rollte nur mit den Augen und seufzte. »Wenn Mama dich so ansieht, bedeutet das, dass du mir noch etwas anderes sagen sollst. Also spuck es einfach aus. Es wird ja nicht leichter, wenn du noch eine Ewigkeit darauf herumkaust.«

Wieder wechselten Mama und Papa einen Blick, diesmal verblüfft. Dann riss sich ihr Papa zusammen. »Du hast recht, es gibt da noch etwas. Aber das fällt mir selber nicht so leicht, deshalb …« Er hielt inne und nahm sich die Brille ab, um sich über die Augen zu reiben. Dann blinzelte er Milou an wie ein begossener Pudel. »Im Moment dauern Feuerbestattungen etwas länger, aber wir haben jetzt das Okay vom Krematorium. Und wir müssen einen Termin für die Beisetzung festlegen …«

»Beisetzung?« Milou musste schlucken. *Beisetzung* bedeutete, dass Oma unter einem Haufen feuchter Erde vergraben wurde und nie wieder zurückkommen würde – dann war die ganze Sache wirklich endgültig.

Während Milou noch krampfhaft in sich hineinhorchte und auf ein Gefühl wartete, das zu dieser Situation passte, spürte sie plötzlich eine Hand auf ihrer Schulter. Es war Mama.

»Ich weiß, dass das schwer ist, mein Schatz, aber irgendwann muss es passieren. Wir wissen jetzt vom Krematorium, wann die Urne bereit wäre, und dein Vater und ich fänden es schön, wenn du mit uns gemeinsam den Platz aussuchen würdest, an dem Annegret ihre letzte Ruhe findet. Wir wollen sie nämlich nicht auf einem stinknormalen Friedhof …«

»Aufhören!«, unterbrach Milou sie mit einem schrillen Schrei und schlug Mamas Hand weg. »Sofort aufhören, ich will das alles nicht hören!« Wütend sprang sie vom Boden auf.

»Aber wir müssen …«, versuchte Papa es, doch auch ihn unterbrach sie mit Gebrüll.

»Wir müssen *gar nichts,* hört ihr? Wir müssen nicht wieder fröhlich sein, wir müssen nicht nach vorne schauen und wir müssen Oma auch nicht für alle Ewigkeiten unter einem Haufen Erde verscharren!« Mit extralauten Schritten stampfte Milou den Flur hinab und knallte die Tür hinter sich zu. Eigentlich hatte sie nicht vorgehabt, sich noch einmal in ihrem Zimmer einzuschließen, aber jetzt drehte sich der Schlüssel in ihrer Hand fast automatisch.

Schnaubend warf Milou sich aufs Bett. Sie wollte Oma nicht beerdigen! Eine Beerdigung war für immer, und wenn Mama und Papa davon ausgingen, dass sie dabei mitmachte und auch noch ein hübsches Plätzchen aussuchte, hatten sie sich geschnitten!

Und dann war da auch noch ein anderer Grund, weshalb sie auf keinen Fall zu Omas Beisetzung gehen konnte. Wie würde das denn bitte aussehen, wenn Omas einziges Enkelkind am Grab nicht weinen konnte …?

16

Milou musste sich einen Ruck geben, am nächsten Nachmittag tatsächlich mit Eddie runterzugehen. Seit Mama und Papa diese Sache mit der Beerdigung angesprochen hatten, fühlte sie sich wieder hundeelend. Außerdem war der Himmel heute wolkenverhangen und Milou sah, wie den ganzen Tag über feiner Nieselregen gegen ihr Fenster geweht wurde. Nicht das allerbeste Wetter für eine Runde im Park …

Auf der anderen Seite hatte sie Frau Liebig ihr Wort gegeben – und dann war da ja auch noch Levi! Milou bezweifelte natürlich, dass er sich bei diesem Mistwetter noch mit ihr verabreden wollte, aber als sie sich in ihr knallgelbes Regencape gewickelt hatte und unten vor die Tür trat, stand er tatsächlich schon vorne an der Straße und grinste sie unter seiner gestreiften Kapuze an.

»Wer braucht schon Sonnenschein, wenn er das da haben kann?«, sagte er grinsend und meinte damit offensichtlich Milous Regenumhang. Das Cape war in der Tat ziemlich grell. Mama hatte es ihr irgendwann gekauft und sich natürlich keine Gedanken darüber gemacht, dass man damit auffiel wie ein Gorilla im Hamstergehege. Deshalb hatte Milou es in der Schule auch noch nie getragen. Aber hier und heute war sie schließlich nicht in der Schule! Und außerdem hatte sie keine Lust, nass zu werden …

In diesem Moment fiel Milous Blick auf Cinderella zu Levis Füßen. Auch der kleine Hund trug eine Art Regencape – und sah damit ehrlich gesagt ziemlich lächerlich aus.

»Sag jetzt nichts!«, kam Levi ihr warnend zuvor. »Cinderella hat einen ausdrucksstarken Geschmack. Und außerdem hasst er es, nass zu werden!«

Milou musste unwillkürlich kichern. Und mit einem Mal spürte sie ganz genau, wie gut es war, dass sie sich überwunden hatte und doch hinuntergekommen war.

Der Park war heute fast menschenleer. Offenbar legte kaum jemand Wert darauf, bei diesem Wetter auf den Spielplatz zu gehen oder Sport zu treiben. Milou war das ganz recht. So konnte sie sich wenigstens ganz und gar auf das Training mit Levi konzentrieren.

Levi hatte kleine Hundeleckerlis dabei und erklärte ihr, worauf sie bei den Lektionen achten musste. Natürlich hatte Eddie nicht besonders viel Interesse daran, sich an neue Regeln zu halten, aber die kleinen Leckereien, die Levi Milou zuschob, bewegten ihn immerhin dazu, nicht sofort wieder auszubüxen.

Milou wusste nicht, wie lange sie draußen zwischen den Büschen auf Eddie einredeten, aber am Ende bequemte er sich tatsächlich dazu, sein Hinterteil abzusenken, wenn Milou »Sitz!« sagte.

»Wir sollten das als Erfolg verbuchen und ein andermal weitermachen.« Levi belohnte auch Cinderella mit ein paar Leckereien. »Ich habe meinen Eltern versprochen, heute das Abendessen zuzubereiten.«

»Abendessen?« Milou horchte auf. War es denn schon so spät? Sie warf einen Blick auf ihre Uhr und bekam einen gewaltigen

Schreck. Konnte es wirklich sein, dass sie ganze *drei Stunden* im Park verbracht hatten?

Erst jetzt realisierte sie, dass ihre Beine, die unter dem Cape herausragten, klitschnass waren. Ihre Jeans klebte an ihr wie eine zweite Haut – eine furchtbar kalte zweite Haut. Auch Levi war vollkommen durchnässt.

Mit einem Mal bekam sie ein schlechtes Gewissen. Sie hatte die Zeit aus den Augen verloren und Levi musste das nun im wahrsten Sinne des Wortes *ausbaden!* »Tut mir leid, ich habe gar nicht gemerkt, dass …«

Aber er winkte bereits grinsend ab. »Mach dir keinen Kopf, ich bin das gewohnt vom Fußball. Da trainieren wir auch bei jedem Wetter. Ich mache mir mehr Sorgen, was passiert, falls kein Essen auf dem Tisch steht, wenn meine Schwestern nach Hause kommen.« Er zwinkerte verschmitzt und Milou lächelte zurück. Dann setzten sie sich in Bewegung und machten sich auf den Heimweg.

»Machst du öfters Essen für deine Familie?«

»Wir wechseln uns ab«, erklärte Levi. »Meine Mama ist ja Schauspielerin und oft unterwegs, und mein Papa arbeitet als Anwalt und kommt auch meist erst spät nach Hause. Mit dem Abendessen versucht eben jeder von uns einen Beitrag zu leisten.«

Milou fand das ziemlich schön – und bedauerte einmal mehr, keine Geschwister zu haben.

»An den Tagen, an denen ich kein Training habe, übernehme ich das Abendessen. Wir haben am Wochenende ein Spiel«, berichtete Levi, als sie den Park hinter sich ließen und eine Straße überquerten. »Deshalb kann ich dir leider auch erst nächste Woche wieder mit Eddie helfen.«

»Nächste Woche erst?« Milou verzog unbeabsichtigt die Mundwinkel. Sie wollte ihm eigentlich nicht zeigen, dass sie enttäuscht war.

»Ja«, sagte Levi und wirkte selbst ein wenig zerknirscht. »Der Trainer hat uns zwei Extratrainings aufgebrummt, weil wir die letzten Spiele haushoch verloren haben.«

Milou zögerte einen Augenblick, aber dann grinste sie frech. »Dann gib dir bitte ein bisschen Mühe, dass ihr am Wochenende gewinnt. Ich fürchte nämlich ›Sitz!‹ reicht bei Eddie nicht lange aus.«

Levi lachte. »Ich verspreche hoch und heilig, dass ich mich anstrenge! Und dann machen wir gleich am Montag mit ›Platz!‹, ›Komm!‹ und ›Bleib!‹ weiter!«

In diesem Moment erreichten sie Milous Hauseingang. Sie wollte sich gerade von ihm verabschieden, als Levi noch etwas einfiel. »Nächste Woche beginnen ja auch die Projekttage.«

»Projekttage?« Vor Schreck rutschte Milou das Lächeln aus dem Gesicht. Dieses Wort weckte viele Erinnerungen in ihr – und leider waren es nicht die schönsten.

Unsicher verlagerte Levi sein Gewicht von einem Fuß auf den anderen.

»Ich habe gesehen, dass wir in einer Gruppe sind, das heißt, wir könnten hinterher auch gemeinsam …«

»Ich wollte mit Lola tauschen!«, fiel Milou ihm hastig ins Wort. »Theater ist leider nicht so mein Ding.«

Levi kratzte sich nachdenklich an der Stirn. »Ich glaube, Lola hat schon mit einem anderen Mädchen getauscht. Ihr Name steht jedenfalls auf der aktualisierten Liste.«

Oh nein ... Milou schloss enttäuscht die Augen. Also war ihr in der Zwischenzeit ein anderes Mädchen zuvorgekommen. Aber dann fiel ihr ein, dass das eigentlich keinen Unterschied machte. Sie öffnete die Augen wieder und blickte auf ihre Schuhe herab. »Macht nichts. Ich gehe im Moment ja eh nicht in die Schule.«

»Ich weiß«, erwiderte Levi und wirkte nun noch etwas unsicherer. »Ich habe mir nur gedacht, dass ... Na ja, ich dachte ...« Was immer er sagen wollte: Er tat sich denkbar schwer damit, es auszusprechen. Aber schließlich gab er sich doch noch einen Ruck: »Ich fände es ziemlich cool, wenn wir gemeinsam dieses Projekt machen.« Dann drehte er sich um und verschwand so schnell die Straße hinab, dass Milou ihm kaum hinterhersehen konnte.

Cool – hatte er wirklich *cool* gesagt? Milou tigerte unruhig in ihrem Zimmer auf und ab. Sie hatte sich mühevoll aus ihrer klitschnassen Jeans geschält, einen Jogginganzug übergeworfen und sich eigentlich hinlegen wollen, aber an ruhig liegen bleiben war einfach nicht zu denken. Sie war viel zu aufgewühlt! Er hatte *cool* gesagt, *ziemlich cool* sogar – oder etwa nicht? Hatte sie sich das alles nur eingebildet? Hatte sie sich vielleicht verhört? Er hatte ja ein ganzes Stück weit weggestanden – und dann war da auch noch der Regen gewesen, der mit seinem leisen Rauschen alles etwas verfälschte. Aber was sollte er auch sonst gesagt haben?

Milou stieß ein Stöhnen aus und fuhr sich mit den Händen in die noch immer feuchten Haare. Wie konnte sie ein kleines Wort nur derart um den Verstand bringen? Wenn sie noch länger darüber nachdachte, würde sie am Ende durchdrehen! Ächzend ließ sie sich aufs Bett fallen.

Sie hatte natürlich nicht vor, wieder in die Schule zu gehen – erst recht nicht zu diesem blöden Theaterprojekt! Daran änderte auch die Vorstellung nichts, dass Levi das *cool* finden könnte. Oder etwa doch …?

Milou drehte sich verzweifelt zur Seite. So ein Schlamassel …

Aber mal ehrlich: Selbst wenn es ihr etwas bedeutet hätte, wenn Levi ein gemeinsames Projekt cool fände, war sie trotzdem noch immer kein Mensch für die Bühne. Was sollte sie also bei einem Theaterkurs?

Mit einem Mal kam ihr das Gespräch mit Oma wieder in den Sinn, das, das sie unten im Garten geführt hatten, als Milou Anni von der Projektwoche erzählt hatte. Aus irgendwelchen unerfindlichen Gründen hatte Oma an sie geglaubt. Sie hätte ihr zugetraut, auf einer Bühne zu stehen und zu wildfremden Menschen zu sprechen … Aber nein, das war doch Unsinn!

Nachdenklich stand sie vom Bett auf und trat ans Fenster. Es regnete noch immer und Omas kleiner Garten versank traurig im Grau. Mama und Papa waren schon seit Stunden unten und räumten mal wieder, aber den Garten hatten sie bisher nicht angerührt. Wer wohl dort unten einziehen würde? Bei diesem Gedanken krampfte sich Milou der Magen zusammen …

Irgendeine andere Familie würde in Zukunft dort leben und glücklich sein – dort, wo doch eigentlich Oma sein sollte. Ob die Nachmieter die kleine rote Bank wohl behalten würden? Selbst das Rot leuchtete nun nicht mehr ganz so kräftig wie früher, fand Milou. Konnte es sein, dass auch die Bank um Oma Anni trauerte …?

Die neuen Mieter würden vermutlich den Rasen mähen und der

Muffelkopf würde sich freuen. Milou stieß ein Schnauben aus und drehte sich trotzig vom Fenster weg.

Ihr Blick fiel auf das Honigglas mit Omas gesammelten Glückskeks-Botschaften. Milou zögerte, aber dann folgte sie ihrem inneren Drang, nahm das Glas vom Regal und setzte sich damit aufs Bett. Sie drehte den Deckel ab und nahm den Brief heraus, den Sunny ihr letzte Woche gegeben hatte.

Tausend gute Gründe, das hatte Oma geschrieben.

Angeblich gab es *tausend gute Gründe,* das Leben schön zu finden.

In den letzten Tagen hatte sie mit Omas Hilfe zumindest eine Handvoll gefunden – aber selbst dieser schöne Gedanke schmerzte irgendwie. Doch was, wenn Oma recht hatte? Wenn es tatsächlich noch viel mehr *gute Gründe* gab? Und was, wenn Milou sie dort finden würde, wo sie sie am wenigsten erwartete – in einem Theaterkurs zum Beispiel?

Nein, das war Blödsinn. Milou schüttelte den Kopf und steckte den Brief wieder zurück ins Glas. Vielleicht gab es wirklich noch ein paar gute Dinge auf dieser Welt, aber auf einer Bühne hatte sie ganz sicher nichts verloren. Sie konnte allerhöchstens als Souffleuse einspringen – aber auch das war hinfällig, denn sie war bei Weitem noch nicht bereit, wieder in die Schule zu gehen und damit basta!

Die nächsten beiden Tage verstrichen, ohne dass etwas Ungewöhnliches geschah. Milou verließ ihr Zimmer nun regelmäßig zum Essen, aber sie vermied es, allzu viel Zeit mit ihren Eltern zu verbringen. Zum Glück sprachen sie die Sache mit der Beerdigung nicht mehr an, und Milou versuchte sich einzureden, dass es damit vom Tisch war.

Auch Clemens und Florentine ging es nicht so richtig gut, das konnte Milou sehen.

Bei ihrem Vater wunderte sie das nicht allzu sehr, immerhin war Oma neben Florentine und Milou der wichtigste Mensch in seinem Leben und ihr Tod traf ihn hart und völlig unvorbereitet. Er hatte etwas abgenommen in den letzten Tagen, und zum ersten Mal fielen Milou die grauen Haare auf seinem Kopf und in seinem Bart auf.

Dass es Mama nicht gut ging, irritierte Milou allerdings. Im Gegensatz zu Papa war sie etwas runder geworden, irgendwie weicher, so als fehlten auf einmal die Ecken und Kanten, die sie sonst so gerne zur Schau getragen hatte. Offenbar trieb sie seit Omas Tod keinen Sport mehr – und auch ins Studio ging sie nicht regelmäßig. Dass Mama ihre Karriere vernachlässigte, passte so gar nicht zu ihr … Eigentlich hatte Milou nie das Gefühl gehabt, dass ihre Mutter allzu sehr an Anni hing. Sie waren immer freundlich miteinander umgegangen, keine hatte je ein schlechtes Wort über die andere verloren. Aber sie waren auch keine engen Freundinnen oder Verbündeten gewesen. Es hatte eher den Anschein gehabt, dass beide ganz froh waren, dass es die andere gab – aber mehr auch nicht. Deshalb passte es nicht so richtig ins Bild, wie es Mama nun erging. Zwischendurch war sie aufgekratzt und lebhaft wie an dem Sonntag mit der Überraschungspizza, aber dann sah sie wieder aus wie ein menschgewordener Schatten – mit tiefen dunklen Augenringen und hängenden Schultern.

Am Mittwochmorgen, als Milou müde aus ihrem Zimmer

schlurfte, hörte sie seltsame Geräusche aus dem Bad. Würgte da etwa jemand?

Vorsichtig legte sie ihr Ohr an die Tür und lauschte. Ja, es klang tatsächlich so, als würde sich jemand ganz brühwarm übergeben.

Behutsam drückte Milou die Klinke runter und trat ein. Der Anblick, der sie dort erwartete, verunsicherte sie allerdings zutiefst: Ausgerechnet ihre Mutter hing über der Kloschüssel und übergab sich.

»Alles in Ordnung?«, fragte Milou, obwohl sie genau wusste, dass *nicht* alles in Ordnung war. Sie konnte sich nicht erinnern, dass ihre Mutter jemals krank gewesen war! Papa fing sich regelmäßig Erkältungen oder Magen-Darm-Infekte ein und litt dann, als hätte sein letztes Stündchen geschlagen – aber Mama? Die war eigentlich immer gesund und fit.

Als sie sich jetzt zurücklehnte gegen den Badewannenrand, sah sie allerdings nicht besonders munter aus. Sie atmete schwer und Milou hatte das Gefühl, dass ihr Tränen in den Augen standen. Trotzdem rang sie sich tapfer ein Lächeln ab.

»Alles gut, mein Schatz. Ich habe nur was Falsches gegessen …«

Sie versuchte, vom Boden hochzukommen, aber Milou hielt sie zurück.

»Bleib sitzen, ich bring dir ein Glas Wasser.«

Ihre Mutter nahm dieses Angebot dankbar an.

Als Milou mit dem Wasser zurück war, setzte sie sich neben sie auf den Boden. »Ist wirklich alles gut?«

Florentine wollte automatisch bejahen, hielt beim Blick in Milous Augen aber inne. Dann legte sie ihre Hand auf die ihrer Tochter und seufzte.

»Im Moment geht es einfach drunter und drüber. Ich habe das Gefühl, dass kein Stein mehr auf dem anderen steht.«

Obwohl es ihrer Mutter zweifellos nicht gut ging, war Milou über dieses Geständnis fast ein bisschen froh.

»Ja, Omas Tod hat alles durcheinandergebracht.« Sie drückte die Hand ihrer Mutter ganz fest.

»Das stimmt«, flüsterte Mama und erwiderte den Händedruck. »Aber es gibt da noch etwas anderes …«

Alarmiert sah Milou ihre Mutter an. »Etwas anderes?« Was sollte das denn wieder bedeuten? Milou war keine große Freundin von Überraschungen und irgendwie zog sich ihr nun instinktiv der Magen zusammen.

Offenbar spürte das auch Florentine. Sie rang sich ein Lächeln ab und strich ihrer Tochter tröstlich über die Wange. »Nicht so wichtig, es geht nur um die Arbeit.«

»Um die Arbeit?« Milou runzelte die Stirn.

»Nichts, worüber du dir den Kopf zerbrechen musst, Schätzchen«, versicherte Mama und gab ihr einen Kuss auf die Stirn.

Milou zögerte einen Augenblick, ließ ihren Kopf dann aber gegen Mamas Schulter sinken. Wenn es wirklich nur um die Arbeit ging, würde sich mit Sicherheit eine Lösung finden.

Als Milou an diesem Nachmittag von ihrem Spaziergang mit Eddie zurückkehrte, erwartete sie eine weitere Papierschachtel auf der Fußmatte. Oma hatte ihr also wieder eine Botschaft geschickt!

Ohne dass sie es beabsichtigt hatte, zeichnete sich ein breites Grinsen auf Milous Gesicht ab. Sie war nach wie vor aufgeregt, aber mittlerweile schlich sich auch so etwas wie Vorfreude ein.

Hastig schob sie die kleine Schachtel in ihre Jackentasche, lieferte Eddie bei Frau Liebig ab und huschte zurück in die Wohnung.

In ihrem Zimmer riss sie den Deckel von der Schachtel und legte den Glückskeks frei. Neugierig zerbrach sie das Gebäck und zog den Zettel daraus hervor. Auch diesmal waren ein Ort und eine Zeit notiert:

Freitag um 14 Uhr, kleine Bank am Waldweg 3

Das sagte Milou mal wieder gar nichts. Sie schnappte sich Mamas iPad und googelte die Adresse, aber auch jetzt konnte sie nichts damit anfangen. Der Waldweg lag ziemlich weit draußen am Stadtrand, die Fahrt würde selbst mit Bus und Bahn mindestens eine Stunde dauern. Und was sich dort befinden sollte, konnte Milou sich beim besten Willen nicht vorstellen. Auf der Karte sah es nämlich so aus, als läge der Waldweg tatsächlich mitten im Wald. Was Oma sich wohl diesmal ausgedacht hatte?

Milou würde jedenfalls noch zwei lange Tage abwarten müssen, um es herauszufinden …

17

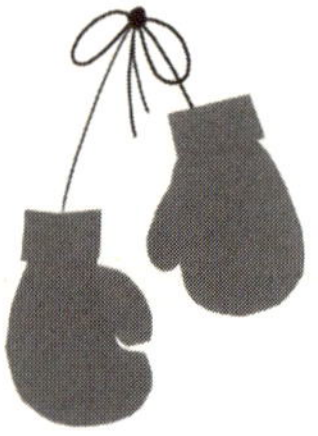

Am nächsten Tag war sie erst einmal mit Sunny verabredet. Natürlich wägte Milou gründlich ab, ob sie wirklich noch mal in diese Boxhalle fahren wollte, aber dann fiel ihr einfach kein guter Grund ein, es nicht zu tun. Heute war Sunny ja nicht einmal mehr fremd. Was hatte sie also zu verlieren? Außerdem hatte die Trainerin ihr ja auch noch etwas versprochen …

Diesmal war Milou natürlich deutlich besser vorbereitet. Sie hatte sich eine eigene Sporttasche gepackt und sogar Wasser und etwas Proviant eingesteckt, für den Fall, dass sie beim Training eine Stärkung brauchen würde. Außerdem nahm sie Eddie mit, ein bisschen Bewegung konnte dem Wirbelwind nicht schaden.

Sunny war kurz überrascht, als sie Milou und Eddie vor der Tür entdeckte, aber im nächsten Augenblick zeichnete sich bereits ein dickes, fettes Grinsen auf ihrem Gesicht ab. »Ich wusste gleich, dass du noch mal wiederkommst«, sagte sie und schloss heiter die Tür auf.

»Dafür sahst du eben grad aber ziemlich überrumpelt aus«, erwiderte Milou frech.

Sunny schüttelte amüsiert den Kopf. »Ich habe in diesem Job eben schon alles erlebt. Aber mal ehrlich: Ich bin wirklich froh, dass du da bist!«

»Weil du hoffst, dass ich dir noch ein paar Tricks beibringe?«, witzelte Milou und zwinkerte ihr zu.

Sunny blickte sie ungläubig an. »Bist du ganz sicher, dass du Milou bist? Das Mädchen von letzter Woche war nämlich nicht halb so schlagfertig wie du!«

Milou lächelte verschmitzt und fühlte sich irgendwie geschmeichelt. Tatsächlich fühlte sie sich heute ganz anders als in der vergangenen Woche – oder in all den Jahren zuvor. Irgendetwas war mit ihr geschehen in den letzten Tagen, etwas, was sich ehrlich gesagt gar nicht schlecht anfühlte. Und all das hatte sie Oma Anni zu verdanken.

»Hast du etwas herausgefunden?« Milou nahm Eddie auf den Arm und folgte Sunny in die Halle.

»Ich habe sogar eine ganze Menge Dinge herausgefunden«, erwiderte Sunny. »Ich weiß jetzt zum Beispiel, dass Elvis gar nicht tot ist, sondern bei unserem Hausmeister im vierten Stock lebt. Und außerdem habe ich herausgefunden, dass ich keine Austern vertrage, aber frag lieber nicht nach Details.« Milou blieb stehen und sah sie erwartungsvoll an, bis Sunny ertappt die Hände hob. »Okay, okay, ich weiß, was du meinst.« Sie ließ die Hände wieder sinken und wirkte ein wenig zerknirscht. »Willst du erst die gute oder die schlechte Nachricht hören?«

Milou zögerte. »Die schlechte.«

Sunny stemmte sich seufzend die Hände in die Hüften. »Mein Chef ist im Urlaub und deshalb konnte ich der Sache noch nicht weiter nachgehen.«

Na toll. Milou stöhnte leise. Dann war sie also ganz umsonst hergekommen … »Und was ist die gute Nachricht?«

Sunny grinste und deutete auf Eddie, der begeistert Milous Hand ableckte.

»Dein Hund darf beim Training zusehen! Aber wenn er mir auf eine der Matten kackt, muss ich ihm leider sein süßes Schwänzchen an den Ohren festbinden, verstanden?«

Milou starrte Sunny einen Augenblick sprachlos an – und prustete dann los vor Lachen.

Sunny grinste. »Ich bin froh, dass du das so positiv aufnimmst.« Dann wurde sie wieder ernst. »Aber jetzt mal ohne Spaß: Tiere sind hier eigentlich verboten. Aber der Kleine sieht nicht so aus, als würde er Probleme machen.«

Milou grinste schief und drückte Eddie an sich. Wenn die Trainerin sich da mal nicht irrte …

Das Training war heute noch viel anstrengender als letzte Woche, aber es lief gut. Milou hatte zum ersten Mal das Gefühl, dass ihre Arme und Beine überhaupt zu etwas gut waren und nicht zu lang, zu dünn oder gar überflüssig. Sunny brachte ihr bei, sich auf einzelne Punkte zu fokussieren und diese dann mit gezielten Fausthieben zu bearbeiten. Es machte so viel Spaß, sich zu konzentrieren und die Muskeln anzuspannen, dass sie gar nicht merkte, wie die Zeit verflog. Erst als Sunny vorschlug, eine kleine Pause einzulegen, spürte sie, wie ihr der Schweiß den Körper hinunterrann und wie sehr ihre Muskeln zitterten.

»Du schlägst dich wirklich gut«, sagte Sunny. »Im wahrsten Sinne des Wortes.«

Milou trank gierig einen Schluck Wasser. »Ich hätte auch nie gedacht, das irgendwann mal zu sagen, aber: Zuhauen macht Spaß!«

Sunny lachte und ließ sich auf einem der Säcke neben Milou nieder. »Das freut mich, aber ich muss dich trotzdem warnen: In der Schule darfst du nicht zuschlagen!«

»Kein Problem, ich gehe eh nicht in die Schule«, rutschte es Milou raus – aber als sie Sunnys irritierten Blick bemerkte, bereute sie ihr Geständnis sofort. »Also, zumindest im Moment nicht«, ergänzte sie, doch das machte die Sache auch nicht besser.

»Und warum nicht, wenn ich fragen darf?«

Milou stöhnte. Sie hatte keine Lust auf Diskussionen, deshalb spuckte sie es einfach geradeheraus aus: »Erstens ist meine Oma gestorben und ich muss das noch verarbeiten. Und zweitens …« Sie hielt inne und klammerte sich an ihrer Wasserflasche fest.

Sunny runzelte die Stirn. »Zweitens?«

»Zweitens sind die anderen in der Schule gemein zu mir. Ich gehe da nie wieder hin!« Innerlich machte sie sich bereits auf Widerworte gefasst, aber Sunny blieb einen Moment nachdenklich und still und nickte dann einfach nur.

»Verstehe.«

»Ernsthaft?« Tatsächlich war Milou von dieser Reaktion ziemlich überrascht.

»Natürlich. Ich habe in meinem Leben schon unzählige Kinder getroffen, und glaub mir: Ich weiß, dass man einige von denen eigentlich nur mit einer Rakete auf den Mond schießen möchte!«

Milou seufzte und ließ die Schultern sinken. »Für Tess wäre der Mond gar nicht weit genug weg. Ich glaube, die würde mich auch von da oben noch mit Popcorn bewerfen.«

Sunny musste lächeln. »Immerhin hast du deinen Humor noch nicht verloren.«

Milou verzog irritiert das Gesicht. »Ich habe überhaupt keinen Humor.«

»Machst du Witze?«, erwiderte die Trainerin und boxte ihr sacht in die Seite. »Du bist so ziemlich der witzigste Teenager, den ich kenne. Und das meine ich positiv! Du bist wirklich ziemlich lustig – auf eine intelligente Art. Die meisten Menschen denken, man muss albern und laut sein, um Leute zum Lachen zu bringen, dabei braucht man dafür vor allem eines.« Sie tippte sich an den Kopf.

»Du meinst einen Dachschaden?«, fragte Milou ernst und sofort lachte Sunny wieder los. So laut sogar, dass Eddie alarmiert aus seinem Nickerchen aufschreckte und bellend auf sie zustürmte.

»Nein, man muss *schlau* sein! Humor ist etwas sehr Intelligentes – und du bist ziemlich intelligent.«

Milou runzelte die Stirn. »Und das hast du an meinem rechten Haken erkannt, oder was?« Mittlerweile musste sie selbst ein bisschen grinsen. Vielleicht hatte Sunny ja recht. Vielleicht hatte sie tatsächlich Humor …?

Aber die Trainerin wechselte nun abrupt das Thema. »Also gut, lass uns noch mal über diese Tess reden.«

Milou rollte mit den Augen und stöhnte, aber Sunny ließ sich davon nicht beeindrucken.

»Ist sie die Einzige oder sind auch andere Kinder gemein zu dir?«

Über diese Frage musste Milou erst einmal nachdenken.

Bisher war sie davon ausgegangen, dass alle Kinder sie doof fanden. Aber als sie jetzt genau darüber nachdachte, fielen ihr auch nette Begegnungen ein – wie mit den Mädchen aus der Parallelklasse zum Beispiel. »Na ja«, sagte sie und blickte zu Boden. »Tess ist diejenige, die die Zügel in die Hand nimmt und sich über mich lustig macht. Aber die meisten anderen lachen gerne mit.«

Sunny nickte konzentriert. »Das ist der Klassiker. Aber es bedeutet auch, dass es noch Hoffnung gibt.«

»Hoffnung?« Wenn Milou an die Schule dachte, rief das so ziemlich das Gegenteil von *Hoffnung* in ihr hervor.

»Ja«, fuhr Sunny fort. »Es bedeutet nämlich, dass du im Grunde nur einen einzigen Störfaktor ausschalten musst.«

Milou, die gerade einen weiteren Schluck aus der Flasche genommen hatte, spuckte ihr Wasser in hohem Bogen aus und starrte Sunny entsetzt an. *»Ausschalten?* Du verlangst jetzt aber nicht von mir, dass ich Tess umlege, oder?!«

Sunny kicherte. »Dein rechter Haken ist wirklich ziemlich eindrucksvoll!« Doch als sie sah, dass Milou das alles nicht lustig fand, wurde auch sie wieder ernst. »Nein, du sollst sie natürlich nicht umlegen. Und du sollst sie auch nicht schlagen – zumindest nicht mit deinen Fäusten. Aber mit Worten bist du doch auch ganz gut, und das wäre ziemlich okay, finde ich.«

Irritiert runzelte Milou die Stirn. »Ich soll Tess mit Worten umhauen?«

»Ganz genau. Ich kenne diese Tess ja nicht, aber ich kenne viele andere Mädchen und Jungen in ihrem Alter. Und ich schätze mal, dass sie selber ein Problem hat, wenn sie derart auf anderen herumhackt. Die meisten Menschen, die andere kleinmachen, fühlen sich in Wirklichkeit selbst nicht gut genug und hoffen, durch ihre Gemeinheiten größer und stärker zu wirken. Du musst also nur irgendwie zu der echten Tess durchdringen und sie unschädlich machen.«

Milou dachte einen Moment über Sunnys Worte nach. Konnte es sein, dass sie recht hatte? War Tess selbst nur unsicher und versuchte es zu verbergen, indem sie Milou zum Opfer machte?

»Und wie soll ich das schaffen?«, hakte Milou irgendwann nach.

»Entweder auf dem diplomatischen Weg oder über knallharte Konfrontation«, erwiderte Sunny. »Bist du denn wirklich ganz allein oder gibt es in der Schule irgendjemanden, der dich unterstützen könnte?«

»Nein, ich bin allein«, rutschte es Milou wie aus der Pistole geschossen über die Lippen – aber dann fiel ihr plötzlich doch noch jemand ein.

Sunny merkte offenbar, dass sie in Gedanken innehielt. »Dein Blick verrät mir, dass da vielleicht doch jemand ist.«

Milou zögerte. Eigentlich war es lächerlich, darüber zu sprechen, aber … »Na ja. Da ist ein Junge. Aus der Parallelklasse.«

»Ein Junge?« Sunnys Augen leuchteten auf. »Bist du etwa verliebt?«

»Nein!«, antwortete Milou eine Spur zu schnell und entschlossen. »Er hat mir nur meinen Rucksack nach Hause gebracht. Und er gibt mir ein paar Erziehungstipps für Eddie.«

Sunny runzelte schelmisch die Stirn. »Dann ist er also in dich verliebt?«

»Auf keinen Fall!«, erwiderte Milou vehement. »Levi ist einfach nur … nett!«

»Nett?«

»Nicht so doof wie die anderen zumindest«, stellte Milou entschieden klar. »Aber wir sind auf gar keinen Fall verliebt, verstanden?«

Sunny hob entschuldigend die Hände. »Okay, okay. Ihr seid *nicht* verliebt! Aber denkst du, er würde vielleicht trotzdem an deiner Seite stehen, wenn es darauf ankommt?«

Milou holte nachdenklich Luft. Sie hatte keine Ahnung. Levi war nett zu ihr, ja, aber eigentlich immer nur, wenn sie gerade allein waren. Sie konnte nicht mit Sicherheit wissen, ob er wirklich auch vor den anderen auf ihrer Seite wäre.

»Er hat neulich zumindest behauptet, er fände es cool, wenn wir gemeinsam dieses Theaterprojekt machen …«

»Ein Theaterprojekt?«

»In der Schule«, sagte Milou und rollte vorsorglich mit den Augen. »Aber da gehe ich ohnehin nicht hin!«

»Wieso nicht?« Sunny sah sie erstaunt an.

»Weil ich erstens nicht in die Schule gehe im Moment, und zweitens niemals an einem Theaterprojekt teilnehmen würde. Das passt überhaupt nicht zu mir!«

Sunny presste kurz ihre Lippen aufeinander und atmete dann hörbar aus. »Ich finde, du solltest der Sache eine Chance geben. Manchmal weiß man gar nicht, wer oder was zu einem passt, bevor man es ausprobiert. Wer weiß: Vielleicht bist du die nächste Grace Kelly.«

Milou stöhnte auf. »Grace Kelly ist *tot!*« Tatsächlich kannte Milou die lange verstorbene Schauspielerin nur, weil ihre Mutter ein Riesenfan war und Milou schon früh gezwungen hatte, sich alle alten Filme mit ihr anzusehen.

Aber Sunny lachte schon wieder herzhaft auf. »Du hast auf jeden Fall ein Entertainment-Gen, meine Liebe!« Dann blickte sie sie nachdenklich an. »Aber ich meine es ernst. Dieser Junge …«

Sie hob erwartungsvoll die Augenbrauen, bis Milou endlich nachgab: »Er heißt Levi.«

»Also dieser Levi macht auch mit bei dem Projekt?«

»Ja«, bestätigte Milou. »Und Tess im Übrigen auch.«

»Ist doch wunderbar! Dann hast du die Chance, ihr in einem neuen Rahmen zu begegnen – mit einem Freund an deiner Seite. Das ist ganz anders als im Klassenraum.«

Milou zögerte. War das wirklich eine echte Chance – oder allerhöchstens die Chance, sich bis auf die Knochen zu blamieren? Auf der anderen Seite hatte Sunny natürlich recht: Levi war da. Und er hatte schon geäußert, dass er sich freuen würde, sie zu sehen. Vielleicht sollte sie sich wirklich überwinden und …?

»Nein, nein, nein!« Weiter kam Milou mit ihren Gedanken nicht, denn mit einem Mal sprang Sunny auf und stürmte fluchend auf Eddie zu. Der kleine Labradoodle hatte sich – während sie hier in aller Ruhe gequatscht hatten – mit allergrößter Entschlossenheit in einen der Boxsäcke verbissen und war nicht gewillt, jetzt wieder lockerzulassen.

Auch Milou eilte auf ihn zu und rief schätzungsweise hundertmal verzweifelt »Sitz!« und »Aus!«, bevor sie auf die Idee kam, ihn mit einem Stück Wurst aus ihrer Brotdose vom Sandsack wegzulocken. Der arme Ledersack sah wirklich erbärmlich aus …

Zerknirscht hob Milou Eddie auf ihren Arm und blinzelte Sunny schuldbewusst an. »Tut mir leid.« Dann rang sie sich ein aufmunterndes Lächeln ab. »Aber hey, sieh es doch mal positiv: Immerhin hat er nicht in die Ecke gekackt!«

Und in diesem Augenblick prustete Sunny derart los, dass sie sich vor Lachen nicht mehr auf den Beinen halten konnte …

18

Ich gehe wieder in die Schule. – Ich gehe nicht in die Schule. – Ich gehe wieder in die Schule. – Ich gehe nicht … Milou saß im Bus und zählte Ampeln ab so wie andere Menschen Gänseblümchenblätter. Wenn es ihr selbst so schwerfiel, eine Entscheidung zu treffen, würden die Ampeln, an denen der Bus hielt, das vielleicht für sie erledigen.

Tatsächlich dauerte die Fahrt zum Waldweg nun schon etwas über eine Stunde, aber zum Glück war Milou mehr als rechtzeitig aufgebrochen.

Als sie an der Endhaltestelle aus dem Bus stieg, hatte ihr die letzte Ampel vom Schulbesuch abgeraten. Auch gut. Oder sollte sie das ganze Spiel auf der Rückfahrt wiederholen …?

Milou war so sehr in ihre Gedanken vertieft, dass sie beinahe an der kleinen Bank vorbeilief, auf der sie verabredet war. Tatsächlich musste sie ein Stück zurückgehen und blickte sich dann erst einmal gründlich um, bevor sie sich setzte. Merkwürdig. Weit und breit war niemand zu sehen …

Der Waldweg hielt tatsächlich, was er versprach, denn ringsherum gab es wirklich nur eines: Wald, Wald und noch mehr Wald. Mit wem sollte sie hier denn bitte verabredet sein? Und wozu?

Ein Stück die Straße hinab konnte Milou einen Parkplatz ausmachen, aber auch der war leer. Allerdings war es ohnehin noch etwas früh.

Doch auch als der Zeiger ihrer Uhr weiterwanderte und die verabredete Zeit verstrich, blieb es ruhig. Langsam wurde Milou unsicher. Was sollte sie hier nur, so ganz allein, draußen am Waldrand? Was zum Teufel hatte Oma sich dabei gedacht?

Milous Blick fiel auf die Bushaltestelle schräg gegenüber. Von dort würde sie wieder nach Hause kommen. Doch als sie hinüberging und den Fahrplan studierte, zog sich ihr der Magen zusammen. Der nächste Bus zurück in die Stadt würde erst in einer Dreiviertelstunde kommen! Na toll ... Worauf hatte sie sich hier nur eingelassen?

Milou wollte sich gerade stöhnend auf die Bank im Haltehäuschen setzen, als sie in der Ferne ein Auto hörte. Und tatsächlich fuhr im nächsten Moment ein Wagen auf den Platzplatz und hielt mit quietschenden Reifen im Kies. Milou konnte es einfach nicht glauben. Sie kannte dieses Auto nur zu gut ...

Florentine wirkte abgehetzt, als sie die Fahrertür hinter sich zuschlug und den Wagen auf Knopfdruck verriegelte. Sie hatte sich Mühe gegeben, adrett zu wirken, hatte Make-up aufgelegt und sich die Haare frisiert, aber Milou sah trotzdem sofort, dass es ihr nicht richtig gut ging. Sollte sie etwa doch langsam anfangen, sich Sorgen zu machen?

Mama hatte sie vor lauter Hektik noch gar nicht bemerkt, warf im Gehen einen Blick auf ihr Smartphone und eilte dann auf die kleine Bank zu.

Spätestens jetzt gab es also keinen Zweifel mehr, dass Milou mit ihrer eigenen Mutter verabredet war. Trotzdem stand sie wie angewurzelt am Fleck und schaffte es nicht, sich zu rühren. Auch Florentine hatte offenbar keine Ahnung, dass sie ausgerechnet auf ihre eigene Tochter wartete. Sie stürmte auf die Bank zu und sah sich ungeduldig um – bis ihre Augen endlich zur Haltestelle wanderten.

Milou konnte nicht einschätzen, ob sie nur überrascht oder sogar entsetzt war, die eigene Tochter hier draußen am Waldrand vorzufinden – aber auf jeden Fall ließ Mamas Reaktion keinen Zweifel daran, dass sie definitiv nicht hinter der ganzen Sache steckte. Sie war wirklich denkbar verwirrt, als sie über die Straße stolperte und ihre Tochter verunsichert in die Arme schloss. »Was in aller Welt machst du denn hier, mein Schatz?«

»Ich … « Milou wusste einfach nicht, was sie sagen sollte. *Oma schickt mir Botschaften aus dem Himmel und hat mich und dich hierher gelotst?* Ihre Mutter würde doch höchstens einen Therapieplatz für sie organisieren, wenn sie ihr die Wahrheit unterbreitete …

Aber zum Glück musste Milou gar nicht weiterreden, denn ihre Mutter stieß bereits ein leises Stöhnen aus und gab sich selbst die Antwort: »Lass mich raten: Papa hat das hier arrangiert, oder?«

»Papa …?« Milou verstand nur Bahnhof, aber Mama rollte entschieden mit den Augen.

»Ich habe mich gleich gewundert über diese seltsame SMS heute Morgen! Unbekannte Nummer, kein Name ...« Mama hielt ihr das Display hin, aber Milou konnte auf die Schnelle nicht viel erkennen.

»Treffen um 14 Uhr bei der Bank am Waldweg 3«, zitierte Mama den Inhalt der Textnachricht und Milou zuckte zusammen. Offenbar hatte Mama dieselbe Botschaft wie sie bekommen – nur zwei

Tage später als Milou und als SMS auf dem Handy. Aber trotzdem ergab das alles irgendwie noch keinen Sinn. Was sollten sie denn hier mitten im Wald …?

Mama schob ihr Handy in die Tasche und seufzte. »Er hatte wohl doch ein schlechtes Gewissen, dass er ausgerechnet heute ins Labor muss und ich die Sache allein entscheiden sollte.« Mit einem dankbaren Lächeln griff sie nach Milous Hand. »Ich freue mich wirklich unheimlich, dass du da bist! Gemeinsam wird es viel leichter – aber ich hätte dich natürlich mit dem Auto mitgenommen, wenn ich das alles vorher gewusst hätte! Die Fahrt hier raus hat doch bestimmt zwei Stunden gedauert, oder?«

»Gemeinsam wird es leichter …?«, wiederholte Milou die Worte, die sie am meisten verunsicherten. Sie hatte wirklich keinen Schimmer, worauf ihre Mutter eigentlich hinauswollte. Und offenbar merkte nun auch Florentine, dass ihre Tochter keine Ahnung hatte, was sie hier eigentlich taten.

»Oh nein! Sag bitte nicht, er hat dir gar nicht verraten, worum es geht?«

Milous Blick sprach offensichtlich Bände, denn ihre Mutter schloss für einen Moment die Augen und stieß ein Ächzen aus. »So ein feiger Hund!« Dann gab sie sich einen Ruck, öffnete die Augen wieder und sah Milou gequält an. »Schätzchen, das hier … ist kein gewöhnlicher Wald.«

Kein gewöhnlicher Wald? Was sollte das denn jetzt wieder bedeuten?

Milou schüttelte belustigt den Kopf. »Willst du etwa behaupten, das hier ist ein Märchenwald und wir tanzen gleich mit den Sieben Zwergen durchs Unterholz?«

Mama starrte sie irritiert an. Offenbar überraschte es sie, dass ihre Tochter derart schlagfertig war. »Nein, mein Schatz«, sagte sie dann. »Dieser Wald hier ist … eine Art Friedhof. Ein Waldfriedhof, genau genommen.«

»Ein Friedhof?« Milou stockte der Atem. Langsam dämmerte ihr, worauf ihre Mutter hinauswollte.

Florentine nickte mitfühlend. »Papa und ich konnten uns einfach nicht vorstellen, deine Oma auf einem ganz gewöhnlichen Friedhof zu beerdigen. Hier ist es viel natürlicher. Aber der Termin für die Beisetzung ist bereits nächsten Freitag, und spätestens heute müssen wir uns für ein schönes Fleckchen entscheiden, damit die Verwaltung alles vorbereiten kann. Ich habe einen Plan von denen zugeschickt bekommen und …« Tatsächlich zog Mama nun einen kleinen Faltplan aus ihrer Handtasche. »Es gibt Lichtungen, Blumenwiesen – und natürlich Bäume, alle möglichen Bäume sogar!« Sie hielt Milou den Prospekt hin und wirkte dabei fast ein bisschen hilflos.

Schweigend blickte Milou auf das hübsch bedruckte Stück Papier. Ein Platz, wo Oma ihre letzte Ruhe finden sollte, darum ging es hier also …

Mama ließ zerknirscht ihre Schultern sinken. »Es tut mir leid, dass du damit jetzt so überrumpelt wirst. Papa und ich hatten uns natürlich von Anfang an gewünscht, dass du den Platz aussuchst, weil du ja auch am meisten Zeit mit Oma verbracht hast und am besten weißt, was ihr gefallen würde. Aber am Wochenende wolltest du nichts davon hören und …« Mama seufzte und verzog unglücklich das Gesicht. »Ich kann natürlich verstehen, wenn du das nicht möchtest, jetzt, wo dein Vater diesen kleinen Hinterhalt hier arrangiert hat. Du kannst es ruhig sagen, wirklich, dann fahre ich dich schnell nach Hause und komme hinterher noch mal wieder.«

Milou schloss die Augen und holte tief Luft. Ihr Herz schlug plötzlich wie verrückt und ihre Hände waren schweißnass.

Tatsächlich wäre sie gerade am liebsten davongelaufen. Es musste gar nicht nach Hause sein, Hauptsache, weg, weit weg.

Die Vorstellung, dass Omas Reise hier ein Ende nahm, war schrecklich und schnürte Milou die Kehle zu. Aber im Gegensatz zu ihrer Mutter wusste sie natürlich noch etwas anderes: dass es nicht ihr Vater war, der hinter der ganzen Angelegenheit steckte.

Papa war nicht derjenige, der ihr die Glückskekse zukommen ließ, da war sich Milou mittlerweile sicher. Es war Oma, die ihr diese kleinen Botschaften sendete – und heute hatte sie auch Mama eine aufs Handy geschickt. Und wenn es Oma Anni war, die sich wünschte, dass Milou ihre letzte Ruhestätte aussuchte, dann konnte sie unmöglich einfach weglaufen.

Oma war immer für sie da gewesen, sie hatte so viel für Milou getan – vor ihrem Tod, aber auch in den letzten, verrückten Tagen. Nein, Milou war es ihr einfach schuldig, ihr diesen Gefallen zu tun – auch wenn es verdammt wehtat.

»Du musst mich nicht nach Hause bringen«, sagte sie mit leiser, aber fester Stimme, als sie die Augen wieder aufschlug. »Ich werde mit dir ein Plätzchen aussuchen, das Oma ganz sicher gefallen hätte.«

Auf Mamas Gesicht zeichnete sich nicht nur Erleichterung, sondern auch große Dankbarkeit ab. Sie legte den Arm um ihre große Tochter, drückte ihr einen Kuss an die Schläfe, und dann spazierten sie gemeinsam los.

Milou war überrascht, wie schön es hier war. Von der Straße aus hatte es so gewirkt, als wäre der Wald dicht bewachsen, aber kaum waren sie ein paar Schritte auf einem kleinen verwunschenen Waldweg gegangen, lichtete sich das Gehölz.

Mama warf immer wieder einen konzentrierten Blick auf ihre Karte, aber Milou überzeugte sie schließlich, einfach dem Sonnenlicht zu folgen, das seine Strahlen durch die Baumkronen schickte und ihnen einen herrlichen Pfad wies – einen, dem ganz bestimmt auch ihre Oma gefolgt wäre.

Erst nach einer Weile des Treibenlassens fiel Milou auf, dass für einen Friedhof etwas Entscheidendes fehlte. »Ich sehe gar keine Grabsteine …«

»Das gehört zum Konzept. Es soll ja alles natürlich sein, Hand in Hand mit der Natur.« Mit einem Mal hielt Mama inne und sah sie verunsichert an. »Oder findest du es doof, wenn Oma keinen klassischen Grabstein kriegt?«

Milou dachte einen Augenblick darüber nach, schüttelte dann aber den Kopf. »Nein, ehrlich gesagt fand ich Grabsteine schon immer gruselig.« Sie lächelte vorsichtig und Mama stimmte erleichtert mit ein.

»Das würde auch gar nicht zu Oma passen«, fuhr Milou fort und holte noch einmal tief Luft. »Sie war immer so … fröhlich. Und lebendig.« Mit einem Mal spürte sie, wie sich ein dicker Kloß in ihrer Kehle bildete.

Instinktiv griff Mama nach ihrer Hand und drückte sie sanft. »Du vermisst sie sehr, oder?«

Was war das denn für eine Frage? Natürlich vermisste Milou ihre Oma – mehr sogar, als sie jemals etwas vermisst hatte.

»So sehr, dass es überall wehtut«, flüsterte sie und musste schlucken.

Mama nickte und schwieg einen Moment, so als wüsste sie nicht genau, was sie sagen sollte. Aber dann traute sie sich doch.

»Wo tut es am meisten weh?«

»Wie bitte?« Milou sah sie irritiert an.

»Wo genau? Hier oder hier und da?« Sie deutete nacheinander auf unterschiedliche Stellen ihres Körpers und wartete darauf, dass Milou ihr eine Antwort gab. Offenbar meinte sie diese Frage wirklich ernst.

»Na ja«, murmelte Milou und horchte tief in sich hinein. »Hier tut es auf jeden Fall ziemlich weh.« Zögerlich legte sie die Hand dorthin, wo ihr Herz schlug.

Mama blickte auf Milous Hand und nickte. Dann griff sie entschlossen in ihre große Handtasche. »Ich kann den Schmerz leider nicht verschwinden lassen, aber ich weiß vielleicht etwas, was ihn ein bisschen lindert.« Sie zog eine kleine bunte Blechdose aus der Tasche und irgendwo tief in Milous Gedächtnis regte sich eine längst verblasste Erinnerung.

»Ist das etwa …?«

»Die magische Pflasterdose, ja«, erwiderte Mama mit einem Lächeln. Und ehe Milou sichs versah, hatte ihre Mutter bereits ein buntes Pflaster aus der Dose genommen und es dorthin aufs Shirt geklebt, wo bis eben noch Milous Hand gelegen hatte.

Plötzlich lief eine Art Film vor Milous innerem Auge ab: So eine Dose hatte Mama früher immer dabeigehabt, wenn sie mit Milou unterwegs gewesen war! Sie hatte darin die allerschönsten Pflaster aufbewahrt, und wann immer Milou sich wehgetan hatte oder einfach nur traurig gewesen war, hatte sie eines der Pflaster auf die Schmerzstelle geklebt und alles war irgendwie besser geworden.

»Und? Wirken sie noch …?« Unsicher blickte Mama sie nun an.

Milou musste schlucken. »Schon. Aber hier tut es auch noch ein bisschen weh …«, flüsterte sie und deutete auf ihre Wange – genau da, wo ihr Omas Zimtküsse nun jeden Tag fehlten.

Mama zögerte nicht lange und verpasste ihr noch ein weiteres Pflaster – und dann noch eins und noch eins, überall dort, wo Milou Schmerz empfand. Nach fünf Minuten sah sie ziemlich bunt und irgendwie zusammengeflickt aus – aber beide mussten grinsen.

»Ich wusste gar nicht, dass du die Dose noch hast.«

Mama hob empört die Augenbrauen. »Machst du Witze? Diese Pflaster hier waren schon immer meine einzige Superkraft – du denkst doch nicht, dass ich die einfach so aufgebe!«

Milou musste lachen und plötzlich nahm Mama wieder ihre Hand.

»Hör zu, ich …«, setzte sie an, verstummte aber sofort wieder. Erst als Milou sie neugierig anblinzelte, holte sie Luft und sprach weiter. »Ich weiß, dass ich in den letzten Jahren viel gearbeitet habe und nicht besonders oft für dich da war, aber …« Sie senkte den Blick. »Aber ich hoffe, du weißt, dass ich dich lieb habe, Milou – mehr als alles andere. Und dass ich hier bin, wann immer du mich brauchst.« Ihre Stimme war auf einmal kaum mehr als ein Flüstern und Milou konnte sehen, dass ihr Tränen in die Augen stiegen.

Milou wollte etwas erwidern, wusste aber nicht, was. Mit einem Mal fehlten ihr nicht nur die Worte, sondern auch die Kraft, zu sprechen. Wann hatte Mama ihr das letzte Mal gesagt, dass sie sie lieb hatte …? Sie wollte schlucken, konnte aber nicht, weil sich plötzlich ein seltsames Gefühl ihre Kehle hinaufdrängte.

Erst war es nur ein komisches Kribbeln, ein Flattern im Hals und in der Brust, aber im Bruchteil weniger Sekunden wallte es sich zu einem gewaltigen Beben auf – und dann schoss auch schon ein heißer Strom aus Tränen über Milous Gesicht! Sie schluchzte und japste so sehr, dass sie kaum noch Luft bekam, ja, sie heulte, als hätte sie ihr Leben lang noch nie geheult und müsste jetzt alles nachholen.

Mama packte unglücklich ihre Schulter. »Milou! Ich wollte nicht … es tut mir leid, ich wollte wirklich nicht …«

Aber Milou schüttelte vehement den Kopf und drückte sich dann mit aller Macht an die Brust ihrer Mutter. Das hier war nichts Schlimmes, im Gegenteil – es war das, worauf sie so lange gewartet hatte: Endlich konnte sie weinen!

Um Oma Anni, aber auch um sich selbst. Um das, was sie fühlte, und das, was ihr so lange gefehlt hatte …

Mama verstand zum Glück schnell und tat das einzig Richtige: Sie schloss Milou fest in ihre Arme, sank mit ihr auf den feuchten Waldboden und drückte sie so lange an sich, bis das Beben und Schluchzen irgendwann abebbte.

Erst als nur noch ein paar wenige Tränen über ihre Gesichter liefen, lösten sie sich wieder voneinander und lehnten sich mit den Rücken gegen einen alten Baumstamm, der am Rande der Lichtung stand.

Eine Weile hielten sie sich an der Hand und schwiegen dabei, aber dann strich Mama Milou eine Locke aus der Stirn.

»Ich muss dir noch was erzählen …«

Verunsichert blinzelte Milou sie an. Tatsächlich schien Florentine noch etwas auf dem Herzen zu haben – Milou konnte sich nur beim besten Willen nicht vorstellen, was das jetzt noch sein sollte.

»Papa und ich wollten eigentlich erst später mit dir darüber reden, wegen der Sache mit Oma, aber auch weil …« Mama hielt inne und lehnte ihren Kopf zurück an den Baumstamm.

Und plötzlich bekam Milou es mit der Angst zu tun. »Was ist los, Mama?«

Florentine seufzte und biss sich auf die Unterlippe. »Du hast vielleicht bemerkt, dass es mir nicht besonders gut ging in letzter Zeit …«

Auf einmal schrillten Tausende Alarmglocken in Milous Kopf und alle Muskeln ihres Körpers versteiften sich gleichzeitig. Was, wenn ihre Mutter krank war – ganz schlimm krank? Wenn sie nicht nur ihre Oma verloren hatte, sondern bald auch …? Nein, sie konnte es nicht einmal in Gedanken in Worte fassen!

»Bist du …?« Milou versuchte, sich zusammenzureißen, aber plötzlich drehte sich alles um sie herum. »Wirst du etwa …?«

Offenbar bemerkte Mama die Panik in ihrem Blick und nahm Milous Gesicht schnell in ihre Hände. »Ich bin nicht krank, hörst du? Alles ist gut!«

Gut? Milou runzelte verunsichert die Stirn. »Aber was hast du dann?«

Wieder zögerte Mama. Dann sah sie ihrer Tochter direkt in die Augen und seufzte leise. »Ich bin schwanger, mein Schatz …«

19

»*Schwanger?*« Milou konnte nicht glauben, was sie gerade gehört hatte. Sie verstand das Wort, das aus Mamas Mund gekommen war, aber irgendwie konnte sie einfach nicht richtig greifen, was es bedeutete …

Mama schien augenblicklich zu bereuen, es überhaupt ausgesprochen zu haben, denn sie ruderte schnell zurück.

»Es ist noch überhaupt nicht sicher – ich bin ja schon über vierzig und eigentlich muss man die ersten drei Monate abwarten. Es kann also noch alles Mögliche passieren, deshalb …« Sie lehnte sich stöhnend zurück an den Baumstamm. »Tut mir leid. Ich hätte dir nichts sagen sollen. Papa und ich hatten eigentlich beschlossen, nicht mit dir darüber zu reden, solange es nicht absolut sicher ist.«

Milou schluckte ihre Sprachlosigkeit weg. »Du meinst, ihr seid euch nicht sicher, ob … ihr das Baby bekommen wollt?«

»Doch!«, erwiderte ihre Mutter wie aus der Pistole geschossen. »Wir wollen dieses Baby unbedingt! Aber in meinem Alter sind Fehlgeburten leider keine Seltenheit. Und …« Sie brach ab und suchte nach den richtigen Worten. »Es tut mir leid. Es tut mir wirklich leid, ich wollte das alles hier nicht ruinieren.«

Milou lehnte ihren Kopf zurück gegen den Stamm und atmete

ungläubig aus. Das waren ganz schön viele Überraschungen auf einmal. »Ich wusste gar nicht, dass ihr noch ein Kind wollt.«

Mama stieß ein leises Seufzen aus. »Das wollten wir auch nicht – zumindest nicht *jetzt*.«

Milou sah sie mit gerunzelter Stirn an, bis Florentine mit einem tiefen Atemzug nachgab. »Na ja, es gab Zeiten, da haben wir uns ein zweites Kind sehr gewünscht. Ein paar Jahre nach deiner Geburt.«

»Was?« Das hörte Milou zum ersten Mal. Sie hatte immer geglaubt, ihre Eltern hätten schon von ihr genug gehabt.

»Wir haben es lange probiert, aber …« Wieder hielt ihre Mutter unsicher inne. »Ich hatte damals drei Fehlgeburten. Es hat einfach nicht geklappt, das war ziemlich schwer. Vor allem für mich.«

Milou war sprachlos. Ihre Eltern hatten sich weitere Kinder gewünscht? Mama war sogar schwanger gewesen?

»Aber … davon wusste ich ja gar nichts.«

»Natürlich nicht«, erwiderte ihre Mutter und drückte Milous Hand. »Du warst ja noch viel zu klein, um das alles zu verstehen.« Sie seufzte wieder und blickte in die Ferne. Milou bemerkte, wie sich erneut Tränen in Mamas Augen sammelten. »Irgendwann haben wir unseren Kinderwunsch einfach begraben – wir hatten ja dich. Und außerdem hatte ich auf einmal die Chance zu moderieren, Karriere zu machen. Ich war ganz dankbar, mich einfach auf die Arbeit stürzen zu können.« Sie lächelte müde.

Für Milou waren das trotzdem noch ganz schön viele Puzzleteile auf einmal. »Aber … wieso bist du dann jetzt schwanger geworden?«

»Keine Ahnung«, erwiderte ihre Mutter und wirkte selbst aufrichtig verblüfft. »Das ist … irgendwie ein Wunder. Durch den

Sport und die Ernährung habe ich meine Periode nur unregelmäßig, und als ich vor zwei Wochen beim Arzt war, hat er den Hormonspiegel eigentlich nur gemacht, weil er überprüfen wollte, ob ich schon in den Wechseljahren bin. Aber dabei hat er dann rausgefunden, dass …« Ungläubig legte sie die Hand auf ihren Bauch. »Glaub mir, das war ein ziemlicher Schock für deinen Vater und mich.«

Milou runzelte die Stirn. »Freut ihr euch denn nicht?«

»Doch, natürlich! Aber … es ist alles nicht so einfach, mein Schatz. Wir sind nicht mehr die Jüngsten, und außerdem beruflich beide stark eingebunden. Und dann ist da auch noch die Sache mit Oma. Zwei Tage nach ihrem Tod haben wir erfahren, dass ich schwanger bin. Das ist nicht gerade die beste Zeit, um … Na ja, du weißt schon.«

»Um sich zu freuen«, ergänzte Milou nachdenklich. Sie wusste nur zu gut, was ihre Mutter meinte.

Mama nahm wieder ihre Hand. »Und um dir noch mehr zuzumuten. Papa und ich wissen, wie wichtig Oma für dich war. Jetzt ist sie weg, von einem auf den anderen Tag – und dann schneit auch noch so eine Nachricht ins Haus. Ein Baby würde alles verändern. Und wir waren uns nicht so sicher, ob das alles gut ist für dich.« Unsicher blinzelte Florentine sie an.

Milou konnte es noch immer nicht richtig fassen. Mama war schwanger. Sie würde ein Baby bekommen – und Milou einen Bruder oder eine Schwester … Mit einem Mal schossen wieder Tränen in ihre Augen – aber gleichzeitig drang ein seltsames Geräusch aus ihrer Kehle.

Mama zuckte erschrocken zusammen. »Alles in Ordnung bei

dir?«, hakte sie nach, doch dann bemerkte sie, dass Milou lachte, ja: Sie weinte und lachte gleichzeitig aus vollem Herzen! Und dann fiel sie ihrer Mutter auch schon um den Hals.

Florentine erwiderte die Umarmung verunsichert. »Bist du wirklich okay?«

»Ja«, erwiderte Milou, löste sich von Mama und sah ihr aufgeregt in die Augen. »Ich war noch niemals mehr okay, Mama!« Dass sie ein Geschwisterchen bekommen würde, war tatsächlich die schönste Nachricht ihres Lebens!

Sie saßen noch eine ganze Weile unter dem Baum und lachten und weinten gemeinsam. Mit der Zeit bemerkten sie ein kleines Eichhörnchen, das sie erst aus der Ferne beobachtete, dann aber immer näher kam.

»Ich glaube, der kleine Kerl hält uns für verrückt«, sagte Mama und grinste.

Und vielleicht hatte sie sogar recht. Aber mit einem Mal war es Milou egal, was die anderen von ihr hielten. Sie war zufrieden wie noch nie – und war das nicht alles, was zählte?

»Ich fürchte, wir müssen jetzt mal weiter nach einem schönen Plätzchen für Oma suchen«, riss Mama sie aus ihren Gedanken. »Mein Rücken ist schon ganz steif, und wenn ich noch länger hier sitze, komme ich vermutlich nie wieder hoch.«

Milous Blick fiel auf das Eichhörnchen, das sich nur noch eine Armlänge von ihr entfernt befand und ganz offensichtlich den Baum hinaufklettern wollte, an dem sie und Mama lehnten.

»Ich glaube nicht, dass wir noch weitersuchen müssen«, verkündete Milou und musste lächeln.

Mama, die sich gerade mit einem lauten Ächzen vom Waldboden erhoben hatte, blinzelte irritiert. »Nicht?«

»Nein«, erwiderte Milou und sah sich zufrieden um. »Wir haben den perfekten Platz schon gefunden.« Sie strahlte ihre Mutter an.

Die brauchte einen Augenblick, aber dann ging ihr ein Licht auf. »Du meinst … *hier?*«

»Oma würde es hier auf jeden Fall gefallen«, stellte Milou fest. Und mehr noch: Insgeheim war sie sich sogar sicher, dass ihre Oma jetzt gerade hier war, dass Oma sie persönlich hierhergeführt hatte. Hier hatte sie endlich um Anni geweint – und zeitgleich von einem Wunder erfahren! Welcher Ort konnte also besser geeignet sein?

»Du hast recht«, erkannte nun auch ihre Mutter und lächelte. »Hier ist es einfach perfekt.«

Den ganzen Nachmittag über kam Milou aus dem Grinsen gar nicht mehr heraus. Frau Liebig fragte, ob sie in der Lotterie gewonnen hätte, als sie Eddie etwas später als sonst für den gemeinsamen Parkrundgang abholte.

»Nein, ich habe einfach nur eine besonders schöne Nachricht bekommen«, erwiderte Milou und gab sich große Mühe, ihr Lächeln zumindest ein wenig im Zaum zu halten. Aber es hatte keinen Sinn – und irgendwann strahlte sie einfach völlig ungeniert in die Welt hinaus.

Die Leute, die ihr im Park entgegenkamen, erwiderten ihr Lächeln oder grüßten sogar freundlich, obwohl sie sie gar nicht kannten.

Es dauerte eine Weile, bis Milou verstand, dass auch das an ihrem Lächeln lag. *Wie man in den Wald hineinruft, so schallt es auch heraus,* hatte Oma oft gesagt. Und dass jeder Mensch ein Spiegel für die Gesellschaft sei. Aber Milou hatte nicht geahnt, dass es tatsächlich funktionierte – und dass es so einfach war! Wenn sie lächelte, dann lächelten auch die anderen. Genau wie bei einem Spiegelbild. Das wiederum bedeutete, dass sie gar nicht so hilflos war, wie sie immer angenommen hatte. Sie konnte etwas ändern, und sie hatte ein paar Zügel in der Hand. Vielleicht sollte sie tatsächlich endlich anfangen, sie zu nutzen? Was, wenn sie am Montag wirklich wieder in die Schule gehen würde? Sie konnte sich die Sache ja zumindest mal ansehen. Wenn es nicht gut lief, könnte sie auch einfach wieder gehen. Mama und Papa drängten sie nicht – und Levi würde sich sogar darüber freuen, wenn sie zur Projektwoche käme. Und wer weiß: Vielleicht würde sich am Ende ja tatsächlich etwas ändern?

Milou stolperte über ihre eigenen Gedanken und hielt einen Augenblick inne. Vor ein paar Wochen noch hätte sie nie daran geglaubt, dass das alles möglich wäre. Aber jetzt ging sie mit dem Nachbarshund Gassi, war mit Levi befreundet, hatte Boxtraining und bekam ein Geschwisterchen! Noch vor wenigen Tagen war sie felsenfest überzeugt gewesen, dass sie nie wieder würde lachen können – und jetzt war Milou so glücklich wie nie zuvor. Wenn das alles möglich war, dann war es vermutlich auch nicht ausgeschlossen, dass sie die Sache mit der Schule und Tess in den Griff bekommen konnte.

Als Milou mit Eddie zurück nach Hause spazierte, überkam sie kurz ein schlechtes Gewissen. War es in Ordnung, dass es ihr so gut ging – jetzt, wo Oma nicht mehr da war? Sie schloss für einen Moment die Augen und horchte in sich hinein. Aber egal, wie tief sie horchte und grub, sie konnte einfach kein schlechtes Gefühl entdecken. Vielmehr spürte sie etwas Warmes, ganz tief unten in ihrer Mitte – und das war die Gewissheit, dass Oma hinter alldem steckte. Anni hatte ihr nicht nur Kekse und Termine geschickt, nein, sie hatte ihr auch ein Wunder beschert – ach was, eigentlich gleich eine Tüte voller Wunder! Und Milou war dankbar wie nie.

Nicht einmal der alte Muffelnachbar konnte ihre Laune heute trüben. Er kam gerade aus dem Hauseingang nebenan und beäugte Milou und Eddie skeptisch.

»Du siehst ja aus, als hättest du ein Honigkuchenpferd verdrückt«, grummelte er und deutete dann auf Eddie. »Seit wann hast du denn ein Fellknäuel auf vier Beinen?«

»Eddie gehört mir nicht«, antwortete Milou und nahm den Labradoodle vorsorglich auf den Arm. »Ich gehe nur mit ihm Gassi. Aber an Ihrer Stelle würde ich ihn nicht als ›Fellknäuel‹ bezeichnen – er ist nämlich ziemlich eitel und es könnte passieren, dass er Ihnen dafür in den Garten kackt.«

Muffels Mund klappte auf und mit Sicherheit würde er gleich empört losmotzen – aber Milou setzte sich bereits in Bewegung und verschwand kichernd mit Eddie im Hauseingang.

Papa war ganz schön schockiert, als er spät am Abend aus dem Labor kam und von Mama erfuhr, was heute geschehen war. Milou lag schon in ihrem Bett und tat so, als würde sie schlafen, während sie ihre Eltern konzentriert belauschte.

»Ich schwöre dir hoch und heilig, dass ich nichts damit zu tun habe!«, wiederholte Papa nun bereits zum dritten Mal, aber Mama nahm ihm das offenbar nicht ab.

»Und wer hat mir dann diese SMS geschickt, die mich direkt zu Milou geführt hat?«

»Keine Ahnung, aber *ich* war das sicher nicht!«

»Komm schon, Clemens. Ich bin ja nicht böse! Ich finde das eigentlich ganz süß, wie du das hinter unserem Rücken arrangiert hast.«

»Aber ich habe nichts arrangiert, hörst du nicht zu?«

»Okay, okay«, erwiderte Mama ein wenig genervt, weil sie überzeugt war, dass Papa nur eine Show abzog. »Und wer hat mir dann bitte diese anonyme Nachricht geschickt?«

»Das würde ich auch zu gerne wissen!«

Plötzlich wurde es für einen Moment mucksmäuschenstill in der Küche.

»Oh Gott. Denkst du etwa …« Mama hielt inne. »Denkst du, es könnte ein *Stalker* gewesen sein?«

»Ich hoffe nicht«, murmelte Papa. »Aber ganz wohl ist mir bei dem Gedanken nicht. Gerade jetzt, in deinem Zustand …«

Milou presste die Lippen aufeinander. Vielleicht sollte sie doch rausgehen und ihren Eltern endlich die Wahrheit sagen? Dass kein verrückter *Stalker* dahintersteckte, sondern Oma Anni? Würden die beiden ihr das denn glauben?

In diesem Augenblick sprach Mama bereits weiter. »Aber in der ganzen Zeit auf dem Friedhof ist uns keine Menschenseele begegnet. Ein Stalker hätte doch die Gelegenheit ergriffen und mich angesprochen.«

Das schien auch Papa zufriedenzustellen. »Und Milou hat das mit der Schwangerschaft wirklich gut aufgenommen?«

»Mehr noch«, erwiderte Mama und klang dabei selbst ziemlich glücklich. »Sie freut sich richtig!«

»Ich hätte es trotzdem besser gefunden zu warten. Was, wenn wieder etwas schiefgeht?«

Milou stieß ein Stöhnen aus. Seit wann war ihr Papa denn so ein Schwarzmaler? Sie hielt es jetzt jedenfalls keine Sekunde länger in ihrem Bett aus, sondern stürmte in Windeseile rüber in die Küche und stellte sich entschlossen in den Türrahmen. »Diesmal geht nichts schief!«

Papa blinzelte sie überrascht an. »Ich dachte, du schläfst schon.«

Aber Milou ging nicht darauf ein, sie hatte nämlich noch mehr zu sagen. »Und ihr müsst euch auch keine Sorgen machen wegen irgendeinem Stalker. Ich weiß, wer hinter der ganzen Sache steckt.«

Jetzt war auch Mama überrascht. Sie warf Papa einen intensiven Blick zu, und dann sahen beide äußerst interessiert zu Milou.

Papa räusperte sich. »Du weißt also, wer euch beide auf den Friedhof gelockt hat?«

»Ich weiß es, ja«, gab Milou zu und verschränkte die Arme vor der Brust.

Mama runzelte erwartungsvoll die Stirn. »Und wer bitte …?«

Milou zögerte. »Ich glaube nicht, dass ihr das verstehen würdet.«

Jetzt klappten beiden die Münder auf.

»Ich bitte dich«, protestierte Papa. »Es gibt auf dieser Welt *nichts,* was ich nicht verstehe! Ich bin ziemlich schlau, schon vergessen?«

Milou kam gar nicht dazu, etwas zu erwidern, weil in diesem Moment bereits Mama auflachte.

Empört blinzelte Papa sie an. »Lachst du mich jetzt etwa aus?«

»Würde ich nie tun«, behauptete Mama, kicherte dabei aber derart ungeniert, dass Papa ihr natürlich kein Wort glaubte.

»Daran, dass ich überdurchschnittlich intelligent bin, gibt es ja wohl keinen Zweifel!«

»Hier oben vielleicht, mein Lieber«, sagte Mama und tippte sich an die Stirn. »Aber der Rest lässt dich manchmal ganz schön alt aussehen.«

»Wie bitte?!« Papa konnte gar nicht glauben, was er hier gerade hörte. »Wo und wann sehe ich denn bitte alt aus?«

»Am Herd zum Beispiel«, mischte sich nun auch Milou in die Diskussion ein und grinste. »Deine Pfannkuchen sind so gruselig schlecht, da beschwert sich sogar der Sondermüll.«

Mama, die gerade einen Schluck Wasser getrunken hatte, prustete derart leidenschaftlich los, dass das Wasser in hohem Bogen aus ihrem Mund über den Tisch spritzte. »Entschuldigung«, flüsterte sie, sah dabei aber nicht gerade so aus, als würde ihr wirklich etwas leidtun.

»Okay, okay«, gab Papa zu und hob entwaffnend die Hände. »Kochen gehört nicht zu meinen Stärken – aber das hat ja auch nichts mit Intelligenz zu tun!«

»Hast du schon mal was von *emotionaler Intelligenz* gehört?«, fragte Mama und zwinkerte, während sie die Wasserspritzer notdürftig mit ihrem Ärmel wegwischte.

»Emotionale Intelligenz? Willst du mich veräppeln?« Papa sah Mama geradezu empört an. »Ich bin praktisch der Inbegriff von emotionaler Intelligenz! Wenn du unter *emotionaler Intelligenz* im Lexikon nachschlägst, findest du da mein Bild!«

Wieder musste Mama loslachen, und auch Milou grinste.

»Ist doch super, Papa! Dann weißt du mit Sicherheit auch, dass ihr mir vertrauen könnt«, sagte sie und sah ihre Eltern ernst an.

»Ihr müsst euch keine Sorge machen wegen dieser anonymen Nachricht. Ich weiß wirklich, von wem sie kommt – und ich garantiere euch, es ist niemand mit bösen Absichten.«

Mama und Papa warfen sich einen Blick zu.

»Ist gut, mein Schatz«, gab Mama dann nach und seufzte. »Wir vertrauen dir.«

»Wirklich?« Papa sah sie überrascht an.

Mama zuckte mit den Schultern. »Ich kann mich nicht erinnern, dass Milou uns irgendwann enttäuscht hätte.«

»Aber sie ist noch ein Kind, Florentine!«

»Ein ziemlich verantwortungsbewusstes Kind!«

Milou konnte nicht glauben, dass ausgerechnet Mama so hinter ihr stand. Vielleicht lag das an den Schwangerschaftshormonen?

Papa stieß ein leises Stöhnen aus, nahm sich die Brille ab und rieb sich müde über das Gesicht. »Ich habe das Gefühl, ich bin in einem Irrenhaus gelandet. Meine Frau wird von einem geheimnisvollen Fremden auf den Friedhof gelockt, meine Tochter geht nicht mehr in die Schule …«

Bei diesem Stichwort räusperte sich Milou. »Ich habe mir überlegt, dass … ich am Montag wieder hingehe.«

Wieder wechselten Mama und Papa einen überraschten Blick.

»Du meinst … in die *Schule?*«, hakte Papa ungläubig nach.

»Nein, auf den Jahrmarkt, Clemens«, neckte Mama ihn und rollte amüsiert mit den Augen. »Natürlich in die Schule, wohin denn sonst?« Dann sah sie nachdenklich zu Milou. »Bist du dir wirklich sicher? Bis zu den Sommerferien ist es jetzt nicht mehr lange, diese Zeit könnten wir sicher mit Entschuldigungen überbrücken. Jeder versteht, dass dich die Sache mit Oma ziemlich mitnimmt.«

Milou holte tief Luft. Es war doch gerade so lustig gewesen hier in der Küche – konnte sie da wirklich mit der Wahrheit rausrücken? Aber vielleicht war es ja gerade deshalb der richtige Zeitpunkt. Milou hatte sich ihren Eltern selten so nah gefühlt.

»Ich will es zumindest versuchen. Aber …« Sie hielt inne und blickte die beiden unsicher an. »Omas Tod ist ehrlich gesagt nicht der einzige Grund, warum ich nicht in die Schule zurückwollte.« Und dann setzte sie sich zu Mama und Papa an den Küchentisch und begann endlich zu erzählen …

Mama bekam sich gar nicht mehr ein, als sie hörte, was Tess getan hatte. Am liebsten wäre sie vom Fleck weg aufgesprungen, hätte sich die Adresse von der Klassenliste geschnappt und wäre höchstpersönlich bei Milous Klassenkameradin aufmarschiert, um ihr gehörig die Ohren lang zu ziehen! Aber zum Glück war Papa ja auch noch da und gab sein Bestes, um sie zu beruhigen.

»Du kannst jetzt nicht einfach bei dieser fremden Familie aufkreuzen, Florentine!«

»Natürlich kann ich das, mein Lieber!«, erwiderte Mama entschlossen. »Und du wirst dich wundern, was ich *noch* alles kann!«

Papa stöhnte leise. »Es ist schon fast elf!«

»Na und? Denkst du, mein Zorn interessiert sich für irgendeine Uhrzeit?«

»Aber du kannst dieser Tess nicht einfach die Ohren lang ziehen!«

»Wieso nicht?«, zischte Mama wutentbrannt. »Dieses Mädchen hat Milou schikaniert – Mobbing nennt sich das, Clemens, *Mobbing!*«

»Das stimmt, und wir werden etwas unternehmen, das verspreche ich dir«, versuchte Papa ihr den Wind aus den Segeln zu nehmen. »Aber Milou ist mit Sicherheit nicht geholfen, wenn sie nächste Woche mit der Schlagzeile *Moderatorin Florentine Hufschneider attackiert zwölfjähriges Mädchen um Mitternacht an der Wohnungstür* konfrontiert wird!«

Jetzt hielt Mama tatsächlich inne. Ein wenig eingeschnappt presste sie ihre Lippen aufeinander. »Jede Presse ist gute Presse.«

Papa zog seine Augenbrauen in die Höhe. »Ich glaube nicht, dass das auch für Milou gilt.«

Damit hatte er natürlich recht. Milou rechnete es ihrer Mutter zwar hoch an, dass sie Tess eigenhändig zur Rechenschaft ziehen wollte, aber wirklich geholfen wäre ihr mit so einer Aktion nicht. Trotzdem fühlte es sich überraschend gut an, Mama in ihrem Rücken zu wissen.

»Ich krieg das schon hin, Mama.«

»Wirklich?« Florentine sah sie überrascht an – aber dann stürmte sie auch schon auf Milou zu, um sie fest an sich zu drücken. Und im nächsten Augenblick spürte Milou, wie auch ihr Vater seine Arme um sie schlang.

»Wir kriegen das gemeinsam hin«, sagte er und drückte die beiden an sich.

Mama verzog amüsiert das Gesicht. »Erzähl mir jetzt bitte nicht, du willst diese Tess mit deinem Intellekt vermöbeln?«

Clemens blickte sie kurz empört an und grinste dann vielsagend. »Ich tue, was ich tun kann.«

Milou runzelte verunsichert die Stirn. »Und was soll das genau bedeuten?«

»Das werdet ihr morgen schon sehen«, verkündete Papa stolz, drehte sich dann um und verschwand den Flur hinab in Richtung Badezimmer.

Mama schaute ihm irritiert nach. »Ich weiß nicht, wie es dir geht – aber jetzt habe ich irgendwie Angst …«

Milou musste kichern, und im nächsten Moment drückte Mama sie schon ein weiteres Mal fest an sich.

Tatsächlich hatte Papa offenbar Großes vor. Als Milou am nächsten Morgen in aller Herrgottsfrühe aus ihrem Zimmer schlurfte, war er jedenfalls schon schwer beschäftigt damit, unzählige Taschen mit allem Möglichen vollzustopfen.

»Fahren wir in den Urlaub?«, hakte Milou irritiert nach, aber Papa schüttelte geschäftig den Kopf.

»Wir machen nur einen Ausflug, Schätzchen.«

»Einen Ausflug?« Milou betrachtete die vielen Taschen und Beutel. Hier in der Küche sah es eher so aus, als wollten sie zwei Wochen verreisen.

»Ja, einen Tagesausflug. Ich will dir zeigen, was Oma früher immer mit mir gemacht hat, wenn es mir schlecht ging. Heute Abend sind wir wieder zurück.«

»Heute Abend erst?« Milou verzog das Gesicht. »Wann soll ich denn dann mit Eddie Gassi gehen?«

»Wie wäre es mit jetzt gleich?«, erwiderte Papa und grinste.

»Jetzt gleich?«

»Ich muss sowieso noch ein bisschen Proviant einpacken. Und bis deine Mutter bereit ist zum Aufbruch, wird es vermutlich auch noch dauern. Im Moment kommt sie echt schwer aus den Federn.« Papa zwinkerte und widmete sich wieder seinen Taschen.

Milou zögerte. Warum eigentlich nicht? Dann würde sie heute eben mal eine Morgenrunde mit Eddie drehen …

Tatsächlich tat ihr der kleine Spaziergang an der frischen Luft ganz gut. Mittlerweile erkannte sie schon etliche Gesichter im Park, die ihr bis vor Kurzem noch völlig fremd gewesen waren. Schon seltsam, wie so ein kleiner Hund aus Fremden Freunde machte. Na ja, Freunde waren die Jogger und anderen Hundebesitzer natürlich noch nicht – aber sie erwiderten zumindest Milous Lächeln und einige grüßten sogar. Und das fühlte sich ziemlich gut an, ja: Es fühlte sich toll an, nicht länger allein zu sein! Verrückt, wie sich ihr Leben in den letzten Wochen verändert hatte. Oma war zwar nicht mehr da, aber sie hatte ihr so viele Gründe an die Hand gegeben, das Leben trotzdem schön zu finden. *Tausend gute Gründe,* dachte Milou, und dabei breitete sich ein warmes Gefühl zwischen ihrer Brust und ihrem Bauchnabel aus. Natürlich waren nicht auf einen Schlag alle Probleme gelöst, aber Schritt für Schritt und mithilfe ihrer Eltern würde sie auch die letzten Stolpersteine aus dem Weg räumen.

Doch als sie mit Eddie zurück in ihre Straße bog, machte Milous Herz plötzlich einen gewaltigen Satz: Vor ihrem Hauseingang stand ein Krankenwagen – und das konnte wohl kaum etwas Gutes bedeuten!

Im Bruchteil einer Sekunde kam Milou ein schrecklicher Gedanke: Was, wenn es um Mama ging – um Mama und das Baby? Milou wollte den Gedanken gar nicht zu Ende denken, und auch Eddie war plötzlich ganz unruhig. Mit wild schlagendem Herzen schnappte Milou sich den kleinen Hund und eilte mit ihm auf den Hauseingang zu. Die Notfallsanitäter hatten die Tür unten eingehängt, sodass Milou gar nicht mehr klingeln musste, sondern gleich ins Haus stürmen konnte.

Bitte lass es nicht Mama sein, sprach sie sich im Geiste zu, während sie die Treppe im Eiltempo hochschoss. *Bitte, bitte nicht meine Mama und unser Baby!*

Als sie das oberste Stockwerk fast erreicht hatten, begann Eddie plötzlich zu bellen – und im nächsten Moment hielt Milou wie versteinert inne: Die Sanitäter standen nicht an der Tür ihrer Familie, sondern gegenüber bei Frau Liebig ...

Im ersten Augenblick war Milou erleichtert, weil es offenbar nicht um Mama und das Baby ging – doch im nächsten Moment zog sich ihr Herz zusammen. Dass Frau Liebig einen Rettungswagen brauchte, war natürlich auch überhaupt nicht gut! Eddie zappelte nun so wild herum, dass Milou ihn kaum auf ihrem Arm halten konnte. Behutsam drückte sie ihn an sich, um ihn zu beruhigen, schluckte einmal kräftig und tat dann die letzten Schritte auf die Wohnungstür von Frau Liebig zu. Schon vom Türrahmen aus konnte Milou erkennen, wie die alte Nachbarin von den Sanitätern auf eine Trage geschnallt wurde. Während die Männer gut auf sie einredeten, stöhnte und ächzte die arme Frau Liebig ganz fürchterlich – und als sie dann noch Milou und Eddie in der Tür stehen sah, verzog sie unter Schmerzen das Gesicht. »Milou ...«

Nun endlich nahmen auch die Sanitäter Notiz von ihr.

»Gehörst du zur Familie?«, fragte ein großer Kerl mit hoher Stirn und kleiner runder Brille.

»Nein, ich ... gehe nur mit dem Hund Gassi«, antwortete Milou und drückte Eddie noch ein bisschen fester an sich.

»Ist das Ihr Hund?«, fragte der andere, kleinere Sanitäter Frau Liebig. Sie nickte mühsam und blickte dann gequält zu Milou.

»Ich bin auf einen Hocker gestiegen, um ein Buch oben aus dem Regal zu nehmen«, berichtete sie und stieß vor Schmerzen ein Stöhnen aus. »Das war wohl nicht die allerbeste Idee …«

Eddie bellte und zappelte noch immer wie von Sinnen, und Milou hatte allergrößte Mühe, ihn auf dem Arm zu behalten.

In diesem Moment hörte sie plötzlich die Stimme ihres Vaters hinter sich.

»Was ist denn hier los?« Er stand verunsichert in der eigenen Wohnungstür und starrte rüber zu Milou und den Sanitätern – und dann erschien auch schon Mama an seiner Seite. Sie sah selbst etwas blass aus, wandte sich aber sofort besorgt an die stöhnende Nachbarin.

»Oh nein, Frau Liebig! Ist etwas passiert?«

»Ich bin gestürzt«, presste Frau Liebig hervor und versuchte, beschwichtigend abzuwinken. »Ist alles nur halb so wild …«

»Halb so wild?«, mischte sich nun der große Sanitäter ein. »Das glaube ich ehrlich gesagt nicht. Ich tippe darauf, dass die Hüfte gebrochen ist. Es wird eine ganze Weile dauern, bis Sie wieder richtig laufen können. Aber hundertprozentige Sicherheit haben wir natürlich erst, wenn wir in der Klinik sind.« Nachdenklich blickte er zu Milou. »Der Hund kann aber nicht mitkommen.«

Eddie jaulte auf, als hätte er jedes Wort verstanden. Milou drückte ihn noch einmal extrafest an ihre Brust.

Frau Liebig versuchte, sich auf der Liege aufzurichten. »Aber … mein Eddie … hat doch sonst niemanden …«

»Dann müssen wir ihn für eine Weile ins Tierheim bringen«, stellte der kleinere Kollege klar, der offenbar kein großer Tierfreund war.

»Tierheim?« Milou spürte, wie sich schlagartig ihre Kehle zuschnürte. Neulich erst hatte sie eine Reportage über die katastrophalen Zustände in Tierheimen gesehen – dort konnten sie Eddie unter keinen Umständen abgeben!

Aber zum Glück mischte sich in diesem Augenblick ihr Papa ein und stieß ein deutlich hörbares Stöhnen aus. »Also gut, wir nehmen den Hund. Aber nur, bis Frau Liebig wieder auf den Beinen ist!«

Milou schaute ihn völlig verdattert an. Hatte sie sich gerade verhört? Ausgerechnet ihr Papa erklärte sich bereit, den kleinen Eddie aufzunehmen? »Aber … ich dachte, du kannst ihn nicht ausstehen, weil er immer deine Schuhe zerkaut?«

»Na ja«, murmelte Papa beinahe ein wenig zerknirscht. »Wir können ihn ja schlecht aus seiner gewohnten Umgebung reißen. Und außerdem kann ich ein bisschen männliche Unterstützung zurzeit ganz gut gebrauchen – meine beiden Lieblingsdamen tanzen mir nämlich gerade ganz schön auf der Nase herum. Ich sage nur: *emotionale Intelligenz …*«

Milou und Mama wechselten einen Blick – und dann breitete sich auf ihren Gesichtern auch schon ein fettes Grinsen aus.

»Du bist der Allerbeste!«, verkündete Milou, stolperte auf ihren Vater zu und gab ihm einen dicken Kuss.

»Dann muss ich mir also keine Sorgen um Eddie machen?«, fragte Frau Liebig, die für den Transport bereits ins Treppenhaus geschoben wurde.

»Nein, das müssen Sie nicht«, erwiderte Mama und strich sanft über die Hand der Nachbarin. »Wir passen gut auf Ihren Eddie auf, werden Sie nur schnell wieder gesund.«

So kam es also, dass sie nicht zu dritt losfuhren, sondern zu viert.

Papa bereute seine Großmütigkeit schon bald und fluchte leise vor sich hin, weil Milou alle Nase lang darauf bestand, eine Pause zu machen, damit Eddie sich die Beine vertreten und seine Blase leeren konnte – und trotzdem pinkelte der kleine Hitzkopf am Ende noch sehr eindrucksvoll auf Papas Schonbezüge …

Nichtsdestotrotz hatten sie eine Menge Spaß auf der Fahrt. Mama und Papa erzählten witzige Geschichten von der Arbeit und Milou beichtete ihnen, dass sie sich im Park neulich beinahe von einem Kindergartenkind hatte adoptieren lassen. Sie zählten Autos in unterschiedlichen Farben, bildeten Quatschwörter aus Nummernschildern und plünderten die Provianttaschen, die Papa in weiser Voraussicht gepackt hatte. Und dann erwähnte Mama auch noch, dass sie mit dem Gedanken spielten, umzuziehen. Milou hielt erschrocken inne und musste kräftig schlucken. In den ersten Tagen nach Omas Tod hätte ihr dieser Gedanke nichts ausgemacht, im Gegenteil. Vermutlich hätte sie sich sogar gefreut, alles hinter sich zu lassen. Aber jetzt sah die Sache eben ein bisschen anders aus … Offenbar fiel ihren Eltern auf, dass Milou von dieser Vorstellung nicht gerade begeistert wirkte.

»Keine Sorge«, wandte Papa ein und trommelte heiter gegen das Lenkrad. »Deine Mutter spricht nur davon, dass wir in Omas Wohnung einziehen könnten.«

»Omas Wohnung?« Milou blinzelte ihre Eltern überrascht an.

»Der Vermieter hat uns das jedenfalls letzte Woche angeboten«, fuhr Mama fort. »Und eigentlich finden wir diese Idee gar nicht so schlecht. Wir hätten dann den Garten und außerdem müsste ich das Baby nicht immer in den vierten Stock hochtragen.«

Das Baby … Milou konnte noch immer nicht glauben, dass das alles wirklich wahr war. Zum Glück zwickte Eddie sie in diesem Moment sanft in den Finger.

Weil sie aber noch immer nichts sagte, drehte Mama sich nun unsicher zu ihr um. »Wir machen das natürlich nur, wenn du nichts dagegen hast. Wenn das für dich wegen Oma nicht infrage kommt, dann …«

»Nein«, unterbrach Milou sie und konnte ihr Grinsen kaum noch unterdrücken. »Ich finde, das ist eine richtig, richtig gute Idee!«

»Dann ist es also beschlossen«, fasste Papa zusammen und zwinkerte ihr über den Rückspiegel zu. »Aber komm ja nicht auf die Idee, das Fellknäuel im Garten herumlaufen zu lassen – ich habe wirklich keine Lust, in meiner wohlverdienten Freizeit, Kackhäufchen einzusammeln.«

Und das war das Stichwort für Milou und Mama, ein weiteres Mal herzhaft aufzulachen.

Obwohl die Fahrt einige Stunden dauerte, verging die Zeit wie im Flug. Milou ahnte schon früh, dass sie in Richtung Küste fuhren, aber Papa gab sich bis zuletzt ziemlich geheimnisvoll.

Tatsächlich hielt er irgendwann auf einem kleinen Parkplatz inmitten von hohen Sanddünen. Dafür, dass Sommer war, war es erstaunlich leer.

»Dieses Fleckchen hier war damals schon ein Geheimtipp«, freute sich Papa und dann stiegen sie endlich aus dem Wagen. Über ihren Köpfen kreischte eine Handvoll Möwen, die sofort Eddies Aufmerksamkeit auf sich zogen, und der warme Wind strich ihnen allen die Haare aus dem Gesicht. Milou nahm Eddie auf den Arm, schloss die Augen für einen Moment und atmete ein paarmal tief ein und aus. Wie das hier roch! Nach Salz und Meer und Glücklichsein! Und obwohl sie nicht sagen konnte, woher dieses Gefühl genau kam, spürte sie auf einmal eine große zimtschneckenwarme Zufriedenheit, die sich von ihrem Bauchnabel aus in ihrem ganzen Körper ausbreitete.

Auch Mamas Augen leuchteten vor Begeisterung, und Papa strahlte, als hätte er gerade eine Lichterkette verschluckt.

»Hier ist Oma immer mit mir hingefahren, wenn mir alles über den Kopf gewachsen ist«, erzählte er mit einem aufgeregten Glühen auf den Wangen, während er seinen Rucksack schulterte. »Das war ihre Maßnahme, um mir eine Portion von allem Möglichen zu verpassen: Selbstvertrauen, Mut – oder auch einfach nur ein bisschen Spaß.«

Milou blickte ihn mit gerunzelter Stirn an.

»Guck nicht so«, neckte Papa sie. »Für dich hat sie doch dasselbe gemacht mit ihren kleinen Leckereien. Aber damals, als ich ein Kind war, hat sie noch gar nicht gebacken.«

Oma hatte gar nicht ihr Leben lang gebacken? Das hörte Milou heute zum ersten Mal. In ihrer Vorstellung war Anni schon mit einer Schürze und einem Backlöffel bewaffnet auf die Welt gekommen …

Und auch eine andere Sache verstand sie noch immer nicht. »Es ist schön hier, keine Frage. Aber ich wüsste wirklich nicht, wo es hier so was wie *Mut* geben sollte.«

Papa schlug grinsend die Kofferraumklappe zu und deutete begeistert auf die Dünen, die sich rings um sie herum auftaten wie meterhohe Wellen aus Sand. »Genau dort!«

Milou und Mama wechselten einen irritierten Blick – aber Papa marschierte bereits fest entschlossen los. Erst als er den Rand der höchsten Dünen erreicht hatte, drehte er sich zu den beiden um. »Kommt ihr jetzt oder wollt ihr warten, bis euch der Wind davonträgt?«

Verblüfft sah Milou zu Mama, aber die zuckte nur mit den Schultern. »Dein Vater ist ein Mann voller Rätsel …«, murmelte sie, und dann folgte sie ihm durch den Sand.

Milou schüttelte ungläubig den Kopf, setzte Eddie ab und stolperte ihren Eltern hinterher.

»Du hast jetzt aber nicht vor, ganz nach oben zu stiefeln, oder?«, hakte Mama nach, als Papa etwa auf halber Höhe der Riesendüne innehielt, um sich erneut nach ihnen umzusehen.

»Natürlich müssen wir ganz nach oben! Machst du etwa schon schlapp?«, witzelte er und Mama blinzelte ihn empört an.

»Na hör mal, ich bin schwanger!«

»Und ich habe zu viele Donuts gegessen – aber jammere ich etwa rum?«, erwiderte Papa und klopfte sich grinsend auf den Bauch.

Milou musste kichern. Sie konnte sich nicht erinnern, wann sie ihren Vater zuletzt so ausgelassen erlebt hatte. Er blühte hier zwischen den Sandbergen geradezu auf, als wäre er plötzlich selbst wieder ein kleiner Junge.

Mama hingegen schien von dieser Verwandlung nur so halb begeistert. »Ich streike!«, verkündete sie schnaufend und ließ sich in den Sand sinken.

Milou konnte das verstehen. Auch ihr lief bereits der Schweiß an den Schläfen hinab. Aber an Aufgeben war nicht zu denken – sie wollte erst noch wissen, was Papa vorhatte.

»Bleib doch einfach hier sitzen, Mama«, schlug sie deshalb vor. »Ich lasse Eddie bei dir und Papa ist sicher auch ganz froh, wenn er seinen Rucksack nicht ganz da hoch schleppen muss.«

Und tatsächlich protestierten weder Papa noch Mama, sondern folgten Milous Anweisungen aufs Wort.

Während Mama es sich also mit Eddie auf halber Höhe gemütlich machte, wagten sich Milou und ihr Vater Hand in Hand an den letzten Anstieg. Je höher sie kamen, desto deutlicher konnte Milou das Rauschen des Meeres hören, das bisher hinter den Dünen verborgen geblieben war. Und dann, als sie den höchsten Punkt endlich erreicht hatten, konnte sie es auch sehen: das Meer! Wie ein endloser grauer Teppich lag es dort unten zu Füßen des feinen Sandstrandes und verschmolz irgendwo am Ende der Welt mit dem Horizont. Mit tatkräftiger Unterstützung des Windes peitschte es seine mächtigen Wellen gegen den Strand, als wollte es brüllen.

»Das ist schön«, flüsterte Milou und blickte in die Ferne.

Papa grinste. »Das ist eine Naturgewalt!«, korrigierte er sie. »Und *du* kannst auch eine sein!«

»Ich?« Irritiert verzog Milou das Gesicht. »Und wie soll das bitte gehen?«

»Ganz einfach«, antwortete Papa und wandte sich dem Meer zu. Dann streckte er seine beiden Arme in den Wind und begann voller Inbrunst zu schreien.

Milou zuckte erschrocken zusammen, musste aber lachen, als sie feststellte, dass ihr Vater tatsächlich ziemlich glücklich aussah, während er dort auf dem Scheitelpunkt der Düne stand und gegen das Meer anbrüllte.

»Jetzt bist du dran«, forderte er sie auf, als ihm die Luft ausging, und puffte seiner Tochter grinsend in die Seite.

»Aber ich …« Milou wusste nicht, was sie sagen sollte. Konnte sie wirklich einfach so losschreien? Das war doch gar nicht ihre Art.

»Mach einfach«, ermutigte Papa sie. »Am Anfang kommst du dir vielleicht etwas albern vor, aber wenn du erst mal drin bist, fühlt es sich ziemlich gut an!«

Milou hatte trotzdem noch Zweifel. Aber was hatte sie schon zu verlieren? Ihr Papa war ja auch kein lauter Typ und hatte es dennoch geschafft.

Sie holte tief Luft, streckte die Arme von sich und stieß einen Schrei aus, der sofort vom Wind verschluckt wurde.

»Für den Anfang nicht schlecht«, meinte Papa und stupste sie noch einmal an. »Aber da ist noch viel mehr drin!«

Er wandte sich dem Meer zu und brüllte erneut los – und plötzlich packte Milou echte Entschlossenheit! Sie breitete ihre Arme aus und stimmte lautstark in sein Gebrüll ein.

Und mit einem Mal spürte sie es. Papa hatte recht. Dieses Brüllen tat nicht nur gut, nein, es machte auch irgendwie frei. Und nicht nur das: Es ließ tatsächlich etwas Mut in ihr wachsen!

Erst war es nur ein zartes Pflänzchen, aber dann wurde es immer kräftiger. Mit jedem Schrei gegen Wind und Wellen fühlte Milou sich sicherer, stärker und mutiger. Und jetzt konnte sie auch das Glühen und die Begeisterung verstehen, die Papa gepackt hatten: Das hier war einfach herrlich – es war wirklich eine Naturgewalt! Eine, die auch Milou mit sich riss!

Eine ganze Weile standen Papa und Milou dort oben auf der Düne und schrien lachend gegen das Meer an. Erst als ihnen endgültig die Luft ausging, senkten sie ihre Arme wieder und Milou strahlte übers ganze Gesicht.

»Das war toll!«

»Das stimmt«, sagte Papa zufrieden. »Aber das war noch nicht alles.«

Milou runzelte irritiert die Stirn. Was sollte denn jetzt noch kommen? Bedeutungsvoll deutete Clemens mit dem Blick nach unten. Er wollte doch nicht etwa …?

Oh nein! Milou verzog sorgenvoll das Gesicht, aber in diesem Moment bestätigte Papa bereits ihre Vermutung.

»Der Abstieg gehört dazu. Wir springen einfach nach vorne und rauschen hinunter – das ist wie Surfen!«

Misstrauisch runzelte Milou die Stirn. »Ich wusste gar nicht, dass du surfen kannst.«

»Kann ich auch nicht«, gab Papa zu und lächelte schelmisch. »Aber ich stelle es mir genau so vor! Was ist, vertraust du mir?« Er hielt ihr seine Hand hin.

Milou zögerte, aber dann ergriff sie sie. Was hatte sie schon zu verlieren? War heute nicht irgendwie alles möglich?

»Auf drei«, flüsterte Papa – und dann zählten sie gemeinsam, sprangen nach vorne und ließen sich kreischend vom Sand nach unten tragen.

21

»Ich kann immer noch nicht glauben, dass ihr einfach gesprungen seid!«

Mama war nach wie vor fassungslos. Ihr Schrei war definitiv lauter und schriller gewesen als der, den Papa und Milou beim Runterrauschen von sich gegeben hatten. Und als die beiden glucksend und paniert von feinem Sand unten gestrandet waren, war sie gemeinsam mit einem wild bellenden Eddie auf sie zugestürmt.

»Bist du verrückt geworden?«, hatte sie Papa angefaucht und ihr Blick hatte nicht den leisesten Zweifel daran gelassen, dass sie das alles kein bisschen witzig fand – ganz im Gegensatz zu Milou und Clemens, die sich vor Lachen im Sand kringelten …

»Sei nicht so streng mit ihm«, hatte Milou sie irgendwann beruhigt und ihren armen Vater verteidigt. »Es ist ja alles gut gegangen – und ich fühle mich wirklich ganz wunderbar.«

Das hatte Mama zumindest für den Moment besänftigt.

Aber auch jetzt noch, Stunden später auf der Heimfahrt, sah sie Papa immer wieder vorwurfsvoll von der Seite an. Dabei hatten sie so einen herrlichen Tag miteinander verbracht!

Nach dem Dünenabenteuer hatten sie Mama zwischen den Sandhügeln hindurchgelotst und gemeinsam unten am Strand gepicknickt, waren mit Eddie am kilometerlangen Ufer entlanggetollt und hatten dabei sowohl die Zeit als auch alle Alltagssorgen vergessen. Milou hatte sich zwischendurch mehrfach kneifen müssen, um sicherzugehen, dass sie nicht träumte. Aber tatsächlich war all das hier echt. Das hier war ihr Leben – auch wenn sie es einfach nicht glauben konnte!

Als sie jetzt zurück über die Schnellstraße fuhren, schlummerte Eddie auf ihrem Schoß, und auch Milou stellte fest, wie müde sie war. Gähnend lehnte sie ihren Kopf gegen die Scheibe und schloss die Augen. Nicht mehr lange, dann würde sie ins Land der Träume hinübergleiten …

»Wisst ihr, was der perfekte Abschluss für diesen Tag wäre?«, murmelte sie verschlafen.

»Papa, der sich ein Würstchenkostüm anzieht und für uns singt?«, fragte Mama neckisch und zwinkerte ihr zu.

Clemens stöhnte und verdrehte die Augen. »Sehr witzig! Du weißt genau, dass das eine absolute Ausnahme war, Florentine. Ich trage keine Kostüme mehr – es sei denn, ich darf nächstes Mal ein Einhorn sein …«

Er grinste und Mama stimmte mit ein. Auch Milou begann zu kichern.

Doch dann drehte sich Mama zu ihr um. »Spaß beiseite, mein Schatz: Was wäre denn der perfekte Abschluss für diesen Tag?«

Milou seufzte verträumt. »Omas Zimtschnecken! Frisch aus dem Ofen, noch schön warm und mit diesem köstlichen klebrigen Zuckerguss …«

Wie auf Knopfdruck sogen ihre Eltern gleichzeitig Luft ein.

»Oh ja, die wären jetzt perfekt«, murmelte Papa versonnen.

Einen Moment lang schwiegen sie zu dritt, hatten alle dasselbe Bild vor Augen, denselben Duft in der Nase und denselben Geschmack auf der Zunge – und plötzlich kam Milou ein Gedanke.

»Habt ihr beim Ausräumen eigentlich Omas Rezepte gefunden?«

»Rezepte?« Mama runzelte die Stirn.

»Sie muss sie doch irgendwo aufgeschrieben haben«, fuhr Milou fort. »Es wäre jedenfalls furchtbar, wenn wir all die Leckereien niemals nachbacken könnten. Irgendwo muss sie ihre Rezepte notiert haben, ich weiß nur nicht wo.«

Während Milou müde durch Eddies Fell kraulte, warf Mama Papa plötzlich einen Blick zu, der irgendwie besorgniserregend war.

»Sagt bitte nicht, ihr habt sie gefunden und weggeschmissen?«, hakte Milou alarmiert nach.

»Wir haben nichts weggeschmissen«, beruhigte Mama sie schnell, warf Papa aber direkt einen weiteren Blick zu.

Langsam wurde es Milou zu bunt. »Was ist denn dann?«

Papa stieß ein langes leises Seufzen aus. »Wir müssen dir etwas erzählen, Krümelchen. Über deine Oma …«

»Über Oma?« Irritiert verzog Milou das Gesicht.

Wieder seufzte ihr Vater und rieb sich mit der linken Hand über das Gesicht. Dann ließ er seine Schultern sinken. »Es war ihr zeit ihres Lebens ziemlich unangenehm, deshalb haben wir nie darüber gesprochen, aber …« Er verstummte – schon wieder!

So langsam verlor Milou wirklich die Geduld. »Aber was? Jetzt spuckt es endlich aus und mach nicht so ein Riesending daraus.«

Zerknirscht schaute Papa sie über den Rückspiegel an – und dann spuckte er es tatsächlich aus: »Oma konnte weder lesen noch schreiben, Milou. Deshalb sind wir uns ziemlich sicher, dass sie ihre Rezepte nirgendwo aufgeschrieben hat.«

»Was?« Mit einem Mal war Milou hellwach und fiel aus allen Wolken. »Aber … das stimmt nicht! Oma hat …« Sie senkte ihre Lider und versuchte sich krampfhaft Omas Welt vor Augen zu rufen. Das konnte unmöglich wahr sein! Hatte Oma ihr nicht zwischendurch vorgelesen? Hatte sie keine Zeitschriften gekauft …?

Aber nein, tatsächlich fiel Milou jetzt nichts davon ein. Sie hatten die meiste Zeit gemeinsam im Garten oder in der Küche verbracht, zum Lesen oder Schreiben hatte es dort gar keinen Anlass gegeben. Plötzlich fiel ihr sogar auf, dass Oma bis auf ein paar Bildbände gar keine Bücher besessen hatte. Wie hatte ihr das nur all die Jahre entgehen können?

Und dann kam ihr auf einmal noch ein anderer Gedanke – ein Gedanke, der alles auf den Kopf stellte, ihre ganze Welt.

Milou wurde schlagartig schwindelig. »Aber die Glückskekse …«

Mama runzelte die Stirn, als verstünde sie nicht, worauf Milou hinauswollte.

»Oma hat mir doch immer diese Glückskekse gebacken und kleine Botschaften darin versteckt – handgeschriebene Botschaften.«

Papa blickte sie überrascht im Spiegel an. »Egal, wo Oma diese Botschaften herhatte, selber geschrieben hat sie sie jedenfalls nicht.«

Milou blieb die Luft weg. Oma hatte die Zettel gar nicht selbst beschriftet?

Sie hatte ihr keine selbst verfassten Botschaften in die Brotdose gesteckt?

Aber … das war schlicht und ergreifend nicht möglich! Und schlimmer noch: Wenn Oma ihr zu Lebzeiten keine Nachrichten geschrieben hatte, wie hatte sie sie ihr dann nach dem Tod schicken können?

Plötzlich war Milou speiübel. »Halt an!«, brüllte sie so laut, dass Eddie aus dem Schlaf aufschreckte und auch ihre Eltern vorne erschrocken zusammenzuckten.

»Geht's dir …?«, setzte Mama an, aber Milou fiel ihr kreischend ins Wort.

»Haltet sofort das verfluchte Auto an, sonst öffne ich die Tür einfach so!«

Papa sah Mama alarmiert an und parkte den Wagen dann tatsächlich auf dem Seitenstreifen. Zum Glück war auf der Straße nur wenig Verkehr. Der Motor war kaum verstummt, da riss Milou bereits die Tür auf und taumelte auf den trockenen Rasen. Ihr war schlecht und alles drehte sich – um sie herum, in ihrem Kopf und in ihrem Magen!

Das waren einfach zu viele Informationen auf einmal – und vor allem mussten, mussten, mussten sie falsch sein!

Eddie tapste unsicher um Milou herum, aber sie konnte sich jetzt gerade nicht um ihn kümmern. Schritt für Schritt schleppte sie sich immer weiter weg vom Auto und versuchte, einen klaren Gedanken zu fassen, aber es klappte einfach nicht. Sie konnte ja nicht einmal zuverlässig atmen!

Mama und Papa stolperten besorgt hinter ihr her und versuchten, sie zu umarmen, aber Milou stieß sie wütend von sich. Sie spürte, dass wieder Tränen in ihren Augen brannten und sich eine gewaltige Wut-Welle in ihr aufbäumte.

»Was ist denn los, Krümelchen?«, versuchte Papa, zu ihr vorzudringen. »Nicht lesen zu können ist doch kein Grund, wütend zu werden.«

»Ist es *doch!*«, fauchte Milou und drehte sich zornig zu ihm um. »Das bedeutet nämlich, dass Oma mir gar keine Botschaften geschickt hat! Damals nicht und auch nicht heute!« Ihre Stimme überschlug sich vor Aufregung und schon liefen ihr heiße Tränen über die Wangen.

»Heute …?« Papa blieb irritiert stehen.

Mama schnappte sich Eddie vom Boden und tat ein paar Schritte auf Milou zu. »Du denkst also, Oma … schickt dir Botschaften?«

»Die SMS am Friedhof zum Beispiel!«, schluchzte Milou. »Ich dachte, die kommt von ihr! Aber wenn sie gar nicht schreiben konnte …« Milou taumelte. Alles, woran sie geglaubt hatte, stürzte gerade vor ihren Augen zusammen. »Das kann nicht sein, das kann unmöglich wahr sein!«, redete sie sich hastig und entschieden zu. »Oma konnte ganz sicher schreiben! Sie hat mir jeden Tag Zettelchen geschrieben und in den Keksen versteckt. Und Sunnys Chef hat sie eine E-Mail geschickt und dir eine SMS und … sie hat auch auf Frau Liebigs Suchanzeige wegen Eddie geantwortet!« Milou presste hilflos ihre Lippen aufeinander und versuchte, ihre Tränen unter Kontrolle zu kriegen. Oma musste einfach hinter all diesen Botschaften stehen – alles andere ergab doch gar keinen Sinn!

Mama und Papa wechselten einen weiteren besorgten Blick. Dann drückte Mama Papa den Hund auf den Arm, ging auf Milou zu und nahm ihr Gesicht in ihre Hände, um ihr direkt in die Augen zu sehen.

»Wer immer diese Nachrichten geschickt hat, hat es mit Sicherheit gut gemeint. Aber es war definitiv nicht Oma Anni, mein Schatz.«

Jedes Wort fühlte sich an wie ein Schlag in die Magengrube. Aber der Ausdruck in Mamas Augen ließ keinen Zweifel daran, dass sie die Wahrheit sagte.

Oma Anni konnte nicht lesen und auch nicht schreiben.

Sie hatte ihr niemals eine Botschaft geschickt, nicht jetzt und nicht damals, nein. Vielmehr hatte sie Milou all die Monate belogen …

Diese Erkenntnis tat viel mehr weh als alles andere zusammen. Oma Anni, ihre engste Vertraute, hatte sie belogen und betrogen, sie hatte ihre Enkelin hintergangen und verraten! Das konnte Milou ihr nicht verzeihen, niemals …

Sie spürte, wie sich irgendetwas tief in ihr drinnen verhärtete. Wütend spannte sie ihren Kiefer an und stieß Mamas Hände von ihren Wangen. »Lasst uns einfach nach Hause fahren«, murrte sie und marschierte ohne ein weiteres Wort auf das Auto am Straßenrand zu.

Die ganze Fahrt über versuchten Mama und Papa, sie zum Reden zu bewegen, aber Milou schwieg. Sie hatte nichts mehr zu sagen – es gab einfach nichts mehr, was sie noch hätte von sich geben wollen.

Oma hatte sie belogen. Das war unverzeihlich.

Und das Einzige, was sie nun überhaupt noch interessierte, war, wer in Teufels Namen ihr dann all diese verfluchten Nachrichten geschickt hatte.

Natürlich versuchten Mama und Papa auch am Sonntag noch, sie dazu zu bewegen, sich mit ihnen über die ganze Angelegenheit zu unterhalten. Aber Milou dachte gar nicht daran! Im Grunde gab es doch auch gar nichts mehr dazu zu sagen, und Milou wollte ihnen unter keinen Umständen das Gefühl geben, dass alles normal war oder bald wieder gut wäre. Nein, nichts war gut. Oma hatte sie verraten – und nicht nur einmal, sondern die ganze verfluchte Zeit über! Am meisten aber ärgerte Milou, dass sie ihr das nun nicht mal mehr um die Ohren hauen konnte. Eines war aber sicher: Nichts würde im Hinblick auf Oma Anni jemals wieder gut werden!

Trotzig nahm Milou das Honigglas mit den kleinen gesammelten Botschaften vom Regal und schüttete den Inhalt über ihrem Bett aus. Obwohl sie ziemlich wütend war, schossen ihr auch jetzt wieder Tränen in die Augen beim Anblick von Omas Handschrift – oder dem, was sie all die Jahre dafür gehalten hatte. Unglaublich, dass sie so dumm gewesen war … Warum war ihr denn nie aufgefallen, dass Oma ihr nicht vorlas, dass sie überhaupt nicht las? Dass es in der gesamten Wohnung kein einziges Buch zum Lesen gab, hätte sie doch stutzig werden lassen müssen! Aber unter all der Wut lag auch immer noch eine

Menge Schmerz – Schmerz darüber, dass ihre geliebte Oma sie derart hintergangen hatte.

Wahllos nahm Milou einen der kleinen Zettel von ihrer Bettdecke und las:

> Nicht die Glücklichen sind dankbar,
> sondern die Dankbaren sind glücklich.

Dankbar? Pah! Wofür sollte sie denn bitte dankbar sein? Dafür, dass sie ihr Leben lang für dumm verkauft worden war – ausgerechnet von der einen Person, der sie am meisten vertraut hatte?

Nein, sie war nicht *dankbar* und außerdem weit entfernt von *glücklich!* Und sie wollte weiß Gott kein einziges verlogenes Wort mehr von Oma Anni lesen! Mit einem stumpfen Schrei fegte Milou die Zettel vom Bett auf den Boden. Am liebsten hätte sie sie allesamt weggeworfen, zerrissen oder gleich verbrannt – aber sie brauchte sie natürlich noch, um sie als Beweismittel in der Hand zu haben. Immerhin musste sie auf jeden Fall noch herausfinden, wer der üble Verräter war, der sich mit ihrer Oma zusammengetan und sie all die Monate für dumm verkauft hatte!

Milou stieß ein zorniges Grunzen aus und wollte sich selbst aufs Bett werfen, rutschte dabei allerdings auf einem größeren Stück Papier aus und donnerte auf den Dielenboden. Ächzend rappelte sie sich auf und griff nach dem Übeltäter. Es war der Brief, den Sunny ihr beim ersten Training überreicht hatte. Milou strich ihn mürrisch glatt und überflog die Zeilen, und obwohl sie auf keinen Fall heulen wollte, füllten sich ihre Augenwinkel schon wieder mit Tränen.

Tausend gute Gründe. So ein Humbug – alles erstunken und erlogen!

In diesem Moment kam Eddie angetrottet und stupste sie mit der feuchten Schnauze an. Offenbar war es wieder Zeit für einen Spaziergang. Milou zog den kleinen Labradoodle auf ihren Schoß und vergrub ihre Nase in seinem Fell. Wie gut das tat – fast so gut wie eine Umarmung oder … Omas Gebäck. Milou musste schlucken bei diesem Gedanken. Und plötzlich wurde ihr eine Sache bewusst: Ihr Leben hatte sich wirklich ziemlich verändert durch die Glückskeks-Botschaften. Es war besser geworden, schöner, reicher an guten Momenten. Und tatsächlich könnte sie auf die Schnelle sofort ein paar *gute Gründe* nennen, die die Welt und ihr Leben schöner machten … Aber nein – Milou schüttelte vehement den Kopf. Das alles änderte nichts daran, dass die ganze Geschichte auf einer Lüge basierte! Einer Lüge, die sie Oma niemals würde verzeihen können.

Wütend zerknüllte Milou den blöden Brief, pfefferte ihn unter ihr Bett und scheuchte Eddie zur Wohnungstür.

Die frische Luft tat gut, auch wenn Milou sich das nur ungern eingestand. Und obwohl sie heute eine Miene wie sieben Tage Bauchschmerzen zog, schreckten die neuen bekannten Gesichter auf ihrer Gassi-Runde nicht vor ihr zurück, sondern grüßten wie gewohnt herzlich. Ein junger Mann, der immer mit gigantischen Kopfhörern an ihr vorbeirannte, hielt sogar kurz an und fragte, ob alles in Ordnung sei. Am liebsten hätte Milou ihn angeschrien, dass *nie wieder* irgendetwas in Ordnung sein würde, aber sie riss sich gerade noch rechtzeitig zusammen. Der arme Kerl konnte schließlich nichts dafür, dass Oma Anni sie all die Jahre belogen hatte und sie darauf reingefallen war …

Obwohl ihre Laune schlecht blieb, halfen die Bewegung und die frische Luft Milou dabei, ihre Gedanken zu sortieren. Sie konnte sich nicht ewig in ihrem Elend suhlen – noch nicht zumindest. Erst musste sie herausfinden, wer sich mit ihrer Oma zusammengetan hatte. Wer in aller Welt hatte nur heimlich mit Anni unter einer Decke gesteckt?

Die Vermutung lag nahe, dass es jemand war, der auch in jüngster Zeit eine besondere Rolle in Milous Leben gespielt hatte.

Mama und Papa schieden aus. Sie hatten zwar gewusst, dass Oma nicht schreiben konnte, tappten beim ganzen Rest aber genauso im Dunklen wie Milou selbst.

Sunny war neu in ihr Leben getreten – aber hatte sie auch ihre Oma gekannt? Milou konnte sich nicht erinnern, dass Anni irgendwann mal eine junge Frau im Boxring erwähnt hatte. Außerdem hatte die Trainerin sich letzte Woche extra noch Milous Telefonnummer aufgeschrieben, um sie anzurufen, sobald sie Informationen zu dieser seltsamen E-Mail erhalten würde. Das alles sprach eher nicht dafür, dass Sunny an dem Hinterhalt beteiligt war.

Als Nächstes war da natürlich noch Frau Liebig. Sie war alt, viel älter und gebrechlicher sogar, als Oma Anni es jemals gewesen war. Hatten sich die beiden am Ende vielleicht gut gekannt? Der erste Glückskeks nach Omas Tod hatte jedenfalls auf der Fußmatte oben im vierten Stock gelegen – und für Frau Liebig wäre es natürlich ein Leichtes gewesen, ihn dort unbemerkt abzulegen. Aber irgendwie konnte Milou sich das alles nicht so recht vorstellen.

Die Nachbarin war einfach schon ein bisschen durcheinander zwischendurch. Außerdem hatte Milou letzte Woche noch ihren alten Aushang an einem Laternenpfahl in der Nachbarschaft entdeckt – und die zittrige Handschrift darauf hatte sich definitiv von der Schrift unterschieden, die Milou bisher für die Handschrift ihrer Oma gehalten hatte.

Milou versuchte, sich zu konzentrieren. Bis auf Levi fiel ihr kein weiterer Mensch ein, der neuerdings noch unverhofft in ihr Leben getreten war. Und plötzlich kam ihr ein beunruhigender Gedanke: Es war relativ unwahrscheinlich, dass Levi hinter Omas Botschaften steckte – aber konnte es vielleicht sein, dass er zumindest wusste, wer der Drahtzieher war?

Sofort witterte Milou den nächsten Verrat. Wenn Levi Bescheid wusste, konnte sie auch ihm in Zukunft nicht mehr vertrauen. Dieser Gedanke versetzte ihr einen Stich ins Herz, machte sie aber auch wütend.

Egal, wie es war: Sie musste es auf jeden Fall herausfinden! Und dafür würde sie morgen sogar tatsächlich wieder in die Schule gehen.

Mama und Papa zeigten sich denkbar überrascht, als Milou am Montagmorgen ziemlich pünktlich in die Küche platzte, um eine große Schale Cornflakes zu verdrücken.

»Du … willst heute also wirklich zurück in die Schule?«

Statt einer Antwort zuckte Milou nur flüchtig die Achseln – ihr Mund war ohnehin zu voll, um zu sprechen.

Ihre Eltern schauten sich verblüfft an. Dann kratzte Papa sich am Stoppelkinn. »Das ist toll, Krümelchen, wirklich. Wenn du willst, können Mama und ich dich hinbringen und noch mal mit deinen Lehrern …«

»Das müsst ihr nicht«, schnitt Milou ihm schmatzend das Wort ab. »Ich krieg das selber hin!«

Und ihr entschiedener Blick ließ offenbar keinen Zweifel daran, dass sie das ziemlich ernst meinte. Ihre Eltern wagten jedenfalls nicht mehr, zu protestieren.

Weil ihr Fahrrad noch immer mit dem platten Reifen vor der Schule stand, musste sie heute besonders rechtzeitig aufbrechen, um den Schulweg zu Fuß zurückzulegen. Und obwohl sie mit der größtmöglichen Entschlossenheit zu Hause durch die Haustür trat, wurde sie unterwegs doch noch etwas unruhig. Es fühlte sich seltsam an, wieder in die Schule zu gehen. Zuletzt war sie dort gewesen, als Oma noch lebte – oder eben gerade nicht mehr …

Auch das Video kam Milou nun ziemlich lebhaft wieder in den Sinn. *Klatsch, patsch, Fliegenklatsche …* Ob sich ihr Spitzname in der Zwischenzeit wohl durchgesetzt hatte? Milou spürte, wie es rund um ihr Herz zu drücken begann. Was, wenn immer noch alle gemein zu ihr wären? War es denn wirklich so eine gute Idee gewesen, heute schon wiederzukommen? Wenn sie wenigstens Eddie an ihrer Seite gehabt hätte! Aber natürlich hatte sie den kleinen Wirbelwind bei Mama und Papa gelassen. In der Schule waren Hunde unerwünscht – selbst wenn heute die Projektwoche startete.

Projektwoche. Noch so ein Wort, das für Magendrücken sorgte. Milou hatte den Kurs nicht mehr getauscht, also stand wohl fest, dass sie in der Theatergruppe war. Immerhin war Levi auch dabei – aber bei dieser Vorstellung bildete sich schon wieder ein

Kloß in ihrem Hals. Levi, der vielleicht gar kein neuer Freund war, sondern auch nur ein Teil dieses ganzen großen Hinterhalts …

Milou war derart in ihre Gedanken vertieft, dass sie gar nicht bemerkte, dass sie bereits vor der Schule stand. Einen Augenblick war sie wie gelähmt.

Zahllose Schülerinnen und Schüler drängten sich über den Schulhof auf die Eingangstür zu. Die allermeisten von ihnen wirkten aufgeregt und fröhlich, immerhin würde in dieser Woche kein gewöhnlicher Unterricht stattfinden.

War Milou wirklich schon bereit dazu, sich einfach so unter sie zu mischen? Im nächsten Moment fiel ihr Blick auf die Stelle, wo sie ihr Fahrrad angeschlossen hatte. Aber dort stand jetzt … *ein anderes Rad!*

Milou schnappte nach Luft. Konnte es etwa sein, dass jemand ihr Fahrrad gestohlen hatte? Wer sollte denn so ein altes Teil klauen wollen – noch dazu mit einem platten Reifen?

Doch als Milou näher kam, stellte sie erschrocken fest, dass es in Wirklichkeit sogar noch seltsamer war: Das hier *war* ihr Rad – es sah nur vollkommen anders aus! Irgendjemand hatte die Reifen gewechselt und das Gestell, von dem bis vor Kurzem noch die grüne Farbe abgeblättert war, neu gestrichen – in leuchtendem Korallenrot! Außerdem befand sich ein großer Korb hinten auf dem Gepäckträger, und in dessen Streben hatte irgendjemand bunte Kunstblumen hineingeflochten. Milou musste schlucken: Dieses Fahrrad hier sah schlicht und ergreifend wunderschön aus! Aber wer konnte für die Veränderung verantwortlich sein?

Auf die Schnelle kam ihr nur eine Möglichkeit in den Sinn, eine Möglichkeit, die sie irgendwie rührte, aber gleichzeitig wütend machte. Denn wenn ihre Vermutung stimmte, dann steckte dieser Jemand wirklich viel tiefer in der ganzen Sache drin, als es Milou lieb war …

Levis Augen leuchteten auf, als er Milou durch die Tür der Aula stürmen sah. Doch seine Begeisterung erlosch im Bruchteil einer Sekunde, als er bemerkte, wie wütend sie war.

»Ist alles in …?«, setzte er verunsichert an, aber Milou ließ ihn gar nicht erst ausreden.

»Steckst du dahinter?«, fauchte sie laut und deutlich und funkelte ihn an.

Levi taumelte vor Schreck ein paar Schritte zurück. »Wovon sprichst du?«

»Wovon ich spreche?« Milou schnaubte. »Von dem Fahrrad natürlich! Irgendjemand hat es heimlich repariert und verschönert – und ich gehe schwer davon aus, dass *du* dieser Irgendjemand bist! Genauso wie ich davon ausgehe, dass du mit meiner Oma unter einer Decke steckst!«

Jetzt verstand Levi gar nichts mehr. »Ich dachte, deine Oma ist tot?«

»Das ist sie auch! Aber irgendjemand schickt mir Nachrichten in ihrem Namen und versucht mich zu manipulieren und mir weiszumachen, dass das Leben schön ist! Aber ich habe langsam die Schnauze voll! Also erzähl mir endlich die Wahrheit: Wer steckt hinter der ganzen Sache? Und warum in aller Welt hilfst du mir mit Eddie?«

Levi war so perplex, dass ihm erst einmal nur der Mund aufklappte. Aber dann schloss er ihn nach ein paar Sekunden wieder und senkte kurz den Blick. »Ich habe keine Ahnung, wovon du redest, Milou. Ich schwöre dir, dass ich mit niemandem unter einer Decke stecke und deine Oma kannte ich gar nicht. Und dass ich dir mit dem Hund helfe, liegt daran, dass …« Er verstummte und vergrub verlegen die Hände in den Hosentaschen. » … dass ich dich mag.«

»Wie bitte?« Milou konnte nicht glauben, was sie hier gerade hörte.

»Ich mag dich, okay?«, wiederholte Levi leise. »Deshalb gehe ich gerne mit dir spazieren. Und deshalb habe ich mich auch gefreut, dass du hier im Kurs bist.«

Der Kurs, richtig … Erst jetzt stellte Milou fest, dass sie nicht allein waren. Um sie herum standen mindestens zehn, zwölf Kinder. Mit Sicherheit waren einige bekannte Gesichter dabei, aber im Moment verschwammen sie alle vor Milous Augen. Wie peinlich! Alle hatten mitbekommen, dass Milou Levi angeschrien hatte – und was er ihr daraufhin gestanden hatte, hatten sie mit hoher Wahrscheinlichkeit auch gehört. Was sie jetzt wohl wieder von ihr denken würden?

»Ich war das mit dem Fahrrad«, erklang plötzlich eine Stimme hinter Milou und riss sie damit aus ihren Gedanken. Als Milou sich umdrehte, stellte sie fest, dass dort ausgerechnet Tess stand. Sofort rutschte ihr das Herz in die Hose. Sie musste sich verhört haben, ganz sicher hatte ihr Kopf ihr nur einen Streich gespielt und gleich würde Tess wieder ausholen und auf ihr herumhacken. Aber tatsächlich wirkte Tess eher geknickt und biss sich ihrerseits unsicher auf die Lippen. Und dann wiederholte sie ihre Worte noch einmal, diesmal etwas lauter und deutlicher. »Ich war das mit deinem Fahrrad, weil …« Sie holte Luft und sah Milou unglücklich an. »Weil ich mich entschuldigen wollte. Du weißt schon, für die Sache mit …« Wieder brach sie ab und blickte beschämt zu Boden.

Milou konnte nicht glauben, was hier gerade geschah. Tess hatte ihr Fahrrad so hergerichtet, weil sie sich *entschuldigen* wollte? Was war das hier – eine Art *Traumwelt?*

Bevor Milou sich zwicken konnte, sprach Tess bereits weiter: »Eigentlich wollte ich mich persönlich bei dir entschuldigen, aber dann bist du einfach nicht mehr in die Schule gekommen und …« Sie pausierte ein weiteres Mal. »Herr Rudolph hat gesagt, dass deine Oma gestorben ist und dass du erst mal zu Hause bleibst, aber … ich wollte dir trotzdem irgendwie zeigen, dass es mir leidtut. Also habe ich ein paar Tage nach der Schule an deinem Rad gewartet, weil ich dachte, dass du es ganz sicher irgendwann abholst. Ich habe sogar einen Zettel drangeheftet, aber den hat der Regen weggespült. Irgendwann habe ich gemerkt, dass du wohl wirklich nicht kommst, und da habe ich mir gedacht … Na ja, ich dachte, ich könnte dir eine Freude machen. Und dir so zeigen, dass es mir leidtut.«

Jetzt musste Milou sich tatsächlich kneifen. Konnte das alles echt sein? Tess' aufrichtiger Blick ließ jedenfalls keinen Zweifel daran, dass sie es ernst meinte. »Ich weiß, ich war echt gemein zu dir. Als ich gemerkt habe, dass die anderen über meine Sprüche lachen, hab ich einfach immer weitergemacht und hab es übertrieben. Ich hab einen ziemlichen Anschiss bekommen nach der Sache mit dem Video – von der Schule, aber auch von meinen Eltern. Und glaub mir bitte: Es tut mir wirklich, wirklich leid. Kannst du mir verzeihen?«

Zerknirscht hielt sie Milou ihre Hand hin – aber Milou war viel zu perplex, um sich auch nur einen winzigen Zentimeter zu rühren.

Da ertönte von der Aulatür plötzlich noch eine weitere Stimme: »Wenn das kein gelungener Start für eine tolle Projektwoche ist!«, verkündete Frau Ellerbek, die Kursleiterin, und klatschte in die Hände. Offenbar hatte sie einen großen Teil von dem, was hier gerade vorgefallen war, mitbekommen. »Ich bin mir sicher, dass wir etwas ganz Großartiges auf die Bühne bringen werden, wenn das so weitergeht! Die großen Gefühle sind ja schon mal mit im Spiel, nicht wahr?« Sie zwinkerte und blickte Milou dann neugierig an. »Und, schlägst du ein?«

Erst jetzt bemerkte Milou, dass Tess ihr immer noch die Hand hinhielt – und endlich hatte Milou genug Kraft, ihr ihrerseits die Hand zu reichen.

»Entschuldigung angenommen?«, fragte Tess unsicher und Milou erwiderte mit einem vorsichtigen Lächeln: »Entschuldigung angenommen.«

Als sie ein paar Stunden später mit ihrem alten, neuen Fahrrad nach Hause fuhr, war ihr Kopf voller Gedanken und ihr Herz sprudelte beinahe über vor Glücksblubberblasen. Es war ohne Zweifel ein ziemlich aufregender erster Projektwochentag gewesen! Erst die Entschuldigung von Tess, dann die ersten Übungen auf der Bühne, die Milou erstaunlich viel Spaß gemacht hatten – und außerdem hatte sie in der Mittagspause noch ein ziemlich gutes Gespräch mit Levi geführt. Erst einmal hatte sie sich natürlich für ihren stürmischen Auftritt entschuldigt!

»Ach, Schnee drüber, passt doch ganz gut zur Projektwoche«, hatte Levi gewitzelt und ihre Entschuldigung dann zum Glück angenommen. Aber hinterher hatte er natürlich darauf bestanden, dass sie ihm von der Sache mit Oma erzählte.

»Du hast wirklich geglaubt, deine Oma schickt dir Glückskekse aus dem Jenseits?« Jetzt, wo er es aussprach, kam Milou sich tatsächlich total lächerlich vor.

»Ich fand die Vorstellung ganz tröstlich«, gab sie verlegen zu. »Und außerdem sind ja wirklich viele gute Dinge passiert, für die ich keine andere Erklärung hatte. Gute Dinge wie …« Schüchtern sah Milou ihm in die Augen und verstummte wieder.

Levi grinste, wurde aber selbst ein bisschen rot dabei.

Von den Nachrichten hatte er aber tatsächlich keine Ahnung gehabt, es war einfach ein Zufall gewesen, dass sie sich neulich mit den Hunden im Park begegnet waren. Ein wunderschöner Zufall, wie Milou fand …

Als Milou zu Hause zufrieden durch die Wohnungstür stolperte, war ihr Vater nicht da und ihre Mama gerade dabei, aufzubrechen.

»Wenn ich wiederkomme, musst du mir alles haargenau erzählen, mein Schatz!«, trällerte sie und drückte Milou einen Kuss auf die Stirn. Offenbar hatte sie wirklich einen wichtigen Termin, denn sie schlüpfte hastig in ihren Mantel und wollte bereits zur Tür hinaus, als ihr noch etwas einfiel. »Fast hätte ich es vergessen! Da hat eben eine Sunny für dich angerufen.«

Überrascht drehte Milou sich zu ihr um. »Sunny?«

»Ja, ihre Nummer liegt neben dem Telefon, du sollst zurückrufen.« Mama verzog verständnislos das Gesicht. »Sie meinte, sie hat endlich mit ihrem Chef geredet und kennt jetzt die Antwort. Keine Ahnung, was sie damit meint, aber ich habe ihr hoch und heilig versprechen müssen, es dir auszurichten.« Hastig warf sie Milou noch einen Luftkuss zu und verschwand dann durch die Wohnungstür ins Treppenhaus.

Milou hörte ihre Absätze auf den Stufen verhallen, stand aber selbst eine Weile wie versteinert da. *Sunny hatte mit ihrem Chef gesprochen und kannte die Antwort?* Wollte sie damit etwa sagen, dass sie wusste, wer die Mail in Omas Namen geschrieben hatte?

Wie in Zeitlupe bewegte sich Milou auf das Telefon zu. Ihre Finger zitterten wie Espenlaub, als sie nach dem Hörer griff und Sunnys Nummer wählte …

»Das ging aber schnell!« Sunnys Stimme klang ein bisschen gehetzt, aber heiter wie immer. »Ich hatte deine Mama erst vor zehn Minuten am Apparat. Sie wirkte übrigens ziemlich überrascht.«

Mit Sicherheit war ihre Mama nicht einmal ansatzweise so überrascht und aufgeregt wie Milou in diesem Augenblick. Ihre Finger waren schweißnass und ihr Herz hüpfte wild in ihrem Brustkorb auf und ab wie ein Ball in einem Flipperautomaten.

»Könnten wir den Small Talk vielleicht überspringen und gleich zur Sache kommen?«, drängte Milou, weil sie es einfach nicht mehr aushielt. »Mama meinte, du hast mit deinem Chef gesprochen. Heißt das, du weißt, von wem die E-Mail kam?«

Sunny lachte am anderen Ende der Leitung auf. »Verstehe, du bist eine Frau der klaren Worte – find ich gut! Passt auch zu deinem rechten Haken!«

Milou war viel zu angespannt, um jetzt noch aus Höflichkeit mit ihr zu lachen. »Könntest du es bitte einfach ausspucken, Sunny?«, bat sie die Trainerin und versuchte, ihren eigenen Atem zu beruhigen.

»Okay, okay, kein Problem«, gab Sunny endlich nach. »Also, mein Chef ist heute Morgen aus dem Urlaub zurückgekommen und ich habe ihn direkt gezwungen nachzusehen, von wem diese seltsame

Mail und der Brief kamen. Der Name lautet … Moment …« Offenbar musste Sunny selbst noch einmal in ihre Notizen schauen, um nichts Falsches zu erzählen. »Ah, hier! Also, die Mail wurde geschrieben von einem *Ernst Holunder* … Kennst du den?«

Ernst Holunder? In Milous Kopf liefen auf einen Schlag etwa hunderttausend Gehirnzellen Sturm. Und ob sie Ernst Holunder kannte! Aber … das konnte trotzdem nicht stimmen! Sunny musste sich verlesen und geirrt haben, denn Ernst Holunder kannte zwar Oma Anni, aber … sie konnten sich doch gar nicht ausstehen! Der alte Nachbar war ein Griesgram sondergleichen, Oma hatte ihn als Holzkopf bezeichnet, und wann immer er Milou in den vergangenen Tagen über den Weg gelaufen war, hatte er nur mürrisch vor sich hin gegrummelt – mit Ausnahme der nächtlichen Begegnung in Omas Küche vielleicht.

Auf einmal regte sich ein seltsames Gefühl in Milou. Was, wenn Sunny recht hatte – wenn wirklich Omas alter Muffelnachbar dahintersteckte?

»Hey, bist du noch dran?«, meldete sich Sunny plötzlich am anderen Ende der Leitung und riss Milou aus ihren Gedanken. Aber Milou hatte jetzt keine Zeit mehr, sich noch länger mit ihr zu unterhalten.

»Danke dir, Sunny«, murmelte sie und legte hastig auf.

Ernst Holunder – das konnte einfach nicht wahr sein! Ausgerechnet der alte Miesepeter sollte hinter der ganzen Geschichte stecken? *Er* hatte die Nachrichten nach Omas Tod geschickt – und *er* hatte sie auch all die Jahre in die Glückskekse hineingeschrieben?

Milou wurde schwindelig. Sie konnte gar nicht genau sagen, was sie in diesem Moment fühlte. Sie war verwirrt – und zwar nicht zu knapp! Aber irgendwie war sie gleichzeitig auch verunsichert und traurig und beschämt und … *wütend!* Wie konnte das alles wahr sein? Er war doch nur ein schlecht gelaunter Nachbar und kein Vertrauter – zumindest keiner, der einfühlsame, persönliche Botschaften in Kekse steckte! Wie konnte er sich nur derart in ihr Leben einmischen? Wie hatte Oma das zulassen können?

Es gab jedenfalls nur einen Weg, das herauszufinden: Sie musste den alten Muffel zur Rede stellen – und zwar jetzt sofort!

Schnaubend schnappte Milou sich Eddie, der bis eben noch friedlich in dem kleinen Pappkarton neben der Tür geschlummert hatte, und stürmte aus der Wohnung. Mit jedem Schritt, den sie die Treppe hinuntereilte, wuchs ihre Empörung. Herr Muffel, ausgerechnet Herr Muffel! Wie konnte er es wagen?

Wie von Sinnen rannte sie nebenan auf den Hauseingang zu und presste ihren Finger auf den Klingelknopf von Ernst Holunder. Sie drückte nicht ein oder zwei Mal, nein, sie betätigte die Klingel mindestens siebzehn Mal im Staccato, bevor sie aufhörte zu zählen! Aber auf der anderen Seite der Tür tat sich … nichts. Herr Muffel öffnete nicht und er ging auch nicht an die Gegensprechanlage – er reagierte einfach überhaupt nicht! Milou platzte fast der Kragen. Wütend schlug sie ein letztes Mal auf die Klingelanlage ein. Warum öffnete er nicht endlich? Wusste er bereits, dass sie hier draußen stand, und versteckte sich deshalb? Aber so schnell würde er sie nicht loswerden, Milou ließ sich nicht einfach abwimmeln – sie musste schließlich mit ihm sprechen, jetzt gleich!

Im nächsten Moment fiel ihr Blick in seinen kleinen Vorgarten. Wie Oma wohnte er schließlich im Erdgeschoss … und eines der Fenster war gekippt!

Tief in ihrem Inneren wusste Milou zwar, dass das keine gute Idee war – aber für gute Ideen war sie jetzt ohnehin viel zu wütend! Ohne noch lange nachzudenken stieg sie über die kleine Hecke in Muffels Vorgarten ein, setzte Eddie auf dem Rasen ab und eilte auf das halbgeöffnete Fenster zu. Vielleicht waren ihre langen dünnen Arme ja doch für irgendetwas gut! Wenn sie es schaffte, ihren Unterarm durch den Spalt zu schieben, konnte sie eventuell den Griff drehen und das Fenster ganz öffnen, um in die Wohnung einzusteigen und den Muffelkopf zur Rede zu stellen. Umständlich klemmte sie sich an die Scheibe, aber es war leider komplizierter als gedacht. Und dann fing auch noch Eddie wie verrückt an zu bellen.

»Ich weiß, es sieht nach Einbruch aus«, zischte Milou ihm zu, ohne sich zu dem kleinen Labradoodle umzudrehen. »Aber glaub mir: Es ist alles in Ordnung, du musst nur leise sein!«

Tatsächlich verstummte Eddie in der nächsten Sekunde – doch dafür ertönte jetzt eine andere Stimme hinter Milous Rücken: »Kann ich dir irgendwie behilflich sein?«

Milou taumelte vor Schreck zurück, blieb dabei aber an der Fensterkante hängen und quetschte sich den Oberarm ein. Allerdings hatte sie nicht allzu viel Zeit über ihre Schmerzen nachzudenken – direkt hinter ihr stand nämlich der Muffelkopf und blinzelte sie unter seinen dichten Augenbrauen misstrauisch an. Er hatte Eddie auf seinen Arm gehoben und erstaunlicherweise schien der kleine Wirbelwind sich dort ganz wohlzufühlen. Milou aber fiel im Bruchteil einer Sekunde wieder ein, warum sie eigentlich hier war. Eddie hatte nicht das Recht, sich bei diesem Schuft wohlzufühlen, und Herr Muffel hatte auch nicht das Recht, so grimmig zu gucken, weil *er* hier nämlich der Verbrecher war und nicht etwa Milou!

Mit einem Schnauben zog Milou ihren schmerzenden Arm aus der Fensterfalle und stemmte ihre Hände in die Hüften. »*Sie* sind das alles gewesen!«

Jetzt runzelte der Muffel tatsächlich überrascht die Stirn und blickte sich um, so als wollte er sicherstellen, dass Milou auch wirklich ihn meinte. Dann presste er trotzig seine Lippen aufeinander. »Keine Ahnung, wovon du redest. Aber egal, was es ist, es rechtfertigt noch lange nicht, dass du in meine Wohnung einsteigst!«

Milou aber war wütend genug, um seine Worte einfach zu ignorieren. »Sie haben bei Sunnys Chef einen Termin für mich gemacht und dann noch diesen falschen Brief in Omas Namen hinterlegt! Und Sie haben auf Frau Liebigs Anzeige geantwortet und Mama diese anonyme SMS geschickt! Und außerdem haben Sie auch die Glückskekse für mich geschrieben – all die Jahre waren Sie das, *Sie, Sie, Sie!«* Mit jedem Wort war Milou lauter geworden, und zum Schluss glich ihre Stimme einem schrillen Kreischen.

Herr Muffel aber ließ die Anschuldigungen an sich abprallen, als würde sie hier lediglich eine Speisekarte herunterrattern.

»Sagen Sie schon was!«, schrie Milou ihn an. »Geben Sie endlich zu, dass Sie mich die ganze Zeit auf den Arm genommen und belogen haben – wenigstens die Wahrheit sind Sie mir jetzt schuldig!«

Tatsächlich öffnete Ernst Holunder nun kurz den Mund, brachte aber keine einzige Silbe hervor. Mit einem Seufzen setzte er schließlich Eddie auf den Rasen zurück und sah nachdenklich zu

Milou. »Wollen wir nicht reingehen und das alles bei einer Tasse heißer Schokolade besprechen?«

Milou hielt die Luft an. Sie spürte, wie ihr ganzer Körper vor Aufregung zitterte und bebte. Eigentlich hatte sie sich auf eine Diskussion und Widerworte eingestellt – aber jetzt bat er sie auf eine Tasse Schokolade in seine Wohnung? Das kam ja praktisch einem Eingeständnis gleich!

Natürlich hätte sie immer noch am liebsten herumgeschrien und um sich geschlagen, aber wo sollte das schon hinführen? Da konnte sie sich auch genauso gut anhören, was er zu sagen hatte …

Milou war überrascht, wie gemütlich die Wohnung des alten Muffels eingerichtet war. Natürlich war alles hier genauso ordentlich und sauber wie sein gestutzter Garten, aber trotzdem strahlten die Räume eine verblüffende Wärme aus. Auf den Fensterbänken reihten sich Blumentöpfe mit unterschiedlichen Pflanzen aneinander und die Möbel waren zwar etwas in die Jahre gekommen, luden aber allesamt dazu ein, noch ein bisschen zu bleiben und es sich gemütlich zu machen. Außerdem hingen an den Wänden ziemlich viele alte Fotos von erstaunlich fröhlichen Menschen.

Während Eddie sofort begann, herumzuschnüffeln, ließ Milou sich auf eine große weiche Couch mit dunkelgrünem Samtbezug sinken. Auf der kleinen Anrichte neben dem Sofa entdeckte sie einen weiteren Bilderrahmen. Das Foto zeigte einen jungen Mann, der seine lachende Frau Huckepack trug. Milou griff sich den Bilderrahmen und betrachtete das junge Paar – und dann erst realisierte sie, dass es sich bei dem Mann um keinen Geringeren als

Ernst Holunder handelte! Auf diesem Foto hier war er natürlich noch sehr viel jünger und definitiv fröhlicher und ausgelassener als heute – was vermutlich damit zusammenhing, dass er und die junge Frau auf seinem Rücken mächtig verliebt wirkten …

»Meine Lisbeth«, murmelte der alte Muffel leise, als er mit zwei Tassen heißer Schokolade in der Wohnzimmertür stand und sah, wie Milou das Foto betrachtete.

Ertappt stellte Milou das Bild zurück. Sie hatte gar nicht bemerkt, dass er schon zurück war. Während Omas Nachbar nun auf dem Sessel gegenüber Platz nahm und die Tassen auf dem Couchtisch abstellte, wanderten Milous Augen ein weiteres Mal verstohlen zu dem alten Foto.

»Sie war ziemlich hübsch«, flüsterte sie und zog unsicher eine der Tassen zu sich heran.

»Das stimmt«, erwiderte Herr Muffel und ein wehmütiges Lächeln umspielte auf einmal seine Lippen. »Aber sie war noch so viel mehr! Lisbeth war lustig und schlau, ständig hat sie alle zum Lachen gebracht. Außerdem war sie eine Göttin in der Küche! Die meisten Backrezepte hatte deine Oma von ihr.«

»Wie bitte?« Milou war froh, dass sie noch nicht an ihrer heißen Schokolade genippt hatte, denn dann hätte sie sich jetzt garantiert heftig daran verschluckt. Das konnte er doch unmöglich ernst meinen! Omas Rezepte waren immer schon Omas Rezepte gewesen – oder etwa nicht …?

Auch der Muffelnachbar legte nun seine Hände um seine Tasse, als wollte er sich daran festhalten. »Lisbeth und Annegret waren die allerbesten Freundinnen.«

Auch diese Information erwischte Milou auf kaltem Fuß. Oma

hatte nie von einer guten Freundin aus der Nachbarwohnung erzählt. »Davon … wusste ich gar nichts.«

»Natürlich nicht«, murmelte Muffel und seufzte schon wieder. »Meine Lisbeth ist ja auch vor über zwanzig Jahren gestorben. Viel zu früh …« Erneut blickte er voller Wehmut auf das Bild.

Oma Anni und die Frau vom Muffelkopf – die allerbesten Freundinnen? Milou konnte es immer noch nicht glauben. Aber während sie noch grübelte, ob das alles wahr sein konnte, stand der alte Nachbar bereits auf und nahm ein anderes Bild von der Wand. Er reichte es Milou wortlos und setzte sich wieder.

Das Foto zeigte zwei junge Frauen, die sich lachend in den Armen hielten. Eine der beiden Frauen war Lisbeth – und Milou zuckte erschrocken zusammen, als sie erkannte, dass die andere Frau Oma Anni war. Oma Anni in sehr, sehr jung …

Sie sah glücklich aus, ausgelassen, so als läge ihr die ganze Welt zu Füßen. Milou musste schlucken.

»Die beiden waren wie Schwestern«, erzählte Ernst Holunder weiter. »Und nach Lisbeths Tod war deine Oma auch mir eine gute Freundin. Ich …« Er verstummte und rieb sich über das Gesicht. »Ich habe das alles nicht besonders gut weggesteckt, den Verlust.« Plötzlich wirkte es fast so, als hätte der alte Griesgram Tränen in den Augen – und Milou konnte das nur zu gut verstehen. Sie wusste, wie es sich anfühlte, wenn plötzlich die allerwichtigste Person im Leben fehlte. Zum ersten Mal tat ihr der alte Muffel ein wenig leid …

»Ich weiß nicht, ob deine Eltern es dir erzählt haben, aber diese beiden Wohnhäuser hier gehören mir«, erklärte er nun und Milou horchte auf.

»Wie bitte?« Sie konnte es kaum glauben. Beide Häuser gehörten Herrn Holunder?

»Was meinst du, warum ihr gleich nebenan einziehen konntet? Das hat deine Oma für euch arrangiert«, fuhr der Nachbar lächelnd fort. Dann schweifte sein Blick wieder ins Leere. »Sie war für mich der Fels in der Brandung in einer sehr, sehr schweren Zeit. Als es mir besonders schlecht ging, hat sie angefangen, für mich zu backen – die Rezepte, die sie von Lisbeth kannte. Das hat mir Schritt für Schritt zurückgeholfen ins Leben – auch wenn ich nie wieder ganz derselbe geworden bin wie früher.« Mit einem leichten Nicken deutete er auf das Foto von sich und seiner Frau.

Milou musste ihm recht geben. Von dem fröhlichen, ausgelassenen Kerl an der Seite dieser jungen Frau war der alte Muffelkopf tatsächlich Welten entfernt. Aber dass er so eng mit Oma befreundet gewesen war, rückte ihn für Milou dennoch in ein neues Licht.

»Dann … sind die Glückskekse also auch ursprünglich von Ihrer Frau?«, hakte sie unsicher nach, aber der Muffel schüttelte den Kopf.

»Nein, das war ganz allein die Idee deiner Oma. Aber sie hat mich gebeten, ihr regelmäßig diese kleinen Zettel zu schreiben. Ich war ja einer der wenigen, der wusste, dass sie mit Buchstaben nichts anfangen konnte.«

Die Wahrheit versetzte Milou einen kleinen Stich ins Herz. Es war also tatsächlich der Nachbar gewesen, der ihr all die Jahre Botschaften geschrieben hatte. Und er hatte etwas von Oma gewusst, das Milou selbst verborgen geblieben war. Dieser Gedanke schmerzte irgendwie …

»Es ist nicht so, dass *ich* mir dieses ganze Zeug ausgedacht hätte! Die Sprüche kamen von Anni, sie hat mir alles haargenau diktiert«, lenkte Herr Holunder ein, als er merkte, wie betroffen Milou auf einmal wirkte. Und tatsächlich ließ diese Neuigkeit sie aufhorchen.

»Oma hat sich die Botschaften ausgedacht?«

»Das war eine richtige Wissenschaft für sie. Während sie am Ofen stand und die Kekse gebacken hat, hat sie mir erzählt, was dich gerade beschäftigt, und dann hat sie mir Wort für Wort diktiert. Glaub mir: Das alles war ihr sehr, sehr wichtig.«

Milou schnappte nach Luft und spürte, wie sich eine große Welle der Erleichterung in ihr breitmachte. Also steckte im Grunde doch Oma Anni hinter den Glücksbotschaften, es war gar nicht *alles* erstunken und erlogen. Und trotzdem ergab noch nicht alles einen Sinn.

»Aber warum haben Sie nach Omas Tod …?«, setzte Milou an, doch dann gingen ihr die Worte aus.

Herr Muffel verstand zum Glück auch so, worauf sie hinauswollte. Seufzend lehnte er sich im Sessel zurück. »Glaub mir, ich hatte das alles nicht vor. Ich bin keiner, der sich gerne in das Leben anderer einmischt – und außerdem war es eine ziemliche Herausforderung diese verfluchten Kekse nachzubacken! Aber zum Glück hatte ich deiner Oma ja oft genug über die Schulter geschaut …« Muffel hielt einen Moment inne und sah Milou nachdenklich an. »Die Wahrheit ist: Als ich dich in dieser Nacht neulich in der Küche deiner Großmutter erwischt habe, warst du so traurig und so einsam und verloren. Du hast mich an mich selbst erinnert, nach dem Tod meiner Lisbeth. Damals hat deine Oma mich gerettet, sie hat mir einen Weg zurück ins Leben gezeigt – und trotzdem ist ein Teil von mir für immer finster geblieben.« Er musste laut schlucken und senkte den Blick. »Ich wollte nicht, dass es dir genauso ergeht, ich wollte nicht, dass sich die Dunkelheit in dir festsetzt. Und vor allem wusste ich, dass deine Oma das niemals gewollt hätte. Sie hätte sich gewünscht, dass du das Leben umarmst, dass du es feierst. Und weil sie dir das selbst nicht mehr sagen konnte, habe ich das eben übernommen. In ihrem Namen. Denn das war ich ihr schuldig.«

Milou hatte ihn noch nie so lange am Stück reden hören. Und jetzt, wo er verstummte, stellte sie fest, dass sich ihre Augen mit Tränen gefüllt hatten.

»Deshalb haben Sie also diese Termine für mich gemacht …« Ihre Stimme war kaum mehr als ein Flüstern, aber Herr Muffel nickte und tippte sich an die krumme Nase.

»Ich war früher Hobbyboxer und wusste, wie gut es tut, einfach mal wütend zu sein und auszuholen. Der Chef vom Jugendzentrum ist der Sohn eines alten Freundes, wir standen früher gemeinsam im Ring. Es war also kein Problem für mich, dir dort ein Training zu organisieren. Und nachdem du sogar ein weiteres Mal hingegangen bist, schätze ich, dass es dir gefallen hat?«

Ertappt blinzelte Milou ihn an, dann gab sie sich einen Ruck. »Es war nicht schlecht, mal um mich zu schlagen, ja«, gab sie leise zu.

Ernst Holunder grinste und fuhr dann mit seinem Bericht fort. »Die Sache mit dem Hund ist mir eher spontan eingefallen. Ich habe schon länger beobachtet, dass Frau Liebig überfordert ist mit dem kleinen Eddie. Also habe ich ihr vorgeschlagen, doch mal einen Aushang zu machen und um Hilfe zu bitten. Und als er dann da war, habe ich einfach geantwortet und euch beide zur selben Zeit an denselben Ort geschickt.«

Er wirkte fast ein bisschen stolz auf seinen Plan. Und Milou musste sich eingestehen, dass die ganze Sache wirklich ziemlich clever gewesen war.

Aber ein Puzzleteil fehlte noch. »Und Levi? Haben Sie den auch in den Park geschickt?«

»Levi?« Muffel runzelte verständnislos die Stirn, aber dann ging ihm offenbar ein Licht auf. »Du meinst den jungen Mann, der dir den Rucksack gebracht hat? Nein, das war tatsächlich nur ein Zufall. Aber ich muss gestehen, dass mich dieser Zufall sehr gefreut hat. Ich glaube, er ist ein feiner Kerl.«

Herr Muffel zwinkerte und Milou ertappte sich dabei, zurückzulächeln.

Trotzdem waren sie hier noch nicht ganz fertig.

»Aber wie konnten Sie Mama diese SMS schicken?«

Seufzend lehnte Herr Holunder sich im Sessel zurück. »Das war tatsächlich der schwierigste Teil. Ich hatte deine Eltern an einem Vormittag im Garten gehört. Sie haben sich über viele unterschiedliche Dinge unterhalten – über das Baby zum Beispiel. Und auch darüber, dass sie einen Grabplatz auf dem Waldfriedhof aussuchen wollten, du dich aber geweigert hast, mitzumachen. Ich wusste, dass Anni gewollt hätte, dass du deine Eltern unterstützt. Dass ihr das gemeinsam macht. Also habe ich meine Nummer unterdrückt und deiner Mutter eine Nachricht geschickt. Als Vermieter habe ich schließlich die Telefonnummern deiner Eltern.« Er hielt kurz inne und holte Luft. »Natürlich war es riskant. Ich wusste nicht, ob ihr euch wirklich finden würdet. Und ob du überhaupt zu der ganzen Sache bereit wärst. Aber nachdem ich von deinen Eltern eine Einladung zur Beisetzung am Freitag erhalten habe, gehe ich davon aus, dass du einen guten Platz für deine Oma gefunden hast?«

Milou wich seinem Blick aus. Ihr Brustkorb hob und senkte sich schwer, als sie erst tief ein- und dann ausatmete. »Ja, ich habe den perfekten Platz für sie gefunden ...«

Ernst Holunder runzelte die Stirn. »Und warum siehst du dann aus, als hättest du einen Regenwurm verschluckt? Dir geht es doch eigentlich viel besser, oder? Du kriegst ein Geschwisterchen, hast einen Pflegehund, ihr zieht mit hoher Wahrscheinlichkeit in die Wohnung deiner Oma und könnt den Garten nutzen ...«

Richtig, der Wohnungstausch. Auch hierfür war offensichtlich der Muffelnachbar verantwortlich – immerhin hatte er sich ja gerade als besagter Vermieter entpuppt. Und obwohl er mit all den schönen Dingen recht hatte, stimmte es auch, dass Milou nicht uneingeschränkt glücklich war. Aber den Grund dafür in Worte zu fassen, fiel ihr schwer.

Nachdenklich wanderten ihre Augen noch einmal zu dem Foto von Muffels Lisbeth und Oma Anni. »Ich weiß nicht«, setzte sie an und seufzte. »Es klingt bestimmt doof, aber ... ich habe trotzdem noch irgendwie das Gefühl, dass ich jahrelang belogen und betrogen wurde. Warum hat Oma mir denn nicht einfach erzählt, dass sie nicht schreiben kann?«

Herr Holunder zögerte einen Moment, aber dann zog er fragend eine seiner Augenbrauen in die Höhe. »Vielleicht war es ihr ein bisschen unangenehm. Dein Papa und du, ihr seid beide ziemlich schlau und ...«

»Aber ich hätte es doch verstanden!«, unterbrach Milou ihn entschieden. »Ich hätte sie niemals ausgelacht oder so. Vielleicht hätte ich ihr sogar helfen können, dann hätte sie doch noch lesen und schreiben gelernt.«

Muffel seufzte nachdenklich und klammerte sich an seiner Tasse fest. »Ich weiß nicht, warum deine Oma dir ihr Geheimnis nicht verraten hat, Milou. Aber dafür weiß ich eines ganz sicher: dass du das Allerwichtigste für sie warst! Und das weißt du auch, oder?«

Milou zögerte, nickte dann aber vorsichtig. Vollends überzeugt war sie trotzdem nicht …

Herr Muffel allerdings hatte offenbar genug davon, Trübsal zu blasen. Entschlossen stellte er seine Tasse zurück auf den kleinen Couchtisch und erhob sich vom Sessel. »Was hältst du davon, wenn wir für die Beisetzung am Freitag die Zimtschnecken deiner Oma backen? Wie könnten wir uns schöner an sie erinnern, als wenn uns der Duft ihres Gebäcks in der Nase liegt?« Er tippte sich an seine Boxernase und grinste.

Milou starrte ihn irritiert an. »Aber … Oma hat ihre Rezepte doch gar nicht aufgeschrieben. Also können wir sie auch nicht nachbacken.«

Das Grinsen von Ernst Holunder wurde jetzt noch breiter. »Erstens saß ich ständig in ihrer Küche, wenn sie gebacken hat – ich könnte dir die meisten Rezepte im Schlaf diktieren. Und zweitens hat meine Lisbeth ihre Ofenschätze sehr akribisch notiert – und deine Oma hatte viele Rezepte ja ursprünglich von ihr.«

Während Milou ihn noch sprachlos anblinzelte, tappte er in die Küche und kam kurz darauf mit einem extradicken Notizbuch zurück.

Milou musste schlucken, als er es ihr hinhielt, und als sie es endlich aufschlug, pochte ihr Herz wie verrückt. Das hier waren tatsächlich Omas Rezepte! Annis wichtigstes Erbe war also keineswegs verloren – nur dass es sich genau genommen gar nicht um Annis Erbe handelte, sondern um das von Lisbeth Holunder … Wieder versetzte Milou der Gedanke, dass ihre Oma ihr nicht die Wahrheit erzählt hatte, einen kleinen Stich.

»Also, was sagst du?«, hakte Herr Muffel nach, der nun kein bisschen mehr muffelig wirkte. »Backen wir gemeinsam für die Beerdigung?«

Milou hielt einen Moment die Luft an und horchte in sich hinein. Aber dann schüttelte sie traurig den Kopf. »Ich glaube nicht, dass das eine gute Idee ist.«

Herr Holunder runzelte irritiert die Stirn. »Wieso nicht?«

Milou sah auf und blickte ihm so entschlossen wie möglich in die Augen. »Weil ich nicht zu dieser Beisetzung kommen werde …«

24

Natürlich versuchten sowohl der alte Nachbar als auch Mama und Papa, sie mit allen Mitteln umzustimmen – aber Milou hatte ihren Entschluss gefasst. Es fühlte sich einfach nicht richtig an, an Omas Beisetzung teilzunehmen, solange sie das Gefühl hatte, dass Anni sie all die Jahre angelogen hatte. Milou hatte ihr vertraut – mehr als jedem anderen Menschen auf der Welt. Dass nun ausgerechnet Oma Anni ihr nicht vertraut hatte, tat weh. So sehr sogar, dass Milou lieber gar nicht mehr über ihre Oma nachdenken wollte.

Stattdessen konzentrierte sie sich auf das Hier und Jetzt, das Leben, das direkt vor ihren Füßen lag. Mit Eddie ging sie jetzt natürlich sogar mehrfach Gassi und schon bald stellten sich erste Fortschritte an der Hunde-Erziehungsfront ein. Levi hatte ihr mittlerweile noch ein paar mehr Tricks beigebracht, und Eddie erwies sich erstaunlich oft als kooperativ. Außerdem spürte Milou, dass ihr die regelmäßigen Spaziergänge an der frischen Luft guttaten. Sie war weniger blass und spürte, dass ihre Beine kräftiger wurden. Insgesamt war ihr Körper deutlich besser in Form als noch vor ein paar Wochen – und Milou ertappte sich dabei, dass sie sich zum ersten Mal richtig wohlfühlte in ihrem Teenagerkörper.

Dazu trug natürlich auch das Training mit Sunny seinen Teil bei – vor allem aber bereitete es Milou mächtig Spaß, zwischendurch die Fäuste spielen zu lassen. Und dann war da ja auch noch die Projektwoche …

Gemeinsam mit Frau Ellerbek entwickelten die Jungen und Mädchen ein eigenes kleines Stück, und Milou erschrak über sich selbst, als sie sich bereits am zweiten Tag für eine Bühnenrolle entschied. Natürlich kam sie sich erst etwas seltsam vor, derart exponiert vor den anderen zu stehen und laut und deutlich zu sprechen – aber dass der Text festgelegt war, erleichterte ihr die Angelegenheit. Und je öfter sie vor den anderen sprach, desto selbstsicher wurde sie auch, wenn sie ohne Skript mit ihren Mitschülern redete.

Zwischendurch kam ihr immer wieder in den Sinn, was Oma wohl zu der ganzen Sache gesagt hätte. Sie hatte ja damals schon an Milou geglaubt und keine Sekunde daran gezweifelt, dass sie das schon schaffen würde … Unwillkürlich stiegen Milou bei diesem Gedanken jedes Mal Tränen in die Augen, die sie schnell verdrängte, indem sie die Erinnerung an Anni hastig aus ihrem Kopf verbannte. Natürlich vermisste sie ihre Oma, keine Frage. Aber sie war eben auch immer noch unendlich enttäuscht.

Trotzdem wurde Milou immer unruhiger, je näher der Freitag rückte. Mit jedem Tag und jeder Stunde fiel es ihr schwerer, die blöde Beisetzung aus ihren Gedanken zu verbannen, immer häufiger drängte sich die schmerzhafte Erinnerung an Omas Gesicht in Milous Kopf. Am Donnerstagabend schließlich erreichte ihre Nervosität ihren Höhepunkt. Beim Abendessen hatten Mama und Papa natürlich noch einmal die Fühler ausgestreckt und versucht,

Milou zu überreden, zu kommen. Doch das hatte Milou nur wütend gemacht – so wütend sogar, dass sie vorzeitig vom Tisch aufgesprungen war und sich ohne richtiges Abendessen in ihrem Zimmer verschanzt hatte. Das rächte sich natürlich bald mit einem gewaltigen Hungergefühl …

Milou hatte noch immer Omas Marmelade und die Knäckebrotdosen bei sich im Zimmer, aber irgendwie war das heute keine Option. Jeder Bissen würde sie nur noch stärker an Oma Anni erinnern – und dabei wollte sie ja gerade vor ihrer Erinnerung fliehen! Also blieb ihr wohl nichts anderes übrig, als sich hungrig ins Bett zu legen.

An Schlaf war so allerdings nicht zu denken. Stundenlang wälzte Milou sich ruhelos von einer Seite auf die andere. Auch Eddie wirkte seltsam aufgeregt. Mama hatte freundlicherweise die letzte Gassi-Runde übernommen, aber offenbar hatte der Spaziergang den kleinen Wildfang nicht genug ausgelastet. Bis in die späten Abendstunden hinein tigerte er vor Milous Bett auf und ab und versuchte immer wieder, sie zum Spielen zu motivieren. Irgendwann gab Milou es auf, ihn zu ignorieren, und schwang die Beine aus dem Bett.

»Also gut«, zischte sie leise. »Wir spielen eine Runde – aber wirklich nur kurz!« Stöhnend nahm sie den kleinen Ball vom Schreibtisch, den Levi ihr neulich für Eddie mitgegeben hatte. Eddie wedelte aufgeregt mit dem Schwanz, als er verstand, dass Milou tatsächlich vorhatte, mit ihm zu spielen.

Vorsichtig ließ sie den Ball quer über den Zimmerboden rollen. Eddie tollte aufgebracht hinterher, stellte sich dabei aber derart tollpatschig an, dass der kleine Ball unter das Bett kullerte.

»Na super.« Milou rollte mit den Augen, wurde dann aber überrascht Zeugin, wie Eddie sich klein machte und ebenfalls unter dem Bett verschwand.

Sofort ging Milou auf alle viere. »Hey, Eddie, komm lieber raus da«, flüsterte sie. »Ich kann den Ball auch mit einem Besenstiel wieder vorholen.«

Und tatsächlich rutschte der kleine Labradoodle im nächsten Moment bereits wieder unter dem Lattenrost hervor. In der Schnauze hielt er allerdings nicht etwa den Ball, sondern ein zusammengeknülltes Stück Papier. Milous Herz hatte einen kurzen Aussetzer, als sie erkannte, was er unter ihrem Bett hervorgeholt hatte: den Brief, den Sunny ihr gegeben hatte …

»Tausend gute Gründe«, murmelte Milou und strich das Papier vorsichtig glatt. Und sofort spürte sie, wie sich ein mächtiger Kloß in ihrer Kehle bildete und sich ihre Augen mit Tränen füllten.

So ein Mist. Gab es denn gar keinen Weg, der Erinnerung an Oma zu entkommen? Milou wollte jetzt nicht schwach werden und weinen. Aber wie sollte sie das nun noch verhindern?

Schwer atmend ließ sie sich zurück auf ihr Bett fallen, den Brief noch immer in ihrer einen Hand, und griff mit der anderen nach dem Handy, das Mama ihr vorgestern geschenkt hatte, nachdem sie selbst vom Sender ein neues Modell bekommen hatte. Ohne groß nachzudenken, tippte sie eine Nachricht an Levi: *Bist du noch wach?*

Es war bereits nach elf und Milou rechnete nicht mit einer Antwort. Umso erschrockener war sie, als ihr Handy im nächsten Augenblick zu klingeln begann: *Levi!* Hastig nahm sie den Anruf entgegen. Doch bevor sie auch nur ein Wort über die Lippen bekam, fing Levi bereits an zu reden.

»Ich habe mir schon gedacht, dass du heute nicht schlafen kannst.«

Milou war irritiert. »Aber …«

»Morgen wird doch deine Oma beerdigt, oder?«, nahm Levi ihr die Sache mit dem Sprechen ab. Richtig, sie hatte ihm letzte Woche davon erzählt. Sie hatte nur nicht damit gerechnet, dass er sich das auch merken würde.

Milou schluckte und spürte, wie sich in diesem Moment eine Träne aus ihrem Augenwinkel löste und ihre Wange hinablief.

»Ich gehe da nicht hin«, murmelte sie.

»Wie bitte?« Levi wirkte irritiert. »Was soll das heißen, du gehst nicht hin?«

»Dass ich nicht hingehe«, erwiderte sie leise und schniefte.

»Das verstehe ich nicht. Ich dachte, deine Oma war der allerwichtigste Mensch für dich?«

»Das war sie auch«, antwortete Milou. »Aber es ändert leider nichts daran, dass sie mich all die Jahre belogen hat.«

Am anderen Ende der Leitung war es so still, dass Milou schon befürchtete, Levi hätte einfach aufgelegt. Dann aber hörte sie, wie er laut Luft holte. »Also gut, deine Oma hat dir nicht die ganze Wahrheit gesagt. Aber mal ehrlich: Hätte die Wahrheit dir denn geholfen?«

»Was?« Irritiert horchte Milou auf. Sie hatte keine Ahnung, worauf er hinauswollte.

»Diese Glückskekse hat sie dir doch mitgegeben, um dir Sicherheit, Mut und Zuversicht zu spenden, oder?«, fuhr Levi fort.

»Meinst du, das hätten sie auch getan, wenn du gewusst hättest, dass jemand anders sie geschrieben hat?«

Milou hielt ertappt die Luft an. Darüber hatte sie noch gar nicht nachgedacht.

»Ich denke nicht, nein«, gab sie zu.

»Und genau das ist doch der Punkt, Milou. Wenn du gewusst hättest, dass die Botschaften nicht von deiner Oma geschrieben wurden, dann hätten die Kekse gar keine Wirkung gehabt!« Levi holte noch einmal Luft. »Ich glaube wirklich, dass du einen großen Fehler machst, wenn du morgen nicht zu dieser Beerdigung gehst. Einen Fehler, den du nie mehr rückgängig machen kannst. Selbst wenn du nicht für deine Oma hingehen möchtest, Milou: Du solltest für *dich* dorthin gehen.«

Milou war sprachlos. Sie verharrte wie erstarrt in derselben Position, bis sich die einzelne Träne, die ihr Gesicht hinabgelaufen war, von ihrem Kinn löste und mit einem leisen Platsch auf dem Brief landete, der noch immer in ihrem Schoß lag. *Tausend gute Gründe …*

Milou musste schlucken. »Vielleicht hast du recht.«

»Natürlich habe ich recht«, erwiderte Levi selbstbewusst und Milou konnte praktisch hören, dass er dabei grinste. »Und weißt du was: Wenn es dir hilft, begleite ich dich.«

»Du … kommst mit?« Milou dachte, sie hätte sich verhört.

»Ich komme mit dir, ja. Das machen Freunde so. Und ich werde sogar noch einen großen Ballon besorgen.«

Jetzt verstand Milou gar nichts mehr. »Einen Ballon?«

»Da kannst du etwas dranhängen und es deiner Oma zum Abschied schicken. Ich weiß, es ist nicht dasselbe, aber als unser erster Hund gestorben ist, haben wir das auch gemacht, und es hat mir sehr geholfen, loszulassen.«

»Loszulassen?« Mit einem Mal fühlte Milou sich, als wäre ein Schalter in ihr umgelegt worden. Sie musste loslassen, ja, und mehr noch: Sie musste ihren Frieden finden – das hatte Oma verdient, aber sie war es auch sich selbst schuldig.

Als hätte diese Erkenntnis eine Schleuse geöffnet, liefen nun unzählige Tränen ihr Gesicht hinab, aber davon abgesehen, war Milou erstaunlich ruhig.

Und zum ersten Mal seit Tagen sah sie klar, was sie zu tun hatte.

»Ich muss jetzt auflegen«, verkündete sie, pfefferte das Handy aufs Kopfkissen und schnappte sich Eddie. Mit dem Labradoodle auf dem Arm stürmte sie zur Wohnungstür hinaus und hastete die Treppen hinunter. Dass sie einen Schlafanzug trug und nicht einmal Strümpfe an den Füßen hatte, interessierte sie nicht die Bohne. Sie hatte ein klares Ziel vor Augen, und das konnte keine Sekunde warten!

Milou musste sieben Mal klingeln, bevor Herr Holunder endlich die Tür öffnete. Auch er trug einen Pyjama und hatte im Gegensatz zu Milou offenbar bereits tief und fest geschlafen. Irritiert blinzelte er sie an, aber Milou fiel ohne Umwege mit der Tür ins Haus: »Wir müssen backen!«

»Wie bitte?«

»Backen! B – a – c – k – e – n«, buchstabierte Milou und drängte sich mit Eddie auf dem Arm an dem verdutzten Nachbarn vorbei in die Wohnung.

Muffel schloss verständnislos die Tür und tapste hinter ihr her in die Küche. »Hast du mal auf die Uhr gesehen?«

»Dafür habe ich leider keine Zeit«, erwiderte Milou entschieden. »Die Beisetzung ist ja schon morgen Nachmittag und ich muss vormittags noch in die Schule.«

»Beisetzung?« Jetzt hielt Herr Holunder inne. »Heißt das etwa, du willst doch hingehen?«

Milou nickte. »Und nicht nur das: Ich will auch noch was backen für Oma.«

Mit einem Kopfschütteln ließ der alte Nachbar sich auf einen Küchenstuhl sinken und lächelte Milou an. »Du glaubst jetzt aber nicht ernsthaft, dass ich um Mitternacht noch mit dir Zimtschnecken backe, oder?«

»Keine Zimtschnecken, nein«, erwiderte Milou, bevor sich ein Grinsen auf ihrem Gesicht ausbreitete. »Wir backen jetzt Glückskekse!«

Sie hatte keine Ahnung, wie lange sie in der Nacht wach geblieben war und gemeinsam mit Omas Nachbarn Glückskekse gebacken hatte, aber am Ende war Milou mit dem Ergebnis sehr zufrieden.

Auch Mama und Papa waren überrascht, als Milou ihnen am Morgen beim Frühstück verkündete, dass sie doch zur Beerdigung kommen würde. Noch irritierter waren sie allerdings, als ihre Tochter sie bat, vorher noch eine Handvoll Luftballons zu besorgen.

»Und wofür bitte?«, wagte Papa den Vorstoß, aber Milou grinste nur, während sie sich ihre Schultasche schnappte.

»Das wirst du schon sehen!« Dann fiel ihr noch etwas ein. »Ich bringe übrigens noch jemanden mit.«

Mama und Papa warfen sich einen irritierten Blick zu, aber Milou verschwand bereits durch die Wohnungstür und ließ ihnen keine Gelegenheit, noch weiter nachzubohren.

Der Tag verlief gut, auch wenn Milou mit jeder Stunde ein wenig nervöser wurde. Der Abschluss der Projektwoche war ein voller Erfolg, die Gruppe gab in der Pause auf dem Schulhof eine erste Kostprobe von dem, was sie in den letzten Tagen erarbeitet hatte. Die kleine Darbietung kam sogar so gut an, dass der Direktor Frau Ellerbek bat, am letzten Schultag vor den Ferien noch einmal das ganze Stück in der Aula zu spielen – für alle, die Lust hatten, zuzusehen. Milous Herz machte bei dieser Vorstellung einen kleinen Hüpfer – vor Aufregung, aber auch vor Vorfreude. Vielleicht konnten dann ja sogar Mama und Papa kommen!

Heute allerdings musste sie erst einmal eine andere Sache hinter sich bringen – und sie war heilfroh, dass Levi sie begleiten würde.

Als sie vor Omas Haustür in Mamas Wagen stiegen, beäugten ihre Eltern Levi zwar immer wieder neugierig durch den Rückspiegel, aber zum Glück stellten sie keine peinlichen Fragen. Papa musste sich ohnehin auf den Verkehr konzentrieren, weil im Wageninneren etwa zehn bunte Ballons an der Decke hingen und unter Kontrolle gehalten werden mussten.

In Milous Ohren rauschte das Blut und in ihrem Kopf spielten die Gedanken Pingpong, aber als sie endlich die kleine Grabstelle erreichten, sah sie zum Glück wieder ganz klar. Ein paar Freundinnen von Oma hatten sich dort bereits eingefunden und auch Herr Holunder stand neben dem Trauerredner. Er hatte sich in einen Anzug gezwängt und wirkte irgendwie müde, aber als er Milou mit den Luftballons entdeckte, zeichnete sich ein Grinsen auf seinem Gesicht ab und er hob einen kleinen Karton vom Boden an.

»Ich habe sogar an Zettel und Stifte für alle gedacht«, verkündete er stolz und zwinkerte Milou zu.

»Zettel und Stifte?« Papa blickte verständnislos von Omas altem Nachbarn zu seiner Tochter und wieder zurück. »Könnt ihr mir jetzt bitte mal erklären, was ihr vorhabt?«

Milous Blick fiel auf Omas Urne und den Trauerredner – und auf einmal bekam sie doch wieder Herzflattern und wusste nicht, ob sie die anderen in ihren Plan einweihen konnte. Aber im nächsten Moment spürte sie eine Hand auf ihrer Schulter: Levi. Er stand direkt neben ihr und nickte ihr nun mit einem mitfühlenden Lächeln zu. Milou lächelte dankbar zurück – und fing endlich an, zu erzählen.

Alle waren begeistert von der Idee, Oma noch einen letzten Glückskeks zu schicken.

Während der Trauerredner seine Ansprache hielt und aus Omas Leben erzählte, fassten sich alle Anwesenden an den Händen und lachten und weinten gemeinsam. Papa schluchzte an Milous linker Seite und auch Mama weinte so sehr, dass Milou immer wieder fest ihre Hand drücken musste. Levi hielt sich die ganze Zeit etwas abseits, er kannte Oma Anni ja gar nicht und war nur hier, um Milou den Rücken zu stärken.

Als Omas Urne in die Erde zu Füßen der großen Eiche hinabgelassen wurde, kam er mit den Luftballons näher. Herr Holunder, der selbst ziemlich feuchte Augen hatte, verteilte Stifte und Zettel und alle zogen sich etwas zurück, um Oma eine letzte Botschaft zukommen zu lassen.

Milous Finger zitterten, als sie den Stift auf das Papier setzte. Sie atmete noch ein paarmal tief durch – aber dann begann sie zu schreiben:

Liebe Oma,

ich weiß jetzt, dass du nicht schreiben kannst – aber ganz sicher findest du dort oben jemanden, der dir vorliest! Eine Zeitlang war ich dir ziemlich böse, weil du mir dein allergrößtes Geheimnis nicht verraten hast. Aber dann ist etwas Seltsames passiert: Ein guter neuer Freund hat mir die Augen geöffnet, und was ich da gesehen habe, ist mehr, als ich es mir jemals hätte erträumen können. Du hattest recht: Mein Leben ist wie ein großer Tisch voller Möglichkeiten und Geschenke – und du wirst immer eines der größten Geschenke bleiben: Von tausend guten Gründen bist du einer der schönsten!

Pass auf dich auf, Oma, und futter nicht alle Kekse auf einmal! Ich lieb dich bis in alle Ewigkeit, deine Milou

Sie musste ziemlich winzig schreiben, um wirklich alles unterzubringen, was sie Oma sagen wollte. Aber als ihr kleiner Brief fertig war, blickte sie zufrieden zu Mama und Papa und Ernst Holunder und Levi – und nickte.

Gemeinsam schoben sie ihre Nachrichten behutsam in die geschwungenen Kekse, banden sie an den Enden der Luftballonbänder fest – und ließen die farbenfrohe Schar zeitgleich steigen.

Die bunten Ballons tanzten am Himmel umeinander, stiegen höher und immer höher, und Milou spürte, wie ihr nun wieder Tränen die Wangen hinabliefen. Aber es waren weder Tränen der Wut noch der Verzweiflung, vielmehr hatte Milou das Gefühl, tatsächlich endlich Frieden zu schließen mit Oma und ihrem Tod. Und dann spürte sie plötzlich, wie sich fremde warme Finger um ihre eigenen schlossen. Milou sah zur Seite und blickte in Levis vertraute Augen.

Es gibt wirklich tausend gute Gründe, das Leben zu lieben, dachte sie und schaute lächelnd hinauf zu den Luftballons, die kleiner und immer kleiner wurden. Und einer dieser Gründe stand direkt neben ihr und hielt ihre Hand.

Glückskeks-Rezept

50 g Butter
3 Eiweiß
60 g Puderzucker
60 g Mehl
1 Prise Salz

Butter in einem Topf erwärmen, bis sie flüssig ist. Danach abkühlen lassen. Eiweiß schaumig schlagen, bis es steif ist. Puderzucker über die Butter sieben und gut umrühren. Auch Mehl und Salz hineinsieben und unterrühren. Dann den Eischnee unterheben. Auf einem Backpapier ca. 8 cm große Kreise aufzeichnen. Backpapier umdrehen und auf ein Blech legen. Den Ofen auf 180 Grad (Umluft: 160 Grad) vorheizen.

Jeweils einen Teelöffel Teig auf einen Kreis geben und bis zu den Rändern ausstreichen. Tipp: Jeweils nur drei Teigkreise auf einmal backen - man muss den Teig sehr schnell falten, sonst reißt er.
Wichtig: Die Botschaften für Glückskekse vorbereiten und bereitlegen.

Die Teigkreise für ungefähr 5 Minuten backen. Herausnehmen und mit einem Messer sofort vom Backpapier lösen. Schnell die Botschaft auf den Keks legen und diesen einmal in der Mitte falten. Dann direkt noch mal in der Mitte knicken und etwas zusammendrücken. Mit allen anderen Keksen genauso verfahren.

Tipp: Falls sich die Glückskekse im heißen Zustand von allein auffalten, diese mit einem Messer oder Ähnlichem kurz beschweren.
Sobald alle Kekse fertig gefaltet sind, alle Kekse erneut auf das Blech legen und im vorgeheizten Ofen weitere 5 Minuten backen. Die Kekse haben nun alle bräunliche Ränder und können auf einem Gitter vollständig auskühlen.

Wer nicht vom Fliegen träumt, dem wachsen keine Flügel.

Du solltest viel öfter einen MUTausbruch haben.

Wenn du auf ein Zeichen gewartet hast, hier ist es.

Sei frech, wild und wunderbar.

Hinfallen, aufstehen, Krone richten, weitergehen.

Wenn dich dein Leben nervt, streu Glitzer drauf.

Sei du selbst, alle anderen gibt es schon.

Wer Sahne will, muss Kühe schütteln.

Es gibt kein Wunder für den, der sich nicht wundern kann.

Dieser Keks kann Spuren von Glück enthalten.

Gib alles, nur nicht auf.

Warten können, ist eine große Kunst. Nichts erwarten eine noch größere.

Ein guter Gewinner muss auch ein guter Verlierer sein.

Lucy Astner:
1000 gute Gründe – Oder: Wie ein Glückskeks mein Leben veränderte
ISBN 978 3 522 50740 0

Umschlaggestaltung und Innenillustrationen: Stephanie Reis
Innentypografie: Julia Astrup
Reproduktion: DIGIZWO GbR, Stuttgart
Druck und Bindung: GGP Media GmbH, Pößneck

FSC www.fsc.org MIX Papier | Fördert gute Waldnutzung FSC® C014496

Dieses Werk wurde vermittelt durch die
Michael Meller Literary Agency GmbH, München

AUSSERGEWÖHNLICHER FAMILIENROMAN MIT TIEFGANG

THIENEMANN

Simon van der Greet

Das Abrakadabra der Fische

320 Seiten · Gebunden
ISBN 978-3-522-18484-7

Als Vonkie von ihren Eltern auf den Bauernhof ihres Großvaters geschickt wird, ist sie nicht begeistert. Was soll sie hier schon groß erleben? Dann aber stellt sich heraus, dass ihr Großvater richtig spannende Geschichten erzählen kann. Manchen Fragen allerdings weicht er aus. Und er warnt Vonkie davor, in die Nähe der alten Mühle zu gehen. Jetzt will Vonkie natürlich erst recht dorthin, endlich passiert mal was, denkt sie. Niemals hätte sie vermutet, dass sie einem streng gehüteten Familiengeheimnis auf die Spur kommen würde.

Lieblingsbücher fürs Leben.
www.thienemann-esslinger.de